U0940626

漫工厂

寻找前世之旅

叶幕篇 1

Vivibear · 著

长江出版社

目录 CONTENTS

目录 CONTENTS

楔子 婚礼

飞雪带春来，徘徊乱绕空。

正是隆冬季节，刚刚下了几天大雪，放眼望去，到处是白茫茫一片，就连树木的枝干上也堆积了厚厚一层雪，被风一吹就像飘扬的粉尘般簌簌落了下来。

沿着石板路一直往前走，经过一片被冰凌点缀得晶莹剔透的竹林，再往左拐，就能看见一座二层楼的中式建筑。在白雪之间若隐若现的黑瓦红墙和雕花围栏，隐隐透出了几分古色古香的韵味，依稀还可以看到正中的牌匾上写着几个龙飞凤舞的大字：前世今生。

这个平日里生意兴隆的茶馆，今天却是冷冷清清，门可罗雀。偌大的厅堂里，居然连一个客人也没有，倒是从楼上隐隐传来了女孩子清脆的笑声，同时还夹杂着一个男人略带无奈的声音：“小晚，你已经折腾了一个早上了，这已经是我换的第二十八套衣服了，你到底要我穿哪一套？”

露出哭笑不得的表情的男人正是这家茶馆现任的主人——飞鸟。他有着一头绚丽的金发，碧蓝色的眼睛仿佛月色下的大海，波光粼粼，唇边淡淡的笑纹非但丝毫无损他的英俊优雅，反倒为他增添了几分成熟男子独有的魅力。

“飞鸟叔叔，今天可是你和小希订婚的大好日子，当然要好好选一套礼服才可以！你知不知道我平时有多忙，连和阿希礼约会的时间都没有，要知道我可是牺牲了自己宝贵的约会时间来帮你呢！”被叫作小晚的女孩调皮地眨了眨眼。她长着一副典型的东方人的面容，当她微微侧过头的时候，黑亮的长发也随之轻轻摇晃，仿佛在她的肩上缓缓铺开了一匹精美绝伦的锦帛。

“嗯，你好像总是很忙啊。”飞鸟笑眯眯地开始掰手指，“听说你上星期被冥王邀请去了一趟冥界喝咖啡，前几天还去了一趟鸟王国探望你的好朋友小孔。对了，昨天你又和小灯打了一个通宵的游戏吧……怪不得没有时间和你的海皇陛下约会了。”

“阿希礼他平时自己也忙得要命，你也知道啊，光认清那些鱼虾蟹的种类也够他头疼一阵子了，再说他还没成为我正式的男朋友呢。所以啊，我还有和任何异性朋友交往的自由。不过飞鸟叔叔你就惨了，从明天开始，你连看一眼别的美女都不可以呢，不然小希一定会用她的降鸟十八招来对付你！”小晚一脸坏笑地挑了挑眉，又朝着坐在旁边托腮看热闹的一位孕妇眨了眨眼，“老妈，你说对不对？”

那孕妇只是轻轻笑着，她的容貌和小晚有几分相似，却丝毫看不出她的年龄，要不是那隆起的腹部昭示着她的身份，乍一看会让人以为她还是个和小晚年纪相仿的少女，岁月的流逝几乎没有在她那张清秀的脸上留下任何痕迹。

身为飞鸟的同门师妹，说起来她叶隐也算得上是这家茶馆的半个主人。只不过因为大多数时间都随丈夫在匈牙利居住，所以这打理茶馆的事情就全都交给了飞鸟。

“小隐，你别光傻笑不说话，看你和撒那特思两人把这丫头宠成什么样子了。”飞鸟伤脑筋地揉了揉太阳穴，又充满期待地看了一眼她的腹部，“不过，我的宝贝侄子将来一定会是个乖乖听话的好孩子，可别像他姐姐那样让人头疼了。”

“那可不一定哦，看我弟弟过了预产期还不肯出来，将来一定是个更难缠的家伙！”小晚做了个鬼脸。

“再难缠也没你难缠。”叶隐促狭地弯了弯唇，“不过话说回来，飞鸟，你总算是搞定了你的终身大事。本来还以为你会一直坚持你的独身原则呢，没想到小希的降鸟十八招果然厉害，乖乖地就让你就范了，当时听到的时候还真不敢相信呢。”

“对啊，飞鸟叔叔，老妈在匈牙利听到你要结婚的消息时，差点从楼梯上摔下来，把老爸吓得半死。”小晚随手又拿起了一套白色的礼服，示意飞鸟换上，又心有余悸地说了一句，“还好没事，不然老爸一定会追杀你到天涯海角！”

“如果我没记错的话，说起来很久以前你老爸好像还输给我一次吧。”飞鸟挑起嘴角，笑嘻嘻地瞥了一眼小隐。

还不等她回答，一个男子的声音就从内屋传了出来：“是谁又在背后讲我的坏话？”那声音清冷中带着罕见的温柔，优雅中透着些许的随意，悠然中伴着无限的魅惑。

一听到这个声音，叶隐的唇角情不自禁地扬了起来，那发自内心的笑意不由让人联想起了清晨新沏的柠檬蜜茶。

“撒那特思，你怎么又在白天跑出来了！”她很快意识到了什么，立刻冲着小晚道，“还不快去拉上窗帘，别让你爸爸被阳光照射到！”

“小隐，你别这么紧张了。现在的我短时间出现在阳光下，是不会灰飞烟灭的。”声音的主人不慌不忙地走了出来，这是个用任何语言都难以形容的美男子。他那银色的长发如同冬夜里一场最美的迷梦，银色长发遮挡下的若隐若现的冰蓝色眼眸，仿佛极北之北千年不曾消融的寒冰，但此时此刻，这千年寒冰早已化作一池温柔春水。

小晚立刻拉起了窗帘，将阳光阻挡在了窗外。从小她就知道，她的父亲，身为Tremere族的匈牙利亲王，就像一枝暗夜中的白色蔷薇，只能在黑暗中尽情绽放着略带忧伤的华丽。虽然现在他能短时间地出现在阳光下，但阳光对任何血族来说，无疑还是有潜在的危险。想到这里，她不由微微叹了一口气，侧头望了一眼母亲的腹部，心里涌起了几分担忧。尽管她并不惧怕阳光，可是身上同样流着一半血族血液的弟弟，将来又会是怎样的呢?

“就算是这样，尽量也不要出现在阳光下。”叶隐嘟哝了一句，扶着桌子慢慢站起身来。

“小隐，小心一些！”撒那特思一个箭步冲到了她的身边，小心翼翼地搀住了她，一脸紧张地问道，“你别乱动，告诉我你想要什么？”

“我只是去喝杯水，你也别这么紧张了。”她好笑地抬头看着他。

“你给我好好坐着，别乱动，像这种事就交给别人去做。”撒那特思又将她轻轻按了回去，习惯性地望向了窗子旁的女儿，“小晚，还不去帮你妈妈倒杯水？记得要温水，不要太热也不要太冷。”

叶晚做出了一个遵命的表情，又朝着飞鸟吐了吐舌头，一溜烟地跑下了楼。老妈自从怀孕之后就成了全家的重点保护对象，老爸只能在晚上出现，所以她自然就当仁不让地成为老妈的护工兼苦力。

看看，老爸最近使唤她都好像越来越顺口了。唉，同为女性，却是同人不同命哪。

等她把温水送到楼上的时候，飞鸟已经换到了第三十套衣服，他的忍耐力也已经到了极限，“这套该行了吧？再折腾下去我不订婚了！”

“哈，飞鸟叔叔，不订婚你舍得吗？听说好像是你主动求婚的哦。”叶晚坏坏一笑。

“好了好了，就这套了！”叶隐指着那套白色的礼服笑道。说实话，她对飞鸟和小希的浪漫史也很是好奇，毕竟在她上次回匈牙利之前，飞鸟还在狼狈地躲着那姑娘呢。

“小隐，你也累了，还是回房去休息一会儿，晚上你的老朋友一来，你一兴奋起来保证会忘乎所以。”撒那特思微微一笑，露出了一脸我最了解你的表情。

叶隐顿时眼睛一亮，“对了，小灯晚上会来参加订婚仪式呢，我都好久没见他了。”

小晚在一旁耸了耸肩，“不过老妈，昨天他用来和我玩游戏的那个幻影分身看上去好像气色不错呢。对了，他最近学会了一种新魔法，听说只要坐在家里，就可以随时吃到全世界不同特色的东西哦。”

“真的吗？”叶隐不自觉地舔了舔自己的嘴唇，可恶，这不是故意诱惑她吗？虽然平时撒那特思已经想尽办法给她做好吃的，可谁都知道怀孕的女人最馋嘴嘛。

撒那特思好笑地看了自己的妻子一眼，强势又不失温柔地说道：“想要晚上和小灯好好聊天的话，现在就给我去乖乖休息。”

“嗯，明白明白……晚上我要让小灯变出好多好吃的！”美食的力量总是格外强大，叶隐的动作似乎也因此变得格外灵活，站起身就往房里走。

“小隐，动作幅度别那么大，小心小心……”撒那特思急忙扶住了她，无奈又怜爱地摇了摇头，“等小灯来了，你让他把这魔法教给你不就行了，反正你是他的菜鸟主人，他一定会答应的。”

“啊，对呀！”叶隐拍了一下自己的脑袋，又笑嘻嘻瞥了他一眼，“撒那特思，你好像比我想象的聪明一点。”

撒那特思不慌不忙地一笑，“那是因为你总是比我笨一点。”看着叶隐的脸如他所预料般皱成了一个包子，他忍不住又笑道，“小隐，你一点也不会变，永远都像个长不大的孩子。”

“在你面前我永远都是孩子啊。”叶隐迅速抓住了一个反击的机会，略带得意地弯了弯唇，“别忘了你永远比我老好几千岁哦。”

“是吗？”撒那特思略带邪恶地挑起了眉，低头在她耳边用暧昧的语气轻声道，“那么，等生下小幕之后，我这个几千岁的老妖怪还有很多事情要好好教你呢。”

叶隐的脸刷一下红了起来，连忙瞪了他一眼，“赶快回房啦，别在女儿面前胡说八道了！”

看着两人的背影消失在门口，小晚揉了揉眉角坐了下来，对老爸老妈的这一套，她已经完全习惯了，而且可怜的老妈基本就从来没有占过上风。

“小晚，你看看谁来了。”靠在窗口的飞鸟忽然面带笑容地低喊了一句。

她心里微微一动，隐隐闻到了一股海水的咸味，笑容不自觉地爬上嘴角。

“飞鸟叔叔，我先下去了！”

叶晚跑下楼刚打开门，一阵寒风夹杂着洁白的细雪就飘洒进房。青绿色还未完全褪尽的树下，一个年轻男子正缓缓转过头来。那双紫银色的眼睛，就像是深埋在地底的晶石，散发着宁静幽远的光芒，又像是被装在水晶杯里的法国柯涅克酒，微微晃荡着，流动着神秘魅惑的光彩。

“海皇陛下，你能分清你的鱼虾蟹种类了吗？”她挽起了一个戏谑的笑容。

“已经全都搞定了……”他略带无奈地掸去了肩上的雪花，“那些贝壳的分类才更令人头痛啊。”他不失时机地凑到了她的身旁，“不过，只要看到我的小晚，我的头就一点也不痛了。”

“花言巧语可打动不了我。”叶晚伸手捏了捏他的脸，“要像我老爸那样专情才符合我的要求！”

“爱要放在心里，挂在嘴上，表现在行动上。”阿希礼眯起了眼睛，不出意料地看到了小晚惊讶的表情，不由暗暗好笑，这可是他好不容易从未来岳父那里讨教来的经验之谈。

“我怎么一点也感受不到呢。”小晚眨了眨眼。

他坏坏一笑，顺势将她拉到了自己的怀里，温柔而轻缓地在她脖颈边吹了口气，“那么，就不如让我们……从行动开始？”

“行动开始吗？”小晚灵活地从他怀里溜了出来，笑眯眯地朝某个方向一指，“那好，反正昨天的茶具都还没洗好，你就赶紧行动吧。”

“唉……”

“对了，为了表示你的诚心，不许使用任何魔法哦。”

“啊……”

夜幕渐渐降临了，离茶馆并不太远的湖畔居周围已经点起了独具特色的牡丹灯笼。这座隶属于撒那特思侯爵名下的中餐馆，临湖倚山，登楼用餐时，一湖碧波美景尽收眼底，颇有点湖光山色共一楼的韵味。不用说，这里自然而然就成了举办订婚仪式的最佳场所。

“飞鸟，你什么时候去接小希和她的父母？”叶隐不忘提醒他。

飞鸟耸了耸肩，“小希家离这里不远，我开车过去也不过十分钟而已。”

“飞鸟叔叔，”叶晚朝他挤了挤眼睛，“你真的想清楚了？真的就这么结束你幸福的单身生涯了？人家说三岁一个代沟，小希比你小这么多，你就真的没一点年龄方面的心理压力吗？”

飞鸟微微一笑，不慌不忙道：“如果说年龄方面的心理压力，我看这里最需要担心的应该是你的海皇陛下吧。”

叶晚只是嘻嘻笑着，“飞鸟叔叔，你的反应还是那么快啊。”

“小晚，你也别玩了，自己成天也没个定性，我看阿希礼这孩子不错，也不知道你在想什么。”叶隐摆出了一副妈妈的口吻。

“老妈，这样不是挺好吗？对了，小灯这个家伙怎么还没来？”小晚亲热地挽着她的手，巧妙地转移了这个天下父母都会操心的话题。

那个家伙反正寿命够长，自己的也不短，那么考验期长些也无所谓啊。

飞鸟刚走出房门，房间的地面忽然轻轻震动起来，一股白色的轻烟从地板的夹缝里徐徐冒了出来，在半空中竟然慢慢幻化成了一个少年的身影。那少年穿着极富民族特色的阿拉伯服装，他有着柔顺的栗色头发，明亮的棕色眼睛，比花瓣还柔软的蔷薇色嘴唇。只是那俊秀的眉宇间，似乎隐隐有一层难掩的疲乏之色。

“菜鸟主人，我想死你了！”少年看到叶隐时立刻绽放了一个超级无敌无邪的笑容，轻巧地飘到了她的身旁，撒娇似的一头扎进了她的怀里。

“小灯，我也想死你了！”叶隐也兴高采烈地捏了捏他的脸蛋。

“小灯，你怎么看上去好像很累似的，昨天看到你的幻影分身时好像还没这么憔悴呢。”小晚在一旁好奇地问道。

小灯露出了一个无奈又委屈的表情，“我刚去了一趟冥界。”

他的话音刚落，小晚就忍不住咯咯笑了起来。上次小灯让好多田鼠挖了地洞去冥界，结果冥界就一直田鼠为患，总是捉不完。所以每隔一段时间，冥王陛下都会气恼地把罪魁祸首小灯请到冥界。

谁又能想到，这个可爱的少年竟然是所罗门王的儿子，同时也拥有操纵七十二魔王的强大力量。

小灯目光一转，注意力很快就转移到了叶隐的腹部，“主人，小幕就快出来了吧？”

“嗯，只不过我弟弟好像不想出来，都已经过了预产期了。”小晚在一旁插了一句。

小灯托腮思索了几秒，忽然又绽放了一个大大的笑容，“主人，要是小幕出来的话，我来教他本领好不好？”

“你教他？”叶隐有点意外。

“对啊，怎么说我也是个大菜鸟魔王啊。”在叶隐过去的误导下，可怜的小灯还是一直把菜鸟和厉害这两个词语紧密结合起来。他的话音刚落，小晚又“扑哧”一声笑了出来。叶隐也忍着笑点了点头，“好啊，现在的你已经能随意操纵所罗门的七十二魔王了，要是我家小幕能向你学本领，那倒也是个好主意，反正多学一门是一门嘛。”

小灯眉飞色舞地点了点头，“那就这么说定了！”

“妈妈，看，那是什么！”小晚忽然指着天空喊了一声。

两人随着她指的方向望去，不由也愣了愣。只见一匹长着翅膀的骏马正从一望无际的云端疾驰而来，更让人吃惊的是，这匹马居然有——八条腿！

“是Sleipnir！”小灯兴奋地先喊了起来，“这不是天帝的坐骑吗？听说这是奔驰于天界与地狱之间的八足马，没想到在这里可以看到！”

“天帝？”一听到这两个字，叶隐顿时呼吸一紧，心底似乎被染上了些许暖意，心跳也突然快了起来，泛起波澜的眼波里流露出一种温柔的期待。

八足马稳稳地停在了她们的面前，温顺地收起了翅膀，从它的脖子上滑下了一个雕刻着花纹的竹筒。

“这不是师父的东西吗？”叶隐有些疑惑地拿起了那个竹筒。

小晚看了一眼竹筒笑道：“妈妈，今天是飞鸟叔叔的订婚礼，所以曾经身为你们师父的天帝陛下送件礼物来庆贺一下也不奇怪啊。”

叶隐将信将疑地打开竹筒的盖子，当看到里面的东西时，已说不出话来。

这里面的东西竟然是……

“啊——”叶隐忽然低呼了一声，弯腰捂住了自己的腹部，露出了痛苦的表情。

“妈妈，你没事吧？”小晚急忙扶住了她。

“没，没什么，只是刚才有抽筋的感觉。”叶隐摇了摇头，随即又指了指那个刚才被她失手掉在地上的竹筒，“帮我把它捡起来吧。”

小晚点了点头，略带疑惑地望了那个竹筒一眼，那里面装的竟然是一枚用纯金打造而成的七芒星标志。

对于擅用魔法的她们来说，这个标志并不陌生。在魔法世界里，七是一个带有不可知魔力的数字，人类有七宗罪，地狱有七魔王；圣经启示录中有七封印、七支灯台……正因为七的未知性和诡异性，所以魔法符号中有五芒星、六芒星，却很少出现过七芒星。而流传于世的那些魔法书里，对七芒星的记载更是少之又少。

想着想着，叶晚的心里涌起了一丝不解，天帝为什么会把这么诡异的东西当作订婚礼物？当她侧过头时，看到小灯正咬着嘴唇，若有所思地盯着这枚七芒星。

“小灯，你在想什么？”

“成为所罗门封印的六芒星已经拥有了能够封印和召唤七十二魔王的力量，如果是七芒星的话——”小灯的话还没说完，只见那枚七芒星蓦地散发出一道银色的光芒，奇迹般的慢慢飘浮在半空中，远远望去就像是一颗在暗夜中闪闪发光的星。

“好痛……”叶隐忽然捂着肚子低低呻吟起来，豆大的冷汗不停地从她的额头上滑落下来，身体也因为突如其来的疼痛而轻微抽搐起来。

“主人，你怎么了？别急别急，我来帮你！”小灯虽然被吓了一跳，在惊慌中倒也不忘准备施展自己的魔法。

“等一下，小灯！”小晚急忙阻止了他，又转头看向自己的母亲，半是试探地问道：“妈妈，不会是弟弟要出来了吧？”身为撒那特思的女儿，小晚体内的一半血族血液让她总是能保持超乎同龄人的镇定和冷静。

叶隐点了点头，只觉得又是一阵剧痛袭来，这样的疼痛似曾相识，却又比之前猛烈许多。对了，当初小晚快要出生的时候，好像也经历过这样的疼痛。只是，为什么这次却疼得好像五脏六腑都在燃烧呢？

“妈妈，你忍忍，我马上去叫老爸！”小晚的话音刚落，门已经被“咣当”一声推了开来，一个高挑的身影挟带着一阵清冽的蔷薇清香闯了进来。当看到那如瀑布般的银色长发和冰蓝色的眼眸时，叶隐的心里顿时踏实了，就连疼痛也似乎减轻了几分。只要有那个人在她身边，她就什么也不担心，什么也不害怕。

“小隐，别担心，有我在这里陪着你。”撒那特思温柔的声音轻轻在她耳边响起，仿佛带了魔力一般，令她不由自主地镇定下来……

“老爸，妈妈可能要生了，要不要送到我们的医院？”小晚在一旁提醒道。

“我知道，不过送医院已经来不及了。你先和小灯出去。我会在这里设置结界，在你弟弟出生前，谁都不能进来。”撒那特思一边说着，一边将叶隐抱了起来，小心翼翼地放在了床上。

“可是老爸，难道你打算亲自替妈妈接生？”小晚的眼角微微跳了一下，她实在不能把自己这位帅到惊天动地的老爸和接生婆这几个字眼联系在一起。

“有什么好奇怪，当初你这个丫头不也是我亲手接生的吗？”撒那特思瞥了她一眼，冷声道，“还不出去？”

小晚立刻识趣地拉起了小灯就往外走，老爸平时虽然对她宠爱非常，但真要生起气来也是非常可怕的。如果和老妈有关的话那就更加恐怖，任何人敢惹到老妈，那就只有死路一条。

小灯被她一把拉到了门口，又像是想到了什么，回过头来绽放了一个笑容，“菜鸟主人，你要好好加油，我的菜鸟徒弟就拜托你了！”

“你就别废话了！”小晚又好气又好笑地一把将他推出了房间，转身关上了房门。

就在这个时候，飞鸟也气喘吁吁地跑上楼来，一见她就慌忙问道：“小隐是不是要生了？”

小晚惊讶地点了点头，“你怎么知道？”

“上次你要出生时我就有一种特别的预感。刚才开车到一半，我忽然又有这种熟悉的预感，所以急忙赶了回来，”飞鸟往紧闭的房门那里望了望，“不过有撒那特思在，我也没那么担心了。”

“那小希怎么办？”

“我给她打了电话，说等小幕出生之后再去接她。”飞鸟这才留意到站在一旁的八足马，神情不由为之一振，明显地激动起来，“这不是天界的八足马吗？难道是师父……”

“嗯，是司音派它来给你送订婚礼物的。”小晚指了指那个七芒星标志，“不过这个礼物很奇怪。”

“七芒星？”飞鸟显然很是惊讶，“师父怎么会送我这种东西做贺礼？”

“谁知道……”小晚耸了耸肩，继续和小灯一起密切关注着房里的动静。

窗外又簌簌地下起细雪来，晶莹的雪花在天地之间纷飞弥漫，就像是一片片飞絮优雅起舞，飘忽着一种迷离朦胧之美。

不知过了多久，只听到门里忽然传来了一声婴儿的啼哭声，紧接着那扇紧闭的房门“吱”一声开了。

弟弟终于出来了！小晚欣喜地冲进了房里，准备迎接弟弟的诞生。但一进房，却只见母亲那苍白的脸上是无法形容的震惊，父亲的表情也很是古怪，眉宇间隐隐透出难以置信的神色。

不过更诡异的是，床上根本就没有弟弟的踪影。

“老爸，妈妈怎么了？我弟弟呢？”她的心里顿时涌起了一种不祥的预感。

“你妈妈没事。但你弟弟……”撒那特思神情复杂地抬起眼来，只说了几个字就没有继续说下去了。

“我弟弟怎么了？出什么事了？”遇到这样古怪的事情，小晚自然难以保持惯有的冷静，声音里明显带了几分急切。

“撒那特思，孩子呢？”随后走进来的飞鸟也露出了一脸诧异之色。

“孩子已经生下了。就在——”撒那特思的话还没说完，叶隐像是突然回过神来，紧紧抓住了他的手喃喃道：“这不是真的，对不对？这不是真的，我怎么会生下这样的东西？我们的儿子怎么，怎么会——”

“小隐，你冷静点。乖……”撒那特思搂住她低声哄道，又指了指床脚下的一堆黑影，“小晚，这就是你的弟弟。”

就在这时，那里又发出了一阵响亮的啼哭声。顺着那个方向望去，当看清那堆黑影到底是什么时，大家都在同一时刻被惊得目瞪口呆……

那堆黑影哪里是什么婴儿，分明，分明就是——

只听叶隐已经抽抽噎噎地哭了出来，断断续续的声音时高时低：“怎么可能，撒那特思，我又不是妖怪，我怎么可能生下一颗胡桃！”

几个人再次揉了揉自己的眼睛，果然没有看错，那在床脚下的东西居然真的是一颗圆溜溜、亮闪闪的超大胡桃！而孩子的哭声正是从这里面发出来的！

妖怪！这是小晚脑中第一个闪过的念头。

“小隐，我们什么事没经历过，上次小晚出生时不也发生过奇怪的事情吗？所以这次也没什么稀奇的。”到底是见多识广的Tremere族亲王，撒那特思大人首先恢复了镇定，还不失风趣地又说了一句，“再说，你看我们的儿子还是带着“房子”出生的，被保护得多好。”

“我们的儿子又不是蜗牛乌龟投胎，要那个‘房子’有什么用。”叶隐边嘟哝着，边伸手抹了一下眼泪。

“呃，老爸老妈，我们现在是不是应该想个办法把弟弟取出来？”听到父母的对话，小晚在焦急中又忍不住觉得有些好笑。

“不能使用魔法，我刚才已经试过了。”撒那特思抬起了头。

小晚抿着唇思索着，突然像是又想到了什么，眼前蓦地一亮，“中国神话里的哪吒不也是这样出生的吗？只不过他是在肉球里，弟弟是在胡桃里。干脆我们也冒个险，试试用兵器把胡桃壳劈开。”

“看来也只能靠兵器试试了。”飞鸟摸了摸下巴，“可是胡桃壳这么坚硬，选择用什么东西打开它也是个难题。而且万一用力过猛的话，可能会伤到孩子。”

“你们看，你们看！这里好像有什么东西。”一直没有出声的小灯忽然像是发现了什么似的指着胡桃壳上的一团阴影。

众人仔细望去，只见胡桃壳上不知何时出现了一个七芒星的图案！

飞鸟恍然大悟地拍了一下自己的脑门，笑道：“我明白了，刚才那根本不是给我的礼物，一定是师父又预知了什么，所以将这件和小幕有关的东西带给你们吧！”

还没等他说完，小晚就抓起了那枚七芒星放到了胡桃壳的图案上，不可思议的是——两枚七芒星的大小居然完全吻合！

就在同一瞬间，胡桃壳里隐隐有光亮透出，然而，这光却亮得不正常，那种纯白的光芒，似乎有一种将人全部吸入的感觉。只见光芒越来越强，越来越耀眼，骤然间喷薄而出，犹如化作千刃万剑，顿时将胡桃壳劈得四分五裂，到处飞散。

在夺目的光芒中和胡桃壳碎片中，撒那特思眼疾手快地将同时飞出的婴儿接在了手里，紧紧搂在了怀里。

那触手熟悉的凉意，不由令他微微一惊，这种凉意——分明就是血族独有的温度。

“撒那特思，快把孩子给我。”叶隐挣扎着伸出手。

撒那特思犹豫了一下，还是将孩子交到了她的手里。

叶隐迫不及待地接过孩子，仔仔细细地端详他的容貌。那粉雕玉琢的孩子已经止了哭声，只是紧紧闭着双眼，浓而密的银色睫毛微微颤动时有如细雪簌簌飞落。软软的银色头发像极了他的父亲撒那特思。

“老妈，看起来我弟弟像老爸比较多！将来一定是个美到人神共愤的帅哥！”小晚忍不住轻叹道。

孩子像是听懂了似的，忽然弯起了嘴角极轻地笑了一下。

这细微的一个表情，却让叶隐心底最柔软的地方瞬间开出了最美丽的花朵。

“小幕……”她忍不住对着他的脸亲了又亲。

小幕才笑了几声，随后又猝不及防“哇”的一声大哭起来。

“孩子是饿了吧？小隐你赶紧给他喂奶吧。”飞鸟一边说着，一边将正看得起劲的小灯一并拉出了房门。

“他应该不喝奶。”撒那特思神色复杂地开了口，“小晚，你去冰箱里取一杯新鲜的血液。”

小晚的脸色微微一变，立刻飞奔下楼。

叶隐愕然地抬起头，“撒那特思，难道小幕……”

“小隐，具有血族血统的婴儿一般在出生几年后，就会面临光明和黑暗的双重抉择，投入黑暗，毫无疑问就成了吸血鬼。投入光明，那就是我们血族的宿敌，吸血鬼猎人。吸血鬼猎人唯一的职责就是消灭血族，以及血族和人类结合所生的孩子。我们的小晚是个例外，而小幕则是一出生已经被决定了身份。”撒那特思顿了顿，脸上的神色复杂难辨，“他将会和我一样，投入黑暗。”

叶隐没再说什么，神色黯然地低下了头。这个可能她不是没有想过，但一旦成真，总有些说不出的遗憾和惆怅。

接过小晚匆匆端来的新鲜血液，撒那特思小心翼翼地喂起了小幕。一口鲜血入肚，小幕立刻手舞足蹈地笑了起来，看起来对这份食物满意得很。在他的小身体扭来扭去的时候，小晚留意到弟弟的脚后跟那里有一个类似七芒星的胎记。

她朝着四周搜寻了一遍，发现之前的那枚七芒星已经不见了。一种说不出的诡异感觉顿时袭上了她的心头，难道弟弟身上的胎记和那枚七芒星有关？

就在她打算将这个发现告诉父亲时，她又惊愕地发现那枚七芒星胎记竟然不知不觉增大了一倍……不，不只是那个胎记，而是弟弟整个人都增大了一倍……

小晚难以置信地揉了揉自己的眼睛，没错，弟弟真的长大了一倍！而且，居然还在不停地长大……

大家都目瞪口呆地看着这个小小的婴儿好像被吹了气一般，一点一点地长高长大，仿佛幼苗抽枝发芽长叶，一直到最后，竟然渐渐长成了一个十五六岁的少年！

房间里一片寂静，少年就那样静静地躺在那里，然后，慢慢睁开了他的双眼。他的一只眼眸如北极之冰般微蓝，浅浅的蓝，于无声处，引人遐想；而另一只眼眸却似无边暗夜般漆黑，深深的黑，于无意间，诱人沉沦。

那明净的脸庞，仿佛夜露般晶莹剔透，月光般柔和清淡，星辰般神秘璀璨。

——无与伦比的美丽。

叶幕——降临了。

第一章

魔女美杜莎

入夜后的南方某城，渐渐喧闹起来了。

和忙碌有序的白天相比，夜晚的城市就像是一位刚从重重束缚中解脱出来的妖艳美女，急不可待地想要诱惑那些寂寞的夜归人。绚烂多彩的霓虹灯是她最为迷人的首饰，而那些灯红酒绿的卡拉OK厅、酒吧、宾馆则是她最华丽的邀请。

临湖的街巷里，分布着城中最有人气的几家酒吧。在这些形形色色的酒吧里，位于街角的YESTERDAY'S ROSE是其中最引人注目的一家。屋檐和窗台上随处可见的欧洲石像鬼雕塑，勾勒出了一种典型的哥特式风格，在这样的暗夜里透着几分神秘和诡异。

一推开门，就能感觉到喧闹的气氛扑面而来。

若明若暗的灯光下，舞台上一位红发歌手在轻拔吉他的弦，长长的发丝遮掩住了他的脸庞，只能偶尔瞥见那正在吟唱着靡靡之音的红唇。他那纤长的手指上戴了一枚奇异的蛇形指环，在诡异的灯光下闪烁着迷离的色彩，在他的四周，仿佛弥漫着一种妖冶而诱惑的魅力。

客人们坐在昏暗的座位上享受这难得放松的一刻，有人在玩掷骰子的游戏，有人在窃窃私语，有人喝着酒独自想着心事……几位推销啤酒的女孩穿着娇俏可人的短裙穿梭在酒吧里，为这诱惑的氛围又添上了浓重的一笔。

“喂喂，你们听说过美杜莎的事情吗？”一个低柔的女孩声音从角落里传了出来。声音的主人是个打扮入时的圆脸女孩，在她的对面，还坐着三个年龄相仿的女孩。从几人的打扮气质来看，应该是经常来这里感受夜生活的普通白领。

“美杜莎？是希腊神话里的蛇发女妖吗？”另一个略为年长的红衣女孩略带醉意地问道。

“我说的不是那个美杜莎，而是最近出现的一位现代版蜘蛛侠，不过那人行事可比蜘蛛侠狠毒多了，听说以牙还牙是他的处事手段，而且那个人喜欢戴着魔女美杜莎的面具行事，所以就被叫作美杜莎了。”最先开口的那个女孩露出了一抹神秘的表情，压低了声音，“听说谁要是惹到那个人就会倒大霉。”

“听上去好像很有趣呢。”其中一个卷发女孩推了推身旁正在看表的短发女孩，笑道，“杨瑞，急什么，都没到12点就要回家？”

短发女孩露出了无奈的表情，“小淇，你也知道，平时我8点前就必须回家的，今天已经是例外。要是12点以后回家，我老妈一定又会家法伺候。”

小淇“扑哧”一声笑了出来，“啧啧，敢情你是现代灰姑娘哪，12点以后就会变身。”

“就是，现在都什么年代了，还有这么多规矩，今天到这里就是要好好喝酒赏帅哥！不醉不归！”红衣女孩豪气地将一扎啤酒放在了她的面前，又凑到了她的身旁，扯出了一个暧昧的笑容，“不过话说回来，我现在终于知道为什么这家酒吧是最有人气的了，因为这里的帅哥最多了。你看你看，吧台前那个和美女谈笑风生的褐发帅哥，长着一对勾人的桃花眼呢。还有，角落里那个压低棒球帽，将头发染成银色的男人，我敢打赌这绝对是个极品帅哥！”说着，她笑得更加夸张，“这个世上男人多得是，不是没了他我就活不下去……”

小淇将杨瑞往自己身边一拉，用轻不可闻的声音说道：“林姐刚刚被她最好的朋友劈腿，心情不好，你就顺顺她，喝几口。”

她的话刚说完，就见林姐又神色黯然地低下头去，喃喃道：“我真后悔把好朋友介绍给他认识，如果这个世上有后悔药卖就好了，可惜……”

杨瑞喝了几口酒，侧过了头凝望着还在弹唱的红发男子。

这个世界上，任何疾病或许都有药物可以控制，可有一种药却无处可觅，那就是——后悔药。

就在这个时候，从不远处忽然传来了一声女孩子的哀求声：“不要……”即便是在如此嘈杂的环境里，这哀求声还是如此清晰。

杨瑞顺着声音的来源望去，只见靠近中央的1号桌正上演着富家公子调戏啤酒女的戏码。说是富家公子或许还不够贴切，因为那位1号桌的贵客，这里的很多人都认识。这位也算得上帅哥的年轻男人，正是本市市长的二公子刘涛。平日里他仗着父亲的权势胡作非为，也没人敢得罪他。此时他的手下，正逼着那个推销啤酒的女孩喝下满满一扎加了香烟灰的啤酒。

“听到刘哥的话了吗？只要你喝光这些，今晚你的酒刘哥就全包了！你要是不喝，那就是不给刘哥面子！”

女孩唯唯诺诺地往后退，却又立刻被人粗鲁地推到了刘涛的面前。

红发歌手的歌声还在继续，客人们也很快收起了好奇心，漠然地置身事外，玩骰子的继续玩骰子，喝酒的继续喝酒，好像这里发生的一切完全和他们无关，因为——谁也不想招惹麻烦上身。

“这刘涛实在是太过分了！”小淇愤愤地埋怨了一句。

“小淇，我们也别多管闲事了。”杨瑞连忙示意让她别多说话。就在她目光一转时，眼睛的余光正好瞥见了那个戴棒球帽、染银色头发的男人微微侧过了脸，露出了弧度完美的薄唇，似乎和弹唱的红发男子有一些细微的互动。

“现在啊，真是世风日下，这么多大男人，居然就没一个肯打抱不平。”圆脸女孩轻叹了一口气，“要是真有那个美杜莎就好了，真该好好教训一下这种贱男。”

啤酒女郎迫于刘二公子的淫威，最后还是含着眼泪灌下了这扎“特制”啤酒。午夜12点的钟声也在不久之后敲响，杨瑞告别了同事就匆匆回家了。

刘涛一行人出了酒吧来到停车场的时候，四周已经空无一人，空洞的夜似乎已经蔓延成了无边无际的黑暗深渊。身为老大，刘涛自然是不需要亲自将车开出来，所以他独自坐在停车场的门口等着手下，随手还抽出了一支香烟。可能是因为微醉的关系，点了好几次火都没点着。他一恼，干脆将这支昂贵的打火机给扔了出去。

在打火机落地的瞬间，身后传来的一声轻笑更是令他万分恼火。还来不及问是谁，一个身影已经出现在了他的面前。

他用打量的目光从那个人的鞋子往上移，一点，一点，直到落在那个人的脸上时，他才大惊失色，竟然连一点声音也发不出来。

那个人的脸上戴着一张极为恐怖的面具，面具上那张扭曲的女人脸冷冷对着他，女人头上所盘绕的数条张牙舞爪的毒蛇更是透着说不出的诡异。不过，令刘涛感到害怕的并不是面具本身，而是戴面具的人。

美杜莎——他也听过这个神秘的人物。

以牙还牙，历来是美杜莎的行事原则。

“刘哥，刚才的酒喝得愉快吗？”那张面具下传来的是一个被加工过的金属质声音，不带一丝感情，不辨男女。

刘涛只觉得额上的冷汗已经滚落下来，想起刚才发生的事，不由就望向了美杜莎的手。果然，对方的手里正握着一扎啤酒，而且，啤酒里似乎也漂浮着什么东西。

“你别乱来，我的兄弟们马上就出来了。”他的三分醉意早就被吓醒了。

对方似乎是冷笑了一下，“那么可惜了，他们正在停车场里睡大觉呢。”说着，美杜莎幽灵般的闪到了刘涛面前，轻松地制住了他，令他动弹不得。

“既然你这么喜欢请别人喝啤酒，那我也让请你喝一扎。”美杜莎的眼中掠过一丝恶意，将那扎啤酒送到了他的嘴边。

直到此时，他才看清了啤酒里那些东西是什么。浑浊的啤酒里，漂浮着死苍蝇、死蚊子、死蜈蚣，甚至——还有一只被开膛破肚的死蟑螂！

“这可比你刚才的丰富多了。听到我的话了吗？只要你喝光这些，今晚我就饶了你的命。你要是不喝，那就是不给我面子。”美杜莎不慌不忙地照搬了一遍他之前的话。

“我……我喝。”刘二公子明白自己的处境，不得不憋着气喝了一口。这一口刚入肚，就被他“哇”的一声吐了出来。

“求……求你放了我吧。我……我实在喝不下……”刘涛苦着脸连声求饶。

“喝不下？那刚才你逼别人喝这么开心？”美杜莎一手抬起了他的下巴，狠狠地将这扎啤酒毫不留情地全都灌入了他的嘴里，包括里面的一切配料，也一点不差地塞了进去。

刘涛只觉肠胃一阵翻腾，背过身大吐特吐，差点连五脏六腑都吐了出来。

看着他备受折磨的样子，美杜莎这才满意地放下了杯子，转身就消失在了夜色之中。在穿过了几条巷子之后，在一个幽暗处停了下来，然后，伸出手，慢慢取下了脸上的面具。

令人吃惊的是，那张狰狞的面具下，竟然是一张秀美可爱的女性脸庞，明媚动人的双眸里流转着比月色更皎洁的光华，纤巧的嘴角扬起了一抹狡黠的笑容。

从孩提时代开始，她杨瑞就懂得了——以牙还牙的道理。

杨瑞熟练地将面具放入了随身的大包中，抬腕看了一眼手表，只见时针就快指到午夜1点钟了，她不由皱了皱眉，急忙加快了脚步往家里赶。

就在她穿过一条小巷的时候，不知哪户人家的大钟响起了午夜1点的报时声，虽然只是短促的一声，但那扭曲拉长的回声在这样寂静的夜里听来倒是让人觉得毛骨悚然。她忽然感到从小腹处传来了一种熟悉的感觉，似痛非痛，似麻非麻，仿佛有什么东西积聚在那里拼命想要挣扎出来。从五年前开始，这种奇怪的感觉就时不时出现，唯一能解缓的方法就是吃些冰冻的东西。

她抬头朝四周望了望，目光落在了不远处一家24小时营业的便利店上。在这座夜生活丰富的城市，这样的便利店并不少见。只是，她好像不记得这条巷子里也有这么一家店。

因为急需一些冰冻的东西缓解身体的不适，所以她也没有多想，直接就推开了店门。

店里空无一人，只有一排排高高的货架杵在那里。可令她吃惊的是，这些货架上居然一件商品也没有。

“请问有人吗？”她有些困惑地开口问道。这是家什么店哪，什么都没有竟然也敢开店？

过了大约两秒钟，就在她以为店里没人，打算离开的时候，从最后一排货架后传来了一个男人的声音：“既然来了，为什么急着走？”

杨瑞停住了脚步，转过了头，“我进来是想买瓶冰水喝，但你这里好像什么也没有。”

“这里的确什么也没有，因为我只卖一样东西。”那个男人从货架后缓缓走了出来，抬起头冲着她微微一笑，“或许你也会有兴趣。”

眼前的这个男人，看上去有三十多岁，墨黑色的长发随意地披在肩头，浅灰色的眼睛仿佛雾都久未放晴的阴霾天空，看上去颇有几分深沉优雅的气质，只是眼神里隐隐带了一丝不为人知的苍凉。无论怎么看，他都不像是一个普通的便利店老板。

“什么东西？”她好奇地扬起了眉，难不成这老板还藏着什么宝贝？

“你听说过世上没有后悔药这句话吗？”在看到杨瑞点了点头后，他的眼里尽是笑意，一字一句说道，“我卖的东西就是——后悔药。”

杨瑞一愣，随即哑然失笑，“你是在开玩笑吧？”

男子倒也不恼，“信不信由你。只要有缘，人人都有可能遇上我，人人都有机会买到后悔药。此时此刻，你就是这个有缘人。”

“如果真的像你那么说，这药的价格一定会贵得离谱吧。”杨瑞心里暗暗觉得好笑，猜测这个男人八成有什么幻想症。

“我不需要钱。”男子唇边的弧度更加深刻，“只要用你的一段记忆，就可以换取一粒后悔药。”

杨瑞揉了揉自己的太阳穴，莞尔一笑，“听上去好像很刺激。不过可惜，我的字典里从来没有后悔这个词。后悔，那是弱者才会有的想法。”

男子轻轻摇了摇头，“后悔并不是弱者所有，因为只有懂得后悔，才不会犯同样的错误。那么，下一次就不会重蹈覆辙。”

“我只知道人生不会重来，世上没有后悔药。所以在每做一个决定前，我都会认真考虑，不让自己有任何后悔的可能。”杨瑞扬了扬唇，“就算真的有后悔药，无非也是一种逃避。但是逃避并不能解决问题，只有积极面对才是王道。”

男子轻轻地笑出声来，若有所思地望向了那排货架，低声道：“后悔有什么不好呢？强迫自己不去后悔，也许只会一直错下去，直到泥足深陷，那时你就会后悔为什么自己当初不肯后悔。”

听着这番像是绕口令的话，杨瑞耸了耸肩，“好了好了，大叔，我也没工夫陪你瞎扯了，你的后悔药就卖给其他有需要的人吧。”

男子的脸色微微一变，“什么，你叫我大叔？”

“那么——大伯？”她连忙改了一个称呼，却看到那男子的脸色似乎更加难看了。

“难道这辈子你就从来没有做过觉得后悔的事吗？”他很快掩饰了自己的失态，恢复了常色。

杨瑞已经转身走到了门口，听到这句话又停下了脚步，“过去没有，现在没有，将来也不会有。”

男子那灰色的眼眸里漾出了难以捉摸的奇异光泽，就连声音也仿佛变得遥不可及，“好吧。既然你不需要，我也不勉强。不过我要提醒你一句，今晚你回家的时候，不要走左边的那条路，改走右边那条路会比较好。不然，会有让你后悔的事情发生。”

“哈，难道大叔你还会预测未来？”杨瑞更加觉得好笑，不过同时也觉得有些惊讶，听他的口吻似乎知道从这里到她家，左右两条路都可以走。

“那么多谢提醒了。”她不以为意地摆了摆手，一步跨出了门口。

看着她的背影消失在门口，男子的脸上绽放了一个略带诡异的笑容。

“这个家伙犯了师父的大忌，看来是要倒霉了。”从那排货架后传来了一个略带慵懒的声音。

男子一改之前深沉优雅的气质，气恼地鼓起了腮帮，冲着货架后叫道：“叶幕，你说我看上去真的像大叔吗？”

“怎么会呢？”货架后有个身影微微移动了一下，悄无声息地出现在了他的面前。在昏黄光线的阴影笼罩下，这个被叫作叶幕的神秘人就像是一只潜伏在暗夜里高贵的黑猫。

“师父你看上去只有十五六岁而已，不，顶多只有十一二，或者七八岁？一二岁？嗯，应该说就好像还在子宫里的胚胎那么年轻。”

“叶幕，你这算是在拍马屁吗？”某位师父的脑袋上顿时出现了一排黑线。

“不过师父你也很狡猾啊，每个人都有逆反心理，你越是这么说，她就会越是想走左边那条路。师父你明明知道那里是……这根本就是报复吧？”

男子双手掩面幽怨地望着他，“我瓦利弗身为所罗门王七十二魔王排名第六位的魔王，还是第一次被人叫作大伯，我这口气消不下哪……”

“好了好了，乖啊……”叶幕伸出了一只手安慰似的拍了拍他的肩，“对了，师父，你这门调制后悔药的本领好像还没教给我哦。”

“叶幕你这个小子……”瓦利弗熟练地飞给了他一个白眼，“这五年来，我们七十二魔王将本领都差不多尽数教给你了。要知道当初沙利叶吩咐我们将本领都教给你的时候，大家根本不相信你能学这么多、这么快。可没想到你只用了三年时间就学会了我们所有魔王的大部分本领，就连那个最难搞的流迦都和你特别投缘。你说，你还有什么需要学的？”

“哎，师父，你刚才好像又旧病复发，偷走了什么东西吧？”叶幕摸了摸下巴，笑眯眯提醒道。

“什么？”瓦利弗脸上的表情有点不自然。

“嗯，如果我没记错，你已经答应了席尔师父永远不再犯这个毛病了。”他的语气里隐隐有促狭的笑意，“如果你不想办法堵住我的嘴的话，我怕去见席尔师父的时候，一不小心说漏嘴了……”

“算我怕了你了，等过阵子我教给你行了吧。”瓦利弗无奈地叹了一口气。在七十二魔王里排名第七十位的席尔是一名骑在有翼飞马上的俊美男子，最擅长的就是揭示小偷及其隐藏宝藏之所在。这个被称为最美丽魔王的人，也是他最在乎的好友。

“不过师父，你刚才到底偷了她的什么东西？”

听到叶幕的问话，瓦利弗万般不情愿地从背后取出了一样东西，然后，他听到了自己徒弟诧异的声音：“美杜莎的面具？”

杨瑞走出便利店时，月亮不知何时已经钻入了云层之中，家家户户都紧闭着房门，从窗子里漏出的昏黄光线更是将恐怖阴森的气氛渲染到了极致。

她好像已经很久没有走夜路了。前一阵子妈妈生病，所以每天晚上只能乖乖待在家里。好不容易等到妈妈的身体康复了，她才有机会可以继续管闲事。

走到双岔路口的时候，她倒是想到了便利店老板的话，不过立刻又觉得那个老板纯粹是在胡说八道，她非但不信他说的话，还偏偏有种就是不想听他话的逆反心理。

没有犹豫，她还是选择了左边的那条路。

第二章

暗夜中的吸血鬼

沿着小巷一直往前走，杨瑞隐约感觉到了空气中似乎弥漫着一种奇异的香味，这香味芬芳妖娆却又混合着淡淡的血腥味，让人不由想到了盛开在地府最深处的曼珠沙华。与此同时，依稀还有人说话的声音从巷子的尽头传来。

她只是稍稍停顿了一下，就轻手轻脚地继续往前走去。很快，就看到了巷子的尽头处围着好几个男人，虽然都是背对着她，可看着就是有些说不出的怪异。她想了想，一个闪身躲在了垃圾箱的后面，小心翼翼地探出半个脑袋看个究竟。

就在这时，本来挡住她视线的两个男人正好让开了，里面发生的一切立刻都在她的眼前展露无遗。

紧挨着墙的角落里，有一个男人和一个女人。

男人背对着她，所以看不到他的表情。不过，她却能清晰地看到那个女人的表情。只见女人的神色极为骇人，双眼睁得大大的，目光涣散，就像是看到了世界上最为可怕的东西。

“亲爱的，别露出这种表情，”男人忽然开口说话了，他的声音温柔得犹如魔鬼的蛊惑，“刚刚在酒吧里不是你先缠着我的吗？”

女人根本说不出话来，两颊的肌肉还不受控制地抽搐着，看来是受到了莫大的惊吓。

“凯里斯特大人，为什么您还不享用这份食物？”他身边的几个男人忍不住插嘴道。

“享用这份食物？”那个叫凯里斯特的男人微微侧过头，他的浅淡色褐发闪烁着月光般华美的色泽，金红色的眼眸里荡漾着残忍冷酷的笑意，愉快地欣赏着女人备受惊吓的表情。缓缓地，他伸出了纤长的手指滑过她僵硬的面颊，像是解释般的低声道，“人类在饱受惊吓时，体内会产生一种特别的物质，这会使他们的血液更加美味。所以，要多等待一阵子才有意思啊。”

在听到最后一句话时，饶是杨瑞大胆，也不由变了脸色。因为她已经清楚了眼前这群人的身份。

原来他们都是——行走于暗夜中的魅影，传说中的吸血鬼。

更让她吃惊的是，她认出这位凯里斯特大人居然就是在酒吧被林姐指到的那个褐发男人。虽然这个事实很惊骇，但她还是在最短的时间内让自己冷静下来了。此时此刻，她忽然想起了那个便利店老板的话，心里更是多了几分疑惑，难道那个老板真的有预知未来的本事？他所说的自己会后悔的事指的就是撞上这群吸血鬼？还是说，那个老板根本就知道这里是吸血鬼的狩猎地点？可是自己以前也走过左边这条路，根本也没有发生过什么事。

到底是巧合还是偶然？

杨瑞皱了皱眉，心里已经转了好几个念头。虽然她很想救人，但又明白这次和以往不一样。对方是吸血鬼，自己不过是个普通人，如果硬来，估计没什么胜算。她只会在自己的能力范围内帮助别人，超出了她的范围，她只能选择放弃。不顾后果地逞英雄，并不是她的行事原则。

“好了，游戏时间结束。”凯里斯特慢慢地抬起了头，眼眸中的金红色已经沉淀为骇人的血红色，唇边那抹残忍的笑意令人不由自主地颤抖。

借着暗淡的月色，杨瑞清清楚楚地看到了他的两枚獠牙正闪着森然的光泽,透着冷冷的杀意。她屏住呼吸，正打算要悄悄离开的时候，却又听到了那个原本已经吓呆的女人发出了微弱的声音：“救……救救我……”

那哀求的声音在寂静的夜晚听起来格外凄凉，杨瑞犹豫了几秒，微微叹了一口气，还是转过了身子，就这样什么也不做就离开，她将来也许真的会后悔。无意中她看到了自己从小一直戴着的银手镯，不由心里一动，吸血鬼不是怕银的吗？

那边的凯里斯特已经一把抓起了女人的衣领，对准她那白皙柔软的脖子一口咬了下去……

就在这时，不可思议的事情发生了！众吸血鬼忽然见到一团黑影从垃圾箱那里直飞过来，然后就听到了一声像是金属撞击到了什么的脆响！还没等他们反应过来，就看到凯里斯特大人迅速地捂住了自己的嘴，紧接着，一小段白色的东西从他的嘴里掉了出来。

吸血鬼们都瞪大了眼睛，露出了难以置信的表情——他们那天下无敌的凯里斯特大人的獠牙居然被一个不明物给砸断了！

凯里特斯大人自己显然也被这意外给刺激了一把，不过他还是咬牙切齿地下了一道命令："立刻给我抓住那个人！"

由于牙齿被打断，他说话的时候还有点小漏风。尽管吸血鬼本身有修复功能，但对于极为好面子的凯里斯特来说，这简直就是吸血鬼生涯中的奇耻大辱！

杨瑞自己也有点不敢相信，虽然那一下她扔得很用力，可是那个银镯子居然有这么大的威力，她可完全没有想到。

不过，现在已经没有时间让她惊讶了。因为就在一刹那，那几个吸血鬼已经围了上来。杨瑞深深吸了一口气，从随身的口袋里摸出了一把漂亮的藏刀。有生以来第一次和非人类交手，紧张自然是难免的，但坐以待毙也绝不是她的选择。

就像她一贯所坚持的那样，既然决定了，就不再后悔。

所以，当她扔出那个银手镯的时候，就料到了这样的后果。

不知是不是自己太紧张了，以至于她在这个时候竟然听到了一声轻笑。正当她准备揉揉自己的耳朵时，却发现前面隐隐出现一个修长挺拔的身影。然后，她听到了一个恍若天堂之乐的声音传了过来："这里可真是热闹啊。"

那个人的脸在淡淡的月光下渐渐显现，他的双眼被银色的发丝遮掩了几分，却依旧比天边最明亮的星辰更加动人。其中一只眼眸如北极之冰般微蓝，浅浅的蓝，于无声处，引人遐想；而另一只眼眸却如无边暗夜般漆黑，深深的黑，于无意间，诱人沉沦。他的银发在晚风中轻轻飘拂，闪耀着迷离的光泽，仿佛暗夜里一场令人沉醉的流星雨。

她看呆了，完全的呆住了。

这是她有生以来从未见过的美丽，令她连呼吸都要停止的美丽。

"安特莱尔·亚隆·伊斯多维尔？"凯里斯特低低说出的一个名字，令其他几个吸血鬼都吃了一惊，其中一个稍矮的吸血鬼忍不住脱口问道："难道他就是传说中那个从胡桃中出生，见风就长，五年工夫就长到二十五岁，还被破例允许暂代Tremere族亲王之职的安特莱尔·亚隆·伊斯多维尔？"

"那个名字听起来怪拉风的，不过我还是更喜欢叶幕这个名字。"青年清澈无邪的笑声就像是飘飞的冬雪，优雅动人却又冰冷无比。

凯里斯特一时也摸不透他的来意，只是捂住了自己的嘴，尽可能保持着优雅的一面，若无其事道："不过同为联盟的分支，按照盟约，你好像不该来打扰我们一族的猎食活动吧。"

"打扰猎食活动，有吗？我可是明明看到亲王你受伤了才出现的。而且，别忘了慕尼黑一带才是你的管辖地。"叶幕的唇边扬起了一抹促狭的笑容。

"那么你呢，你们的管辖地不也是在匈牙利一带吗？"凯里斯特不以为然地回了一句。

"哦，你还没收到消息吧，中国的这座城市很快会由我们一族接管了。以后其他各族在这里猎食都必须经过我的同意。"

听了他们的对话，杨瑞的大脑有一瞬间的短路，原来这个令她惊叹的男子——竟然也是吸血鬼。而更要命的是，无论是这个家伙，还是那个被她打断了牙的家伙，居然都是血族里的BOSS级人物！

听到受伤两个字，凯里斯特的脸色一僵，像是为了掩饰自己的尴尬，他立刻指了指杨瑞道："既然还没开始接管，那么就请不要打扰我们的猎食活动了。这个女孩就是我们今晚的夜宵。"

"这个女孩吗？"叶幕耸了耸肩，"那恐怕不行。"

"叶幕，难道你想维护人类？还是想违背盟约？"凯里斯特的脸上露出了一抹讥笑，"对了，我差点忘了，你的体内还流着一半人类的血液呢。"

叶幕忽然笑了一下，他这一笑真是犹如冰雪融化，但笑容下的寒意却好似南极冰峰般冷冽。

"短短五年时间，你就拥有了和我们几乎相同的力量，所以王重用你，甚至破例允许你暂代你父亲撒那特思的亲王职位也不奇怪。不过，这也并不代表着你可以随意违背我们的盟约。"凯里斯特瞥了杨瑞一眼，"况且这个女孩已经知道了我们的身份，更加不能留活口。”

杨瑞微微愣了一下，猝不及防地，整个身体忽然被拉进了一个冰冷的怀里，然后，她听到了叶幕的声音从她的头顶上方清楚地传来，

“不好意思，她已经是我决定初拥的对象了。”

黑暗里，这几个字就像惊天雷一样轰隆隆劈在了她的身上。

她的大脑一片轰鸣，根本无法思考。

初拥的对象？对于看多了恐怖灵异片的她来说，这个名词并不陌生。

“不想今晚被变成夜宵的话，就乖乖听话。”他又在她的耳边轻轻地加了一句，语气轻柔却又带着不容置疑的强势。

凯里斯特有些怀疑地看着他，“你说什么？这个女孩是你的初拥对象？”

“对啊，不然我怎么会明知你们今晚选择了这里作为狩猎地点，还跑过来多管闲事？”叶幕一脸无懈可击的神情让人无从怀疑。

“但这女孩看上去也不容易调教吧。”凯里斯特不甘心地摸了摸自己那两枚渐渐还原的獠牙。

叶幕挑眉轻笑，“我比较喜欢向高难度挑战。”

“既然她是你的初拥对象，那么我也无话可说了。”凯里斯特倒也没有继续纠缠，很绅士地摊了摊手，“不过我也想提醒你一句，作为亲王，第一个初拥的对象必须得到王的同意。”

“这个我自然会和王通报。”

“好，我们走。”凯里斯特示意身边的手下离开这里。

“凯里斯特大人，您真相信他说的话？”其中一名金发吸血鬼不服气地低声道。

凯里斯特意味深长地看了叶幕一眼，“我相信身为一名血族亲王，对人类是不应该有同情心的，更别说找这种借口来救人了。”

金发吸血鬼撇了撇嘴，插嘴道：“那可不一定，他的母亲不就是个人类吗？人类那低贱的血统就是……”他的话还没说完，忽然看到一道蓝色的光芒闪电般冲着自己的面门而来，速度之快，让人根本无法招架，还没等他出手抵挡，就已经陷入了一片无声无味的黑暗中。

“凯里斯特大人，我看不见也听不见了！”他在呆了几秒后终于惊慌地大叫起来。

“说错话就要受惩罚，就算小朋友也知道这个道理。”叶幕若无其事地笑了笑，似乎刚才发生的事根本和他无关。其实谁都知道是他出的手，可几乎没人看到他是怎么出手的。

“刚才是我的手下失礼，请看在我的面子上饶恕他一次。”凯里斯特用优雅的笑容掩饰了内心的惊讶。虽然这五年来听了不少关于胡桃叶幕的传闻，但这还是第一次亲眼看到他“出手”。在一刹那，他居然能不动声色地剥夺了伊万五感里的三感，简直就是匪夷所思。

叶幕的笑容依旧清澈动人，“不用担心，三个月后就会恢复。”

“三个月？”凯里斯特似乎想说什么，但还是忍下来了。他明白，跟叶幕讨价还价，根本就是自讨没趣。

其实在场的所有人和鬼，以及一切不名生物中，唯一看清叶幕出手的只有一个人——那就是和他距离最近的杨瑞。

她的心剧烈地跳动着，难以置信地回想着刚才的一幕。她清清楚楚地看到那个金发吸血鬼叫起来之前，叶幕的确什么也没有做，他只是——眨了眨自己的眼睛。

如果说这样就能轻易剥夺对方的三感，那么他的力量的确是——强大得恐怖。

正在这时，她看到凯里斯特在离开前冲自己露出了一个极为古怪的表情，“小姑娘，欢迎你早日加入我们高贵的血族。”

莫名其妙地，她全身打了一个冷战。

等到那些吸血鬼都消失在面前，她“唰”地抽出了藏刀，做出了一个防守的姿势，强作镇定地开口道：“你刚才说的不会是真的吧？”

叶幕敛起了笑容，一脸严肃地看着她，“我身为血族亲王，又怎么能说话不算数？更何况你已经知道了我们血族的身份，所以你只有两个选择，一个是让我咬你一口，另一个是……”

“是什么？”她有些急切地问道。

他转了转眼珠，银色的睫毛下流泻出一抹调侃之色，“另一个当然是你来咬我一口。”在看到对方有点崩溃的神情时，他轻轻笑了笑后转过身朝巷子外走去。

“喂，你……”杨瑞意识到了他只是在捉弄自己，在松了一口气的同时又忍不住问道，“为什么要帮我？”

叶幕停下了脚步，缓缓侧过头来向她投来一瞥，眼睫下的冰蓝和深黑就像是两个完全不同的梦境。“我只是觉得这个城市的夜晚如果少了你的捣乱，那就更加冷清了。”说着，他似笑非笑地牵动了一下嘴角，“你说是吗，美杜莎小姐？”

杨瑞大吃一惊，第一个反应就是伸手去包里摸面具，谁知却摸了个空。那个美杜莎面具居然不见了！在某一瞬间她也想装糊涂，但又想到既然对方已经拆穿了自己，必定已经了解清楚，自己也没必要再装了。

只是……自己的见义勇为和行侠仗义被说成捣乱，这听上去着实有些不爽。

“那不叫捣乱好不好？”她没好气地回了一句。

“下次要记住，不该管的闲事，千万不要再管。”他那只冰蓝色眼眸如同波罗的海的海水，带着近乎无情的透明，“还有，如果你泄露出我们的身份，那么你的下场就是成为一盘点心。”

“啊！”一声女人的尖叫忽然从墙角传来，杨瑞和叶幕两人不约而同地将目光投向了声音的来源，只见已经被吓呆的那个女人似乎已经回过神，正一脸花痴状地盯着叶幕的脸，居然缓缓流下了两行鼻血。

杨瑞惊讶地看着这一幕，三条黑线迅速挂上了她的额头。只听说过男人看美女看得飙鼻血，这女人看帅哥看得流鼻血，还真是平生第一次见。

她承认眼前的这个吸血鬼，的确是她见过最为惊艳的“鬼”，可飙鼻血还是有点夸张了吧。就在她回头想看看当事人的表情时，却更加惊讶地看到那位帅到宇宙大爆炸的吸血鬼正神情古怪地看着那个女人，眉目间隐隐还有些恐惧的神色，然后动了动嘴唇，竟然“咚”的一声倒在了地上。

这，这到底是怎么回事？杨瑞完全愣住了。

好不容易钻出云层的月亮不知何时又躲了进去。漆黑的夜幕下，忽然鬼魅般的掠过了两个修长轻巧的身影，准确无误地落在了昏迷的叶幕亲王身边。杨瑞虽然看不清他们的容貌，却还是依稀听到了他们的对话。

“他果然又晕了，弗朗西斯，幸好有你的晕倒感应虫。”

“都不知道这个家伙是第几次晕倒了，每次都要我们来收拾残局。维，你快拉住他。”

“不过身为吸血鬼却见血就晕，小幕还怪可怜的。”

“好了好了，我们还是先把这个家伙送回去好了。”

对话很快结束，下一秒，这两个人连同叶幕都消失得无影无踪。只剩下还在继续流鼻血的女人和石化状的杨瑞。

不会吧？不是吧？

这个世界上竟然还有见血就晕的吸血鬼！

看来他很难在这行混了——这是杨瑞同学在石化了半小时后得出的精辟结论。

第三章

流血的噩梦

杨瑞的家位于市中心的一个老式住宅小区内。这个小区地段虽好，房子却是破旧了些，除了临街的那排房子之前为了迎接某位领导到来而重新刷了一遍颜色外，其他房子墙面的颜色已经褪得有些斑驳了。据说再过不久政府规划处就要拆除这里，把这块风水宝地建造成为一个人气大旺的商业中心。

“杨小姐，今晚又加班了？”走进小区的时候，门口的保安张叔笑眯眯地朝她打了一个招呼。来自北部某农村的张叔四十多岁，为人亲切，而且有着都市人少有的热情，所以每年都会当选由居委会大妈们评选出的小区优秀外来打工者代表。

“嗯。”换作平时，杨瑞总是会和他聊上几句，但今晚的惊吓实在太多，让她的脑袋到现在还有点蒙，所以只是应了一声了事。

“对了，杨小姐，您送给我的那个电扇……实在是谢谢您了。您看我这一个月才五六百块，要让我自己买个电扇还真舍不得……”张叔似乎并没有察觉到她的异样，还在那里滔滔不绝地说着。

“能用就好。”杨瑞露出了一个笑容，“大家都不容易，您还是多存些钱寄给您的家里人吧。”

“好姑娘，好姑娘……谁娶了你就有福了。”张叔憨憨地笑着。

杨瑞说了声再见就往自己家走去。小区的路灯似乎因为电量不足而显得有些昏暗，楼道里的灯也忽明忽暗地闪烁着，隐隐透着几分阴森。

她轻手轻脚打开门走了进去，生怕吵醒睡梦中的妈妈。还没走到卫生间，就听到妈妈的声音从房里传了出来：“小瑞，你回来了？

今天怎么这么晚？”

她连忙推开了卧室的门，“妈妈，我早上不是打电话和你说了吗？今晚要加班。”

晚上加班，这是她惯用的借口，今晚也不例外。

杨妈妈的脸上掠过了几分心疼又无奈的神色，“小瑞，妈知道这份工作很辛苦，要不是妈的病，你也就不用高中毕业就出来工作，其他和你同年龄的女孩子……”

“妈妈，我本来就不是念书的料，早点工作不是更好。再说我就快满二十二岁了，也不小了。有我养着你，你什么心也不用操，我们母女俩不需要靠别人。”杨瑞一边说着，一边细心地替她换了一盘新的蚊香。

杨妈妈的神色一黯，“过几天就是你的生日了，可惜妈妈也不能给你买什么，要是你爸爸还在的话……”

“对了，妈妈，你今天的药都吃了吗？”杨瑞将一旁的薄毯子放到了妈妈的身旁，不着痕迹地转移了话题。

“吃了。”杨妈妈低低应了一声。

“那就快些睡觉吧，明天我还是把早餐做好放在微波炉里，你起来的时候热一下就行了。”杨瑞用哄孩子的语气低柔地说道，顺手替她关上了房门。又累又困的她，洗漱完之后倒头就睡着了。

在半梦半醒之间，杨瑞模模糊糊地感觉自己仿佛被什么东西牵引着来到了一个地方，那似乎是她小时候的住处，有清澈的小溪、苍翠的山野和满坡的映山红。

妈妈总是喜欢在山上采摘那些映山红，然后插在不起眼的瓶子里，一大束一大束，远远看起来，就好像一团团燃烧的火。

正逢夕阳西下，金红色的暖色调将山坡晕染得更增了几分妩媚。而那个正弯腰采花的女人……不正是妈妈吗？

“就知道你在这里。”爸爸忽然也出现在了那里，像往常一样体贴地帮妈妈拿起了那些花。

“亦飞，看，那里有粉色的！”妈妈兴奋地朝着某个方向一指，往坡上又爬了几步。

“小心点！”爸爸急忙拉起了妈妈的手，生怕她摔倒。

两人紧紧握着彼此的手，然后抬起头相视一笑。

这样的画面，由内而外弥漫着一种温柔的气息。杨瑞弯了弯唇，正想要跑过去——就在这时，天边的夕阳忽然变成了血一样的深红色，像是冥界的曼珠沙华，大片大片地铺陈开来，所有的一切都被染上了一种恐怖的血色，鲜血般的红色继续蔓延，天空竟然下起了红色的血雨！爸爸、山坡、小溪都渐渐消失，只剩下了掩面哭泣的妈妈……

杨瑞猝然从梦中惊醒，发现自己早已渗出了一身冷汗。

这已经是第几次做这个梦了？

自从爸爸在她两岁时失踪后，她就经常被这个流血的噩梦所困扰。而奇怪的是，所有和爸爸有关的记忆好像也随着消失了，甚至连他的容貌都想不起来了。唯一的记忆碎片就是梦开始的那一幕。

她拿起床头柜上的水杯连灌了好几口水，让自己的心情稍稍平复，习惯性地去拿那个美杜莎面具。

这是爸爸失踪前送给她的生日礼物。

其实到现在她也想不通，很少人会送一个两岁的孩子这样的生日礼物吧。

伸手摸了一个空，杨瑞才想起面具已经不见了，心里更是焦急。她将自己今天所有去过的场所回忆了一遍，最后将遗失地点锁定在了那家古怪的便利店。

明天，就再去一趟那家便利店吧。

与此同时，同在市中心内的前世今生茶馆也到了打烊的时间。因为茶馆老板飞鸟陪同妻子回她的老家探亲，所以只能由叶晚充当起临时老板的角色。将客人送走后，她拉开抽屉取出了一只黑色的小蛾子放在了桌子上。在拿出小蛾子时，她看到了里面还有一样东西，不由无奈地摇了摇头。

小蛾子飞快地动了起来，在现金上转了一圈，又在电脑上飞了一圈，迅速地将当天的营业额以及一切相关数字准确无误地显示了出来。

小晚满意地将小虫放了回去，心里赞了一下弟弟的这个计数虫。听老妈说送弟弟这个计数虫的流迦师父是七十二魔王中最为变态的一个，可是这个发明看上去还不错哦。都不知道老妈为什么每次说起那个流迦魔王都咬牙切齿的。

“小晚……”一个温柔的声音忽然从她的背后传来。听到这个声音，她立即笑眯眯地转过身去。

只见在离她不远的地方，投身于海洋业的海皇阿希礼陛下正倚在窗前，月光斜斜地映照下来，他那紫银色的发丝散发着迷魅的光泽，犹如海上魔女吹奏起诱惑过往船只的靡靡之音，令人心甘情愿堕落在这魔幻的旋律之中。

“阿希礼，这么晚你怎么来了？”见多了古今帅哥的小晚对美色带有抗原体，所以即使有这样的极品出现，她依然还是一副泰山崩于前而不改色的表情。

阿希礼忽然做了一个夸张的表情，居然还很欠扁地嘟起了嘴，“当然是因为想你了，我的小晚晚——来，先给我亲一下！么么么么！”

明明是炎夏，茶馆里却瞬间降温——寒气好重。

“我的小晚晚——我来了！”就在阿希礼作势要去搂她的时候，只见小晚露出了一个诡异的表情，似笑非笑地看着阿希礼，“很好玩吧？”

“什么好玩？”阿希礼睁大了无辜的眼睛，还撒娇似的扭了扭身子，“我要亲亲嘛。”

“好啊。”小晚笑得更加诡异，突然出其不意地伸手对准他的耳朵就是狠狠一揪。

“哇！小晚你快放手！谋杀亲夫啦！！”阿希礼不顾仪态地大叫起来。

“哼哼，死叶幕，你学的这招变形术根本骗不了我！”小晚手上更加使劲，“快叫姐姐饶命，姐姐万岁，我就放了你！”

“小晚晚，我是你最心爱的小礼礼啊……”某个耳朵已经被揪红的家伙还在强辩。

“你再用那么恶心肉麻的称呼，我让你的耳朵变成猪耳朵信不信？”小晚狠狠一拉，“还不赶快恢复原形！”

匪夷所思的事情发生了——在一团紫色的光芒下，阿希礼竟然渐渐幻化为一个银发的美男子，他那形状优美的唇微微翘起，似乎还在竭力忍着笑意。

“开个玩笑嘛，小晚。”恢复了真身的叶幕终于忍不住笑出声来，示意姐姐赶紧放开他的耳朵。

“你还叫我小晚？我可是你老姐！”小晚不依不饶地说道。谁叫自己的弟弟就好像那田里的庄稼一样长势喜人，五年就长到了二十五岁，算起来自己居然还比他小了一岁，这个姐姐的地位看来是岌岌可危。

“你可比我小一岁。”他坏坏地笑。

“我比你早生！”

“好了好了，姐姐，快放开你的魔手吧。”

小晚这才满意地放开了手。叶幕龇牙咧嘴地揉着耳朵，在心里暗暗祝愿未来的姐夫将来也可以尝到这个揪耳魔功。

“要是让阿希礼知道你这么毁他的形象，说不定会号令所有的鱼虾蟹们来追杀你。”小晚一边说着，一边在脑海里想象出这么一幕情景，顿时“扑哧”笑出了声。

“不会连菜市场里的鱼虾蟹都要发动起来吧。”叶幕笑了笑，懒洋洋地坐了下来，“对了，老爸老妈他们现在在哪里了？这个亲王职位无聊得很，我想早点还给老爸。”

“好像是在京都吧。老妈昨天用式神和我联系过。”小晚说着转身向冰箱走去。这次老妈突然心血来潮，要把曾经穿越过的地方都再走一遍。老爸当然不放心，要一起陪同，所以干脆就向王请示将亲王的位置暂时扔给了弟弟。幸亏现任的王一直很看重弟弟，才破格同意了这件事。

“过些天，我还要去布拉格参加联盟的会议，真是头疼。”叶幕将下巴扣在了椅背上，露出了一脸不乐意的神色。在家人面前，他完全表现出了毫不掩饰的真性情，卸去了一切伪装。

“那么说来联盟七族的亲王都会到场了？”叶晚从冰箱里取出了一个银色的瓶子，走到了他的面前，“是不是发生什么事了？”

叶幕无所谓地耸肩，“一直和我们联盟作对的另外两个氏族，不知为什么他们近段时间经常攻击我们，甚至还雇用了狼人一族的杀手。”

小晚脸上微微变色，“狼人一族的杀手？”

“是啊，不过姐姐你不用担心，我们和他们一直都有矛盾，只不过现在稍微激化了些，总有解决的方法的。”叶幕倒没把这当一回事。

小晚点了点头，指了指桌子上那个黑色瓶子，“你今天一天都没吃过食物吧，这里面是从医院里拿来的新鲜血液。”

“好姐姐，你怎么知道我还没吃？”叶幕一见瓶子，顿时眼睛一亮。

小晚从抽屉里拿出了一副深黑色的墨镜，“你看看，这么重要的东西居然也忘了戴，你还怎么吃？再说你又不会伤害人类。对了，今天你的晕血症犯过没？”

弟弟的晕血症实在是让大家头疼，平常人也就算了，可身为吸血鬼，晕血简直就好像猫见了老鼠就晕，狼见了兔子就晕，老妈见了糖醋排骨就晕那么可笑！幸好老妈向冥王要来了冥界的黑色瘴气，用它做成了墨镜，只要戴上这副墨镜，就能控制晕血症的发作。

平时在家里大家更是要处处小心，就连老爸装血的水晶杯，也在发生了弟弟去冰箱里拿东西时晕倒的悲惨事故后，被无情地换成了毫无品味可言的不锈钢杯子。

“没，今天我一直和瓦利弗师父在一起。”叶幕神定气闲地摇摇头，他才不会把弗朗西斯和维刚才送他回来的糗事招供出来。

“没有就最好，下次千万记得戴着，不然万一弗朗西斯和维没有及时赶到，你可怎么办。”小晚又想起了什么似的说道，“对了，阿希礼的养女阿尼萨明天生日，我答应了去巴格达替她庆祝，这些天就要由你来管茶馆了。”

“唉？”叶幕苦恼地托住了下巴——男人的压力还真是大哪。

这个城市的夏天，是四季中最为难熬的一个季节。空气闷热得仿佛随时都要灼烧起来，树上的叶子全都打着卷儿，就连平日里叫个不停的知了都懒得开口。在这种天气被迫外出的人，无疑是深深值得同情的一个群体。

此时的杨瑞，就是这些可怜人中的一员。因为工作时间短，资历又浅，所以出门联系客户的苦力活总是责无旁贷地落在她的身上。这些她都还能忍，最郁闷就是遇上那些有色狼潜质的大叔们，今天的那个马经理就是，要不是她闪得快，那色狼的手就快摸到她的腿了，还厚颜无耻地暗示她有潜质做他的情人。

为了这份得来不易的工作，她忍耐着没有破坏自己的乖乖女形象。

离开了黑夜的掩饰，在现实中她也不过是个普通人。

不过，她早就打好了邪恶的小算盘——到了晚上，她一定会去好好招呼他的。

杨瑞拿出纸巾擦了擦脸上的汗水，发现自己无意中正好走到了昨天的小巷子那里。想起自己的面具，她就赶紧朝着那个便利店的方向走去。

今天她才看清楚，原来这家便利店还有个很好很和谐的名字——金太阳便利店。她也没有多想，推开门就走了进去。

店里那些高高的货架上已经井井有条地放置了很多商品，品种还十分丰富。有两个高中生模样的女孩正在一边选购零食，一边大声地讨论着时下最流行的歌手。

眼前的这一幕，让她有种昨夜是在做梦的错觉。

当她看到那个秃顶暴牙的店主时，这种诡异的感觉就更加强烈了。抱着最后一丝希望，她还是上前开了口，“请问，你们这里有个灰色眼睛的店员吗？”如果面具真的掉在这里，那个黑发灰眼的男人应该会知道些什么吧。

店主见她没有买东西的意思，只是爱理不理地回了一句：“没有。”

“那值通宵的店员呢？”

“通宵？我这店向来是到晚上8点就打烊了。”

杨瑞蓦地感到背后冒起了一股阴森森的寒意，就好像自己已经进入了另一个陌生的世界。

如果这个店主没有撒谎的话，那么昨晚她看到的那个男人又是谁？

难道这一切只是自己的幻觉，还是说……真的活见鬼了？

她没再说什么，立刻离开了便利店。既然这样的话，她干脆就在今晚12点以后再来这里好了，她就不信那个便利店连同那个男人会凭空消失。

不知为什么，她有一种强烈的直觉，她的面具遗失一定和这家古怪的便利店有关。

当天晚上，杨瑞在妈妈睡着之后偷偷溜了出来。这出来的第一件事，当然是要好好招呼一下那位马经理。其实她也没做什么，只不过趁马经理在停车场取车的时候袭击了他，将他脱得只剩内衣后绑在了他的办公室门口，然后挂上了一个硕大的牌子，上面写着八个大字：珍惜生命，远离色狼。

等明天一早大家都来上班时就能见到这精彩的一幕了。

可惜没了美杜莎的面具，害她只好随便找了个猪八戒的面具代替，唉……形象啊形象。

看来非要把那个面具找到才行，不仅仅因为这是爸爸留给她的礼物，更重要的是她可不想被冠上一个猪头侠的外号。

搞定了马经理，她就摘了猪八戒面具，直奔那家便利店。

但正如那位店主所说的那样，便利店真的是铁将军把门，根本没有一个人。她一直在附近等到了将近2点，却也不见有丝毫可疑的动静。

就这样，接连过了快一个星期，杨瑞还是毫无收获，唯一的收获就是多了双大熊猫眼。

这天早上，她刚到单位，就看到同事小淇兴高采烈地走了过来，笑眯眯地对她说道："小瑞，今晚林姐请我们去喝茶，你也一起去吧。"不等她回答，小淇又压低了声音，用神秘兮兮的口吻道："对了，你有没有发现最近林姐的心情好像好多了，会不会是交了新男朋友？"

杨瑞点了点头，"她最近的确是开朗多了，不过我看她的脸色好像不大好。"

小淇想了想，也点了点头，"你不说我还没发现，林姐的脸上好像是没什么血色。不过有爱情的滋润，林姐很快就会恢复吧。好了，不说了，我要去忙了，总之你晚上也一起来。"

"去哪家茶馆？"

"就是靠着湖的那家叫作前世今生的茶馆。"小淇的眼睛忽然变得炯炯有神，连分贝也高了几点，"听说那里换了个超帅的老板，就冲这也一定要去！"

太阳隐没之后，城市迎来了又一个平静的夜晚。在邻近湖边的前世今生茶馆内，仿佛新的一天才刚开始。自从换了新老板之后，每天来茶馆的客人比以前多了好几倍，如果不提前预约的话，根本就没有空位置。茶馆里天天客满不说，就连茶馆外也挤了不少等着空位的客人。这些客人里，百分之九十九都是女性。

初次见到这种架势的杨瑞也被吓了一跳，乖乖，这个城市的餐饮业什么时候这么发达了？

“幸好林姐提前预约了，我看那些客人八成都是冲着那个帅哥老板来的。”小淇的眼睛也开始闪闪发光，三步并作两步走了进去。

“有那么帅吗？”她对此表示怀疑。

小淇一把将她拉了进去，“你不知道吧，之前的那个老板也是个大帅哥，可这次这个简直就是帅中之帅，而且，他还有一头潮翻了的银色头发……”

银色的头发？杨瑞心里微微一动，忽然又听到小淇兴奋地喊了一声：“看，那个男人不就是在YESTERDAY'S ROSE酒吧弹唱的歌手吗？”

杨瑞顺着她指的方向望去，只见那个正在专心削苹果的年轻人看起来不到二十岁，一头披散到腰际的火红色长发和周围素雅的环境形成了鲜明的对比。纷乱的发丝遮住了他的半边脸，在偶尔抬头的一刹那，那双看似深棕色的眼眸里却流动着一种诡异又深沉的红色。

离他不远的地方，一位栗发男子正微笑着和女客人聊着天，那优雅的举止简直就像是从油画上走下来的中世纪贵族。他那双深蓝色的眼眸，仿佛一望无垠的天空，深邃而悠远。

就在这时，从里屋里传来了一个略带不爽的声音：“维，弗朗西斯，这里都已经忙得不可开交了，你们两个家伙到底在做什么？”

杨瑞一愣，咦？这个声音怎么有点耳熟，好像在哪里听过。

等等，刚才他说了什么，弗朗西斯，维……奇怪，这两个名字好像也在哪里听到过？

一段似曾相识的对话忽然回响在她的耳边——

“他果然又晕了，弗朗西斯，幸好有你的晕倒感应虫。”

“都不知道这个家伙是第几百次晕倒了，每次都要我们来收拾残局……维，你快点拉住他。”

她的心里一个激灵，难道，难道……

“弗朗西斯，你到底听到了没有……”声音的主人终于按捺不住，从里屋走了出来。

“哇，真的很帅呢！你看他的银色头发，天，怎么染得和真的一样啊！

哇，现在还戴着墨镜，真酷啊……”身旁犯花痴的小淇说了什么，她根本没听清。尽管面前的这个男人被一副奇怪的墨镜遮住了大半边脸，但这并不影响她的辨认度。

她那2.0的视力可不是盖的。

在看清楚那张脸时，她扶了一下旁边的墙，深深吸了一口气，用最快的速度消化了一遍自己目前的认知。

前世今生茶馆的新老板，居然就是那位——血族亲王叶幕！

那么说来，那另外的两只多半也是吸血鬼了？

OH，神啊，难道这家是吸血鬼的黑店？骗人入局然后吸光她们的血？

第四章

中世界的夜魔

叶幕在看到她时似乎也微微一怔，但随即又像是想到了什么，脸上的表情在一瞬间变得有些古怪。那位栗发男子懒洋洋地站起身走了过来，嘴角弯起的弧度恰到好处，优雅之中带着一种贵族惯有的清高。

“小幕，我早说过了，我只负责和客人沟通。其他的苦力活就交给皮粗肉厚的维好了。”

杨瑞充满疑惑地望向了他所指的那个叫维的红发男子，额头上顿时“噔噔噔”冒出了三条黑线。如果那种可以直接拿去拍护肤品广告的皮肤也叫皮粗肉厚，那岂不是很多人的皮肤要被叫作鳄鱼皮、大象皮?

“小瑞，你怎么了？脸色好像不大好。”一旁的小淇哪里知道她的脑袋里转了这么多古怪的念头，还以为她的身体不舒服。

“小淇，我看我们还是换个地方会比较好吧。”杨瑞已经把叶幕想象成了磨刀霍霍的孙二娘……不错，他是救过自己，但他始终都是吸血鬼啊。

“为什么？这里很好啊。”小淇笑了笑，“林姐她们已经在等我们了。”

杨瑞还想说什么，忽然感到叶幕的目光落到了自己的身上。尽管隔着墨镜，她还是察觉出了一种叫作危险的味道，那深不可测的眼神仿佛在冷冷提醒着她如果泄露他们的身份，那么……后果很严重。

“还发什么愣，走吧走吧。”小淇拉起她朝着包厢走去。

今天的林姐似乎特地打扮了一番，看上去比原来还年轻了几岁。只是不知为什么，她的脸上却隐隐透着一层晦暗的灰色。

“林姐，你说实话，是不是有新的男朋友了？”几个女孩迫不及待地开始“审问”起了当事人。

杨瑞也暂时放下了戒心，兴致勃勃地加入了审问的行列中。只是大家审问了半天，却什么八卦也没有套出来。林姐死活不承认自己有了新男朋友，可她那种甜蜜的表情又让大家实在怀疑。

聊了一会儿天之后，杨瑞起身去了洗手间。从洗手间里出来的时候，她看到那位弗朗西斯正从隔壁的男洗手间走了出来，正小心翼翼地抹着香气宜人的护手霜。

“这位小姐，是第一次来这里吗？以前好像没有见过你？”他侧过脸看着她，笑容温柔明媚，尤其是他身上的那件粉色衬衣，不但不显得突兀，反而衬得他更加华丽优雅，俊逸不凡。杨瑞见他并没有认出自己，寻思着可能是因为那晚天色很暗，所以对方也没有看清她的容貌。

尽管这位帅哥质素不是一般的高，但一想到对方是专以鲜血为生的吸血鬼，她的背后就飕飕地直冒寒气。

“是第一次来。”她礼貌而冷静地回了一句，但全身的神经已经紧绷。现在这里没有人经过，她可不确定对方会不会兽性大发咬自己一口。

“对了，容我冒昧地问一句，你擦的是什么香水？”他微微笑着，“这种味道很特别，感觉……很开胃。不，我是说，让人闻了很开心。”

开胃？这两个字又撞击了一下了她已经很敏感的神经。虽然她自认身手非常不错，可要和非人类PK，那是绝对没有半点胜算的，上次的断牙事件纯属运气。

“哦，是我妈妈自己种的茉莉，今天刚刚开花，所以我就随手摘了一朵放在了口袋里。”她一边说着，一边从口袋里拿出了那朵茉莉花。

“不知能不能把这花送给我？”他笑得十分迷人。

为了自己的安全着想，她想都没想就将花递了过去，“既然你喜欢就送给你好了。”

“那么，谢谢了。”他的笑容里挟带了几分说不出的诡异。就在他的手快要碰到那朵花的时候，忽然从他们的身后传来了叶幕的声音：“咦？弗朗西斯，你的皮肤怎么干燥了好多？”

“真的吗，真的吗？那我要马上做个补水面膜！”弗朗西斯顿时花容失色，低呼了一声，立刻捂着脸再次冲进了洗手间。

杨瑞也趁机往前走去。

“等一下。”叶幕示意她先不要离开。不知何时他已经摘下了墨镜，美丽精致的面庞在灯光下一半逆光，一半明亮。明朗中伴着不可捉摸的黑暗，温和中透着令人难以接近的冷淡，没有人可以真正看清他。

“如果你想提醒我那天的事，我可以答应你，我是不会说出你，还有你朋友的身份。”她抬起头，直视着他的眼睛。

“那天你看见了吗？”他的神色有些闪烁。

“什么？”

“我是指之后发生的事。”

杨瑞立刻明白了他指的是那件晕血的糗事，本来还充满戒备状态的她忽然觉得有点好笑。晕血的吸血鬼，根本就是入错行了嘛。

“你看见了？”他似乎有些尴尬，有些郁闷。

“是。”她也干脆承认了。

“那么如果你敢把这件事情泄露出去的话……嗯，该用什么办法惩罚你好呢？”他摸了摸下巴，邪恶地挑了挑眉，“对了，我会把你变小，然后扔到抽水马桶像冲手纸一样冲掉。”

“哎？”杨瑞的眉毛抖动了一下，这个想法听起来真不是一般的变态。

“听到了没？”他的表情更加邪恶。

“我不会说出去的，怎么说你上次也救了我一次。”她尽管有些紧张，但气势上还是毫不示弱。

“你倒是够镇定冷静，知道我们的身份也不像其他人那样惊慌失措。而且还敲掉了凯里斯特那个家伙的牙，想起来就好笑。”他敛去了邪恶的神色，露出了一个孩子气的笑容，“不愧是美杜莎小姐。”

“那么我可以走了吧。”她不想继续纠缠下去了。

“当然，不过记住以后不要随便送别人东西了，因为，对于弗朗西斯所在的氏族来说，送他们东西就是自愿同意成为他们的食物。”

“什么？”杨瑞倒抽了一口冷气，怪不得刚才那个家伙的神情那么诡异，原来自己差点就成了别人的盘中餐，而且还是自愿的！

“谢谢你的提醒。”她侧过头去，一脸的认真，“不管你是晕车晕机晕血还是晕菜，我都一定不会说出去。”

刚说完，她就听到对方轻轻地笑了起来。

“好吧，为了你的承诺，我再多提醒你一件事。”叶幕重新戴上了那副墨镜，口吻却是有些漫不经心，“少接近你那位姓林的朋友，她已经被别的东西缠上，只剩下三天的命了。”

“什么？等一下！”她迅速拦住了他，“你这话什么意思？什么叫只剩下三天的命？”

“就算你知道也无能为力。已经太晚了。”他的眼中流露出几分淡漠的神色，转身往后走去。

“什么叫太晚了？难道她是被吸血鬼盯上了？”杨瑞也管不了那么多，一把拉住了他，一种冰凉的感觉立刻从她的指尖蔓延到了全身。

叶幕的唇边勾起了一个戏谑的弧度，“我知道我是很帅，不过女孩子这样主动不大好吧，我比较喜欢温柔又害羞的女孩子哦。”

“是吸血鬼吗？请你告诉我！”杨瑞没心情和他抬杠，继续紧抓着他追问。

他摸了摸自己的下巴，“你别把什么都赖在我们头上，知道Incubus吗？”

“最讨厌英文了，不懂。没中文译名吗？”

“嗯，那听说过夜魔吗？”

“夜魔？和你们吸血鬼差不多吗？”

“别把他们和我们相提并论。夜魔也叫梦魔，他们从中世纪开始存活至今，一般会以美男子的形象出现在女人的睡梦中，吸取她们的精气。通常他们十天就能吸干一个女人的精气，到时那个女人就会灯尽油枯而死。你的朋友，已经被他纠缠了七晚，所以只有三天时间了。到时，夜魔又会继续挑选下一个目标，而这个目标通常都会是之前那个当事人的朋友。”

“难道没有救她的方法吗？”

“有。唯一的方法就是进入她的梦中，你能做到吗？”他的整张脸都隐入了逆光之中。

“我……”她咬了咬嘴唇，没有说下去。的确，作为一个普通人类，她根本就做不到。不管是夜魔，还是眼前的吸血鬼，对她来说都是太匪夷所思的存在。

不过，她的眼前一亮，连声道：“可是你做得到，对不对？凭你的力量一定可以帮助她的。”

“对不起，那和我无关。”叶幕打断了她的话，露出了一抹露水般透明的笑容，甩甩手不带一丝云彩地走了出去。

再次回到座位上的时候，杨瑞的心情变得莫名的沉重，尤其是看到林姐的笑容时，心里就更加纠结。初进单位时，是林姐第一个和她打了招呼，还热情地把她介绍给了其他的同事。当一个人初次接触一个陌生的环境时，别人一点点善意和帮助都会被无限放大。那种温暖的感觉，她一直都记得。所以，她一直很感谢林姐。

她更加不能坐视不理。

将近子夜的时候，聚会也结束了。杨瑞和几位同事在门口分手之后本来想去找叶幕，却无意中看到一个戴着棒球帽和墨镜的家伙从后门匆匆离开。她心里一动，在月黑风高的夜里顶着这么雷人造型出门的，也只有那位稀奇古怪的叶亲王了。

杨瑞几乎没有多想，就悄悄跟了上去。

叶幕往前走了没多少路就拐到了一条巷子里。杨瑞看着周围似曾相识的景物，忽然想起了这里不正是那家便利店的位置吗？难道叶幕和这家诡异的便利店有什么关系？

就在她满心疑惑的时候，叶幕还真的在那家便利店门口停了下来。而且令杨瑞又惊又喜的是，那家便利店今天居然还开着门！她刚想上前几步，眼前忽然一晃，叶幕已经鬼魅一般消失了。她再眨了眨眼，忽然听到了头顶上方传来了一个略带慵懒的声音。

“跟了我这么久，好玩吗？”

杨瑞微微吃了一惊，抬起头来，只见叶幕的整个身体都飘浮在空中，银色的长发从棒球帽下漏了出来，随风飞扬，犹如一束束美丽的月光摇曳起舞。虽然被墨镜遮挡住了表情，但她还是能看到他唇边那抹不明意味的笑容。

其实她也不是没有料到这样的结果，毕竟对方是魔力高深的吸血鬼，发现她跟踪还不是小菜一碟。只不过，她本来的目的就是要找他，所以就算被发现也无所谓。

"我只想请你帮帮我的朋友。"

"我说了那和我没关系。"

"你这么厉害，难道连个夜魔都对付不了？是怕了吧？"

"呵呵，想用激将法吗？那对我没用。"

"你……"

"还有什么办法能说服我？"

"你……能不能先下来？我的脖子很酸。"她揉了揉自己的脖子，这个家伙好端端地为什么要飞到上面去，这样仰视的姿势真的很累。

他微微一笑，犹如一片落叶般优雅地飘落到了地面上。

"小幕，来了怎么不进来，我有新发明要给你看呢！"这时，只见一条金色的绳子随着说话人的声音"哗"的一下被抛了出来，好像长了眼睛般将门口的两人一起给卷了进去。杨瑞只觉得自己的身体被一股大力扯进店里，还不偏不倚地一头撞在了货架上。她也顾不得头晕脑涨，抬起头一看，站在面前的那个男人果然就是她要找的人！

"瓦利弗师父，我自己会进来的，你也太心急了吧。"叶幕无奈地站起身来，揉了揉被撞到的鼻尖。

瓦利弗的目光一转，有些惊讶地落在杨瑞的身上，"咦，怎么是你？"

"她要我帮忙救人呢。"叶幕似笑非笑地看了她一眼。

"你也不是没做过这样的事。上次要不是你去救她，她早就成了凯里斯特的猎物了。"瓦利弗痛心地看着自己的徒弟，一副恨铁不成钢的样子，"小幕啊，你就是太善良了，看来人类的血统就是有缺陷啊。"

杨瑞僵硬地动了一下嘴角，乖乖，难道这个男人也是个非人类？而且还是叶幕的师父？神啊，这个世界怎么了，妖魔鬼怪横行了……

等等，听他那么说，那天晚上他果然知道那条路有古怪……莫非这也是只吸血鬼？

"不过，善良可不适合我们。小幕，你来看看我的新发明。"瓦利弗一脸兴奋地从怀里拿出一粒红黑双色的胶囊，"看，这对你一定有帮助。我花了一个星期才发明了这种改善从恶药。"

"改善从恶药？"

"对，不管是怎样善良的生物，只要吃了这粒药，就会变成一个十恶不赦的浑球。怎么样，厉害吧？”他得意地笑道。

“我没见过比这更没有意义的药了。”杨瑞忽然冷冷地插了一句。这样明显挑衅的语气让叶幕不禁侧头看了她一眼，她的神情和语气似乎都有点反常。

“你说什么？”瓦利弗的全身立刻被一股强烈的怨气所包围。

“不是吗？一个人变坏其实是很容易的。倒是让一个恶人变成好人，那才是真有本事呢。”她斜睨了对方一眼，面带怀疑地说道，“不过这么高难度的事，对你来说是困难了点。”

“哼，这根本难不倒我！”瓦利弗飞快打断了她的话，不服气地翻了个白眼，“你等着，一个星期内我就能发明出来！”

杨瑞还是用充满怀疑的眼神看着他，“还要一星期这么长的时间……”

“三天，不，两天！”瓦利弗急忙补充道。

杨瑞抿了抿嘴，“这可是你说的，两天就能发明出来。”

“那是当然。”他自信满满。

“不过，万一你要是随便拿个感冒胶囊来充数呢？”她继续下套子。

“那就找个恶人试试好了。”他接口道。

杨瑞眯了眯眼睛，唇边轻扬起了一抹得逞的笑容，“对了，你听说过夜魔吗？那可是个无恶不作的坏东西。正好我的一位朋友被夜魔所纠缠，不如就拿那只夜魔试试好了。如果你的药连他也能制服，那我就佩服得五体投地。”说完，她又冲着一直没有说话的叶幕眨了眨眼，“我想你应该不会拒绝帮你师父这个忙吧。”

“对！小幕，到时你就想办法把药给那夜魔试试，我就不信连一个小姑娘也不服我！”瓦利弗也立刻接了一句。

“知道了，师父。”叶幕轻轻笑了起来，眼波流转中，却暗暗流露着一种和他年纪不相仿的深沉……

听到他的回答，杨瑞总算是松了一口气。幸好她刚才灵机一动，冒出了这么一个点子，没想到还真的歪打正着，看来激将法果然还是有市场的。

这下林姐就有救了。

就在这时，门外忽然传来了一阵男人的咳嗽声。

“我的生意来了，回避回避。”瓦利弗做了个全都给我闪到一边去的手势，叶幕立刻将杨瑞拉到了货架后。随后，一个浑身酒气的中年男人推开门走进了店里，当看到空空的货架时，他先是吃了一惊，随后又低低地咒骂了一句："想买包烟都没有，什么破店。"

"这里的确什么也没有，因为我只卖一样东西。"瓦利弗出现在他的面前，重复了一遍之前的台词，"或许你也会有兴趣。"

"什么东西？"正如之前的杨瑞一样，男人也好奇地问了一句。

"你听说过世上没有后悔药这句话吗？我卖的东西就是——后悔药。"

男人愣了愣，无力地坐在了椅子上，揉着自己的太阳穴自言自语："我看我真是喝多了。"

瓦利弗倒也不恼，"信不信由你。只要有缘，人人都有可能遇上我，人人都有机会买到后悔药。此时此刻，你就是这个有缘人。而且，你也不用花一分钱，只要用你的一段记忆，就可以换取一粒后悔药。"

男人的神情开始变得迷茫起来，口中还喃喃地说道："后悔药，这个世界上真的有后悔药就好了。要是有后悔药，我就不会和我妻子离婚去娶那个女人。为了那个女人，我扔下了妻子和孩子，搞得众叛亲离，没想到最后那个贱人居然背叛了我……"

瓦利弗浅浅笑着，那种冷峻沉静的气质让人完全不能把他和刚才脱线的样子联系起来，他的声音更是带着一种仿佛来自远古的神秘感。

"只要服下我的后悔药，一切就可以重来。你可以回到命运的分界点，重新做一次决定。你不想试试吗？"

男人腾的一下子站了起来，眼睛里全是急切的神色，"好，好，不管是真是假，我都想试试！"

"不过，你的一段记忆会消失，你想好了？"

"想好了，我想好了！"男人忙不迭地回答。

瓦利弗点了点头，摊开了手，一团绿色的光芒很快笼罩住了他的双手。接着，一粒碧绿色的胶囊就出现在了他的手心里。

"回家之后，在第二天的子时用清水送服，你就会拥有再做一次决定的机会，记住，一次而已。"

"我知道了，谢谢，谢谢！"男人接过了胶囊，小心翼翼地放入了怀里，一边道着谢，一边跌跌撞撞地跑了出去。

“这个人的命运，很快就会因为我的伟大发明而发生改变。”瓦利弗望着他的背影，颇有几分为什么我会这么聪明的感叹。

“他可能酒醒了之后就扔了这药。”杨瑞无情地给他泼了一盆冷水。

瓦利弗飞给了她一个眼刀，不客气地下了逐客令，“我看你也该回去了吧。”

“嗯，我是该回去了。那么两天后见。”杨瑞刚转过身，忽然想起了自己的事，又问了一句，“还有一件事，请问你有没见过我的美杜莎面具？”

“面具？”瓦利弗的神情似乎有些古怪。

“师父，那个面具反正你拿着也没用，还给她吧。”叶幕双手交叉在胸前，斜倚在货架旁笑着说道。

杨瑞眼前一亮，“真的是在这里吗？”

瓦利弗一见被徒弟揭穿，只好无奈地将手在空中一摊，变魔术般的扯出了一张面具，将它交给了杨瑞。

“真的是我的面具！”杨瑞惊喜地叫道，又向他们道了声谢，心情愉快地走出了便利店，还顺手关上了店门。

店里先是一片沉寂，接着有声音响了起来。

“师父，你又顺手牵羊了吧？”

“什么？”某魔王很无辜地眨眼。

“左边口袋里是那个男人的打火机，右边口袋里是那个女孩的小镜子。没说错吧，师父？”

“哈……”

“哦，还有，师父你刚才偷拿我的那包薄荷糖，就送你好了。”

“呵……”

因为搞定了一个大难题，所以杨瑞的心情格外舒畅，就连平时那条回家的路在她眼里也缩短了不少。走到曙光小区的时候，她有些意外地没有看到保安张叔，心里不由泛起了一丝疑惑，这可是从来没有的事儿呢。等到了自家楼下，她发现那里竟然停着一辆名贵的黑色劳斯莱斯。

名车并不稀奇，可是出现在这个普通的小区里，未免就稀奇了一些。

她也没有多想，快步上了楼。

第五章

传说中的吸血鬼猎人

打开门的时候，她差点以为自己进错了房间。那狭小的客厅里不但灯火通明，居然还呼啦啦地站了一圈人。

听到了她开门的声音，那圈人又呼啦啦地让了开来。她这才看清原来沙发上还坐着两人，右边那位气场十足的老太太气质高贵，不怒自威，如果换上一件古装，直接就可以拉去演太后级的人物了。而坐在左边的妈妈却低着头，双肩微微抽动着，看样子竟然像是在哭。

杨瑞的心里立即有股火噌一下冒了起来，她急忙冲到了沙发前，搂住了妈妈的肩膀低声道：“妈妈，你怎么了，谁欺负你了？”她一转头，看了看那些人又问道：“他们都是些什么人，为什么在我们家？”

“小瑞……”杨妈妈抬起了红肿的眼睛，声音里充满了浓浓的伤感，“她是你的奶奶。”

“什么？”杨瑞大吃一惊，几乎不敢相信自己的耳朵。这个看上去颇为清高的老太太竟然是自己的奶奶。

奶奶，这个本来应该很亲切的称呼，在杨瑞听来却颇有几分刺耳。她听妈妈说起过，当初爸爸的母亲，也就是她的奶奶一直强烈反对着父母的婚事，不惜以断绝母子关系威胁爸爸离开妈妈，所以爸爸在无奈之下只好和家族断绝了关系，带着妈妈离开了原来的家。

一想到这里，杨瑞对眼前的这位奶奶就没有半分好感了。

老太太上下打量着她，脸上略有动容，“想不到亦飞的孩子已经这么大了。”

“请问你们来有什么事？”杨瑞客客气气地问道，既不亲近也不疏离，适当地保持了一定的距离。

“果然不愧是我们北宫家的孩子，现在还这么冷静。”老太太的神色明显柔和了几分，还隐约有赞赏之色。而一旁的杨妈妈却是变了脸色。

“我叫杨瑞，我爸爸姓杨。”杨瑞强调了一声，心里却是有些隐隐的不安。

“你爸爸不姓杨，他姓北宫。”老太太的眼神变得锐利，仿佛瞬间穿透了她的身体，“至于你，我的孙女，你应该叫北宫瑞。”

“你胡说……”杨瑞一脸的难以置信。

“她……说的都是真的。”杨妈妈的神色更加黯淡，一股酸涩的感觉直冲眼眶，又被她强忍了下来。

北宫老夫人的眼中闪动着深不可测的光芒，“我们北宫家在东方是世代相传的吸血鬼猎人家族，而亦飞正是北宫家的第九十九位继承人。”

杨瑞愣在了那里，一时之间根本消化不了这样令人震惊的事实。

“当初为了加强对抗吸血鬼的力量，我们准备和西方的贝尔蒙特家族联姻，甚至已经订下了婚期。可没想到，亦飞竟然爱上了一个女警察……”老太太的话更是让杨瑞大吃一惊，自从她懂事以来，就一直以为妈妈只是个普通的图书管理员，完全不知道她以前居然是个警察。

不过，也许这是唯一能解释妈妈教她格斗术的理由吧。

“原来东方也有吸血鬼猎人。”她对这个事实充满了疑惑。

“上千年来，在和吸血鬼不停的对抗和不断的淘汰中，有两个家族成为了吸血鬼猎人中的佼佼者，一个是西方的贝尔蒙特家族，一个就是东方的北宫家族。我们北宫家族比贝尔蒙特家族的历史要悠久，从第一位先祖到你父亲，历经了无数朝代更替。我就是北宫家的第九十八代继承人北宫岚，”老太太拢了拢一丝不苟的鬓发，“亦飞和我们北宫家断绝了关系之后，只能由他唯一的弟弟，也就是你的叔叔亦扬继承了这个位置，可是……”说到这里，北宫岚的声音里带了几分沉痛，“前不久他死在了魔党首领伊瑟的手里。”

杨瑞的脑中此时犹如被塞了一团乱麻，理也理不清。这一切来得太意外，眼前的这些人虽然是她的亲人，可也许是太突兀太陌生的原因，她不但没有什么特别亲切的感觉，反而有一种说不清的生疏和不安。

这个和她爸爸已经断绝了关系，连她的妈妈也不愿承认的家族，她并不认为自己会对他们有什么更多的好感。

“那么，今天你们来这里不只是为了告诉我们真相吧。”杨瑞顺手倒了一杯水，仰起头喝了一口。

“不错，今天我们来的确是有重要的事。你叔叔现在过世了，可他一个孩子也没留下，而你爸爸也失踪了很久，北宫家现在非常需要一个继承人，而这个继承人……”北宫岚顿了顿，凤眼微挑，“非你莫属，北宫瑞。”

杨瑞嘴里刚喝进去的水“噗”的一声全喷了出来，这个刺激的强烈程度简直可以让她的脑血管当场爆裂！

“我说北宫夫人，这个玩笑开得有点大了。”她拿起纸巾擦了擦嘴，在心里默念了两遍淡定，要淡定。

“北宫夫人，小瑞她不过是个普通的女孩子，恐怕难以胜任这么重要的位置。”杨妈妈也在一旁低声说道。

杨瑞点了点头，“不错，北宫夫人，我要是去猎杀吸血鬼，那估计是肉包子打狗，有去无回。对不起，我还真没这个本事。”说着这话，她的心里也有点凉飕飕的。原来只是因为找不到合适的继承人，这位北宫夫人才找上了门。如果不是因为这个原因，那么她的奶奶是不是永远都会当她不存在呢？

“小瑞，你真的不同意？”北宫岚似乎对她的回答并不意外。

杨瑞耸了耸肩，不置可否。

北宫岚微微斜了一下身子，在她的耳边极轻地说了两句话，随后就站起身来，“我三天后会回北方。希望你再好好考虑一下，为了你自己，也为了你所重视的人。”说完，她瞥了一眼身边的几个手下，冷声道：“白马，即墨，我们走。

看着一行人的背影消失在走廊里，杨妈妈忧心忡忡地拉着她问道：“她刚才对你说什么了？我知道今天的事情对你来说很不可思议，当初我知道亦飞是吸血鬼猎人家族的传人时，我也同样震惊。小瑞，就当今天什么也没发生过好吗？就当你只是一个普通的女孩子。”

“妈妈，我本来就是一个普通的女孩子啊。你就别担心了，她没说什么。再说，什么吸血鬼和吸血鬼猎人，那根本不关我的事。”杨瑞笑着揽住了她的肩，“不过我真没想到妈妈你原来是个女警察呢。那当初你和爸爸是怎么认识的呢？来嘛来嘛，就透露一点嘛。”

杨妈妈的脸上浮起了一丝罕见的红晕，嘴角带笑，仿佛沉浸在了遥远的往事之中。

“那时我只是个刚刚参加工作的小警察，偏巧在一个晚上遇见了正在猎杀吸血鬼的亦飞……”

“妈妈，你不会把他当成杀人犯了吧？然后就上演了一出激烈的警匪戏？”杨瑞笑得有些古怪。

“还真被你说中了……”杨妈妈说着说着面色忽然一变，神色苍白地捂住了自己的胸口。杨瑞赶紧从桌子上的药瓶里倒了几颗药丸，喂她吃了下去。自从妈妈将格斗术教给了自己以后，她的身体就越来越差，尤其是心脏，经常性的反复绞痛，可去医院又查不出什么原因。

“好了，妈妈，你早点休息吧。我也去洗洗早些睡了。”杨瑞起身替她妈妈关上了房门。走出房门的一瞬间，她脸上的笑容已经消失，接着就快步走到了自己的房间，打开了电脑，毫不犹豫地输入了北宫两个字，摁了一下搜索键。

“北宫……出自姬姓，卫成公曾孙括，世为卫卿，别以所居为北宫氏……”

看着电脑屏幕上出现的这段话，杨瑞蹙起了眉，原来北宫这个姓氏从春秋战国时期就有了。那么看来，北宫家族真的已经存在了很久很久。本来以为她这种双重身份的生活已经很富有戏剧性，但没想到，生活远远比她想象的更加匪夷所思。

吸血鬼猎人——她做梦也没想到自己会和他们扯上关系。

还有北宫老太太离开前说的那句话，不停地在她脑中重复闪现：

“想要知道你父亲失踪的原因，就到湖边的风荷茶楼来找我。”

此时，遥远的欧洲。

在德国和奥地利交界处的阿尔卑斯山麓以北有一面高高的陡峭悬崖，

悬崖上屹立着一座古时候用作囚禁犯人的城堡。现在这座经过整修的城堡成为血族魔党的秘密基地，他们的首领伊瑟亲王就住在这里。传说他从来不以真面目示人，凡是见过他真面目的人类或是血族，都要付出生命的代价。

今夜的月色格外迷人，将世间万物都笼上了一层暧昧又迷离的色彩。在城堡的某个房间里，隐约可见的床上依稀可以分辨出两个正在纠缠的身体，同时还夹杂着女子时高时低的呻吟声。

在一阵急风骤雨之后，女人的呻吟声总算是停了下来。男人迅速起身将她一把推开，面色平静地穿上衣服，冷冷地说了一句："你可以走了。"

女人鼓起了嘴娇嗔道："每次您都这样狠心，难道您就不愿意和我多待一会儿吗？"

男人伸手戴上了面具，淡淡道："如果你有意见，那么下次也没必要再来了。"

"我当然不是这个意思……"女人慌忙解释道，"只是想和您多待一会儿而已。"

男人伸手扯下了蒙住她眼睛的黑色布条，指了一下门口。

女人只好从床上爬了起来，胡乱套上了自己的衣服，依依不舍地朝门口走去，就在走到门边时，她又忍不住小声道："真不知道，哪一天才可以见到您的真面容，到现在为止我都不知道和我翻云覆雨的男人长什么样子。"

"想要见到我的真面容吗？"男人冷笑了一下，"那要用你的命来交换。"

说完，他就离开了房间，沿着长廊走进了左边的浴室。在完事之后泡一个热水澡，是他一直以来的习惯。

不知何时，浴室的门慢慢被打开了。在缭绕的水雾中，一个美人的身影若隐若现。紧接着，美人就大大方方地走了进来，用她那双薄荷绿的眼眸盯着池子里的男人，露出了一个调侃的笑容，"伊瑟，你放走了那个女人。难道今晚你不需要夜宵了吗？"

这个美人穿得非常随意中性，意大利手工缝制的纯白棉衬衣精致优雅，领口微微收紧，最上面的几颗钮扣没扣，露出了一截性感妩媚的锁骨。纯黑色的牛仔裤则完美地勾勒出了她诱人的曲线。

传说中不能被任何人看到真面目的伊瑟亲王，对美人肆无忌惮的直视却是毫不在意，只是面无表情地看了她一眼，“你呢，又要去那些三流的酒吧了？”

“对啊，”美人眨了眨眼，“夜晚，是捕捉猎物的最好时间。”

第六章

魔党的阴阳美人

“怎么？今晚在霍根夫人举办的舞会上难道就没有一个对你胃口的吗？”伊瑟漫不经心地伸手拿起了搭在水晶架子上的蓝色绣花毛巾。在毛巾的右下角，有一个黑色盾纹面配以金线绣的狼头图案，那是西班牙贝纳尔卡萨尔家族的族徽。在中世纪的时候，曾被称为贵族中的贵族的贝纳尔卡萨尔家族也辉煌过一阵子。虽说到了现代，这一切荣耀早已在时间的流逝中没落，可这并不影响他们成为上流社会的沙龙舞会争相邀请的对象。

贵族，这永远是一件最奢华，最能体现主人品味的装饰物。

在现代，所有的吸血鬼都以双重身份隐藏在俗世中。在暗夜里，他们是令人恐惧的吸血鬼。而在平时，他们和普通人类几乎没什么区别。随着不停地进化，更有能短时间在阳光下出现的日行者涌现。

“哦，伊瑟，你不知道吗？这些上流社会的家伙让我完全没有胃口。他们的血就和他们本人一样无味。从1274年我诞生那一年开始，这一切好像就从没有改变过。”说话的这位英姿飒爽的美人，正是贝纳尔卡萨尔家族的继承人——阿黛拉·贝纳尔卡萨尔。她那双薄荷色眼睛宛如初生的柳芽，一抹新绿令人心醉，妩媚的笑容如同淬满了毒液的金百合，带着最致命的诱惑。这样的美人，实在很难让人把她和血族亲王联系到一起。

“狩猎时间到了。”阿黛拉做了个手势，只见绿光一闪，她居然变成了一个翩翩美男子，同样的薄荷色眼睛，同样惊人的美貌，出现在男子的身上非但没有不协调的感觉，反而更加妖媚魅惑。

“又要变成男人了吗？”伊瑟从浴池里站了起来，晶莹的水珠从他那犹如古希腊雕塑般的身体上滑落，在烛光下折射出七彩的色泽。

麻，三只吸血鬼又到齐了。忽然又莫名地想起了昨晚发生的事，她的心里更是说不出的滋味，如果让他们知道自己是吸血鬼猎人家族的后代，那么后果……她的头皮更麻了。

绝对，绝对不和非人类PK……她在心里又默默念了一遍。

“你认为呢，弗朗西斯？”叶幕也不否认，只是弯了弯嘴角。

“小幕，凯里斯特已经到处宣扬这件事了，恐怕很快就会传到王的耳朵里了。”维也插了一句。

“小幕，你也知道所有密党成员的初拥对象都必须经过我父亲的同意，在消息传到他那里之前，你最好还是抽空告诉他一下吧。不过，有个漂亮的女孩子加入我们，也许将来的日子会更加有趣呢。来来来，小瑞是吧？看在你就快成为我们一族的分上，就让我来告诉你几招血族猎食大法！”弗朗西斯完全无视杨瑞的抗议，兴致盎然地将她拉住，“如果你是帅哥吸血鬼，目标就是那些出入酒吧和娱乐场所的美女，她们通常会自动送上门；如果你是美女吸血鬼，目标自然是各式各样的色狼们，他们自以为聪明可以钓上猎物，没想到自己反而被吃；还有更厉害的角色是男女通吃型的吸血鬼，比如我啦，不论何时打猎，绝对满载而归；如果你是个吸血鬼，但又不是以上几种情况的话，恕我直言，那还是自杀算了，省得活活饿死。不过还好还好，你也算是个美女……”

杨瑞眼角的余光已经瞥到了叶幕正在朝外走去，赶紧摆脱了弗朗西斯的魔音贯耳，匆匆地跟了上去。

“对了，刚才的这两个人是谁？”维忽然开口道。

听到这样莫名其妙的问话，弗朗西斯似乎并不意外，而是同情地看了他一眼，“维，你的间歇性记忆失调症又发作了？”

“你又是谁？”

“呃……”

“那我又是谁？

“呃……”某只吸血鬼一边擦着冷汗一边闪了出去。

午夜时分，位于街巷一角的神秘便利店准时地开张营业了。一见杨瑞和叶幕踏进店门，瓦利弗就迫不及待地拿出一颗白色的胶囊在她面前炫耀，“看！看！不管是多么凶恶的人类还是妖魔鬼怪，在吃了我的这颗药之后，我保证他们都会变得像小绵羊一样温顺听话！”

“太好了！你真的发明了这种药！”杨瑞惊喜地盯着那颗胶囊，又转过头冲着叶幕喊道，“那我们就赶快来试试药效吧！”

“等一下。”叶幕淡淡地扫了她一眼。

“不能等了！你说过夜魔只花十天就能吸干一个人的精气，明天就是第十天了！”杨瑞一想到期限将至，心里不由得急起来。

“午夜子时，正是夜魔的力量最强大的时候。再等一会儿，我犯不着为了个小小的夜魔耗费更多的魔力。”叶幕随手从口袋里拿出了一颗薄荷糖放进嘴里，又慢悠悠地开了口，“等一下我会带你进入你朋友的梦境里，至于怎样让夜魔吃下这颗药，就要看你的了。”

“我？”杨瑞一下子没反应过来。

“是啊，刚才是谁说——那我们就赶快来试试药效吧。所以我就算了你一份哦。”他笑得有几分漫不经心。

“你这是和我玩文字游戏吗？”她苦恼地揉了揉太阳穴。

“或者你也可以放弃。你自己决定吧。”他的表情更像是准备看一场好戏。

她犹豫了几秒，在留意到他眼底古怪的笑意时不由一阵气血上涌，一咬牙脱口道：“好，那我就试试！”

“很好。”他不置可否地挑了挑眉。

为了避过夜魔力量最为强大的时候，杨瑞只得先靠在椅子上闭目养神。也不知过了多久，当她再次睁开眼睛的时候，发现自己已经置身于一片广阔的草原上，从一望无际的天边隐隐传来了叶幕的声音：“你现在已经进入了她的梦境，接下来就交给你了。不过记住，千万别让夜魔碰到你的手，不然你就会永远留在梦境里。”

听到最后一句话时，杨瑞的脸色顿时变了变，心想：这个家伙为什么不早说？她低下头，发现自己手里正拿着一颗白色的胶囊，于是满怀着紧张的心情继续往前走。

眼前这片青翠的大草原原来就是林姐的梦境，青草、蓝天、羊群，还有散落的野花，甚至还能闻到野花的清香，一切的一切，都是那么真实，让人不由自主地放松了心情。就在这时，不远处忽然传来了一阵清脆的马蹄声，只见一个少年策马而来，他那秀美的容颜在金色的阳光下如宝石般灿烂夺目。

少年稳稳地停在了她的面前，很惊讶地开口问道："你不是林浩的同事吗？你怎么会出现在这里？难道她今晚正好梦到了你？"

虽然他最后一句嘀咕声发得极轻，但杨瑞还是听得清清楚楚，刚刚松懈了一点的神经又紧绷起来，夜魔最擅长的不就是变幻为美男子诱惑女性吗？那么眼前这个也不知从哪里蹦出来的美少年，多半就是目标人物了。

"我迷路了……"她随便编了一句。

"那我送你回去吧。"少年微笑着朝她伸出了手。

她立刻想到了叶幕的告诫，充满戒备地将自己的手藏在了身后，捏紧了手里的胶囊，暗暗琢磨着到底该怎么送到他的嘴里。说不紧张是不可能的，但既然已经走到了这一步，就要坚持继续下去。

少年见她没有上钩，唇边的笑容更加诡异。他忽然摇身一变，居然变幻成了一个气质儒雅的青年男子，朝着她温柔一笑，"如果不喜欢我的少年造型，那么这个样子怎么样？"还没等杨瑞回答，他又再次迅速地变身，短短一瞬间，竟然已经变幻了十几种气质不同、风格不同的美男子形象，从妖媚的中性男到粗犷的肌肉男，从纤细的清秀男到潇洒的成熟男……直把人看得眼花缭乱。

"告诉我，你比较喜欢哪一种呢？"他抿了抿嘴，恢复为最初的少年形象。

杨瑞望着他微抿的嘴唇，心里微微一动，伸手摸了摸手腕上的弹力系绳，一个怪诞的念头悄悄在脑海里冒了出来。

"我……"她像是不好意思地低下了头，"我都想要。如果可以每天换一个样子就更完美了。"

少年一愣，接着就哈哈大笑了起来。

说时迟，那时快！杨瑞趁着他大笑的一瞬间，以最快的速度扯下了手腕上的系绳，在手指上绕了一圈，将那粒胶囊扣在系绳上，就像玩弹弓那样对准少年张开的嘴巴猛弹了出去！这几个动作一气呵成，绝不逊色于刚才的大变美男。

少年完全没有预料到对方会出这么一招，只能眼睁睁地看着那粒胶囊像炮弹一样弹进了自己的嘴里，“咕咚”一声就顺着喉咙下去了。

成功！杨瑞暗地里握了握拳头，一抹得意的神色爬上了她的眉梢。

少年猛地抓住了自己的喉咙，俊美的脸渐渐扭曲变形，温柔的笑容早已被狰狞的表情所代替，整个身体就像充了气一样肿了起来……

杨瑞的心里不禁有些疑惑，这夜魔吃了改恶从善药不是应该变得温顺才对吗？怎么看上去好像越来越不对劲了，丝毫看不出变善良的迹象。

“你这个女人居然敢害我，看我不吸干你的精气！”少年晃动着球一样的身子朝她骨碌骨碌滚了过去，那双肿胀的手同时在无限伸长，犹如章鱼的触角一样追赶着她。

美少年变身章鱼怪？杨瑞的脸部肌肉抽搐了一下，立刻转身往草原的外围狂奔！尽管她向来大胆，但忽然被这么恐怖的怪物追赶，也被吓得花容失色。都说了不和非人类随便PK的，这下受到教训了吧。

那两条恶心的触角越来越长，越来越长，眼看着就要碰到她的身体……

“啪！”就在千钧一发的时候，从天空中突然掉下了一把硕大无比的剪刀，准确无误“咔嚓”一声同时剪断了两条大触角！章鱼怪惨叫一声，很快化作了一滩黑水。原本还碧蓝如洗的天空一下子变得阴沉灰暗，包括草原、野花、羊群都在同一时间消失得干干净净。等杨瑞回过神的时候，发现自己还是身处那间古怪的便利店里。

“师父，你那是什么药啊？”叶幕又从口袋里拿出来一颗薄荷糖放进嘴里，“刚才要不是我出手，她就要永远留在那里了。”

瓦利弗郁闷地抱着自己的脑袋喃喃道：“怎么会呢？我明明是制造了改恶从善药啊，怎么变成了穷凶极恶药……唉，看来我果然不擅长制造和善良有关的东西……”

“什么？穷凶极恶药？”杨瑞的脑中一阵发蒙。

“这种药也没什么特别，就是把服药人本身的邪恶发挥到极限而已。”叶幕笑了笑。

杨瑞瞪大了眼睛，那么说来，刚才要不是那把大剪刀……光想想也后怕。她又想起了刚才叶幕的话，连忙朝他道了一声谢。

“不用谢我，我只是弥补我师父的错误而已。”叶幕眯起了眼睛，“不过你刚才那一招，很有创意。”

“嘘……”瓦利弗忽然抬起了头，“我又有客人上门了。”

第七章

北宫家的小姐

这回上门的居然还是上次那个中年男子。只见他的面容依旧憔悴，脸上的表情却比上次还要沮丧愁苦。一见瓦利弗，他就立刻冲上前低声央求道："拜托，能不能再给我一颗后悔药？一颗就好，我只要一颗！"

瓦利弗不动声色地看着他，"之前不是给你了吗？难道你没有服用？"

"我服用了！吃下药之后，我真的回到了命运的分界点！可是在重新做选择的时候，我……我一时没经受住诱惑，又做出了和之前一样的决定，结果又变成了这个样子……"男人露出了一脸懊悔的表情，苦苦哀求道，"请再给我一颗吧，这次我一定会做出一个明智的决定！再给我一次机会吧，求求你！！"

"我已经说过了，改变命运的机会只有一次。你这一生的配额，已经用完了。"瓦利弗转开了脸，在沉静的微笑后，他的目光显得异常冷漠。

"不，不，求求你，求你了……"男人还不甘心地大叫着。

瓦利弗挥了挥手，那个男人就被一股大力推到了门外，扑通一声摔倒在地上。男人摇摇晃晃地站起身来，想要再冲到店里，抬头一看，顿时大吃一惊——这家便利店明明是铁将军把门，根本就没有开！

他困惑地抓了抓头发，像是忽然想到了什么，露出了见鬼似的表情仓皇逃窜而去，很快就消失在了黑夜中。

"这已经是第几个了？"瓦利弗的眼神变得沧桑而透彻，"人啊，总会一次又一次重复着同样的错误，就算有再多的后悔药，有的人也只会执迷不悟。"

杨瑞见林姐的事情已经解决，也急忙赶回家去。在经过湖边的时候，她看到了那家风荷茶楼还在营业，蓦地想起了北宫老太太再过一天就要离开这里了。尽管没有兴趣成为吸血鬼猎人家族的继承人，但老太太的那句话却始终在她耳边回荡：“想要知道你父亲失踪的原因，就到湖边的风荷茶楼来找我。”

这件事她已经考虑了两天了，望着那家茶楼里的人影，她最终还是决定趁着第二天的午休时再去见那个老太太一次，打听一下父亲失踪的内情。

第二天去上班的时候，她碰巧在洗手间遇到了林姐。

林姐一见她就神秘兮兮地把她拉到一旁低声道：“小瑞，知不知道我昨天梦到什么了？我居然梦到一只章鱼怪不停在追你！我看你这几天做事要小心点，说不定是什么不好的预兆呢。”

杨瑞忍住了笑，点了点头，“那结果呢？我有没有被追上？”

“那倒好像没有，之后的我有点记不清了。”林姐像是如梦初醒般揉了揉自己的肩又说道，“不过今天起来我觉得浑身舒畅，精神格外的好，你说奇怪不奇怪？”

“那还真是个奇怪的梦。”杨瑞微微一笑，对着镜子理了理头发后就转身往外走去，快走到门口的时候她又回头问了一句，“林姐，你是不是很喜欢草原？”

林姐一愣，随即笑了起来，“你怎么知道？我的爷爷奶奶是内蒙古人，小时候我经常去大草原上玩的。”她又顿了顿，“对了，小瑞，一会儿中午的时候我们去新开的那家比萨店尝尝吧？”

杨瑞摇了摇头，“今天不行，我中午有点事。”

夏天的中午时分正是一天中最热的时候。蒸腾的热气让路面都变得扭曲起来，走在上面只觉得脚底烫得发慌。杨瑞赶到风荷茶楼的时候，后背已经被汗水浸得湿透了。

刚一进门她就看到了一个年轻秀气的男人迎面走来。她对这个男人有点印象，应该是北宫老太太的手下之一，如果没有记错，这个男人好像叫作即墨。

“北宫小姐，北宫夫人已经在包厢里等着您了。”即墨微一欠身，带着她往楼上的包厢走去。

这里的风格和前世今生茶馆的风格有些类似，都是古色古香的中式建筑，相比之下，这间茶楼更多了几分华丽，少了几分前世今生的清雅。

杨瑞看了一眼这间包厢的名字——水仙，又望了一眼带着几分清高气质的北宫岚，不由有点想笑，这个名字和老太太还挺般配的。

“我就知道你一定会来。”北宫岚轻扣了一下青花瓷茶盖，露出了意料之中的表情。

“那么我也不拐弯抹角了，北宫夫人，你是否知道我爸爸失踪的内情？”杨瑞对眼前的老太太并没有半点亲切的感觉，所以这一声奶奶无论如何都叫不出口。如果不是因为没有继承人的话，恐怕这位老太太永远都想不起还有她这么一个孙女吧。

北宫岚倒也没有在意，示意手下替杨瑞倒了一杯茶。“当年收到你爸爸失踪的消息以后，我也曾经派出不少人去查找过，但是始终没有任何消息。不过在推算出的你爸爸失踪的地点附近，我们的族人发现了吸血鬼出现过的痕迹，最近才确认了可能是和魔党有关，而你叔叔也是为了追查这件事才被魔党首领所杀。”

杨瑞一愣，“我爸爸不是和北宫家断绝关系了吗？怎么又会和那些吸血鬼有关？”

“你爸爸是北宫家族最为出色的猎人之一，曾经猎杀了无数的吸血鬼，所以当他和北宫家族断绝了关系并失去了北宫家的神器之后，有不少吸血鬼都想要趁机报复，包括对付他的妻子和孩子。”北宫岚顿了顿，“其实你妈妈之前的身体一直都很健康，只可惜有一次被吸血鬼所伤，所以才落下了病根，一直都没有痊愈。你爸爸失踪后，她隐姓埋名带着你逃到了这里定居下来，才算是避过了吸血鬼的报复。”

“你怎么会知道得这么清楚？”杨瑞心里骤然一紧，难道这就是妈妈不顾病痛也要教自己格斗术的真正原因？因为只有这样她才有保护自己的可能。

北宫岚的面色一黯，“当时我气极了他，所以任何关于他的消息我都不想理会，直到无意中知道了他失踪的消息后，我才去查看了之前的那些消息，这才知道了你们一家三口这些年的点点滴滴……如果我早点知道的话，也许亦飞就不会失踪了。”

杨瑞没有说话，心情却有些混乱，她完全没想到她们家和吸血鬼居然有着这样的宿仇。妈妈的病是被吸血鬼所伤，那么如果爸爸也是被吸血鬼……她简直就不敢再想下去。

不过，即使是这样，也不能让她改变主意。

“北宫家这么庞大的家族，为什么偏偏选我做继承人？说真的，我对继承人真的没有兴趣，还是请你另找一个人，为这份正义的工作发挥出自己的光热。”

“因为只有身上流着血族血液的人，才是最完美的继承人。”北宫岚又恢复了淡然的神情。

“你说什么？你是说我的身体里也留着血族的血液，这怎么可能？”杨瑞再次震惊了。

“不止是你，你爸爸，你叔叔，还有我，我们的身上都流着血族的血液，只是随着一代一代的延续，这种血液所占的比重越来越小而已。”北宫岚盯着她的眼睛，“具有血族血统的婴儿在出生后，他就会面临光明和黑暗的双重抉择，投入黑暗，那就成了吸血鬼，投入光明，那就是吸血鬼猎人，而身为吸血鬼猎人唯一的职责就是消灭吸血鬼。”

“难道吸血鬼猎人都流着血族的血液？”她深深吸了一口气，让自己冷静下来，尽量保持着大脑的清醒。

“不，并不是所有的猎人都流着血族血液，普通人如果资质过人，也能成为猎人，但是想要成为最强大的猎人，流着血族血液的人才是最合适的人选。”

在沉默了片刻后，杨瑞还是摇了摇头，“对不起，我还是没有兴趣。况且，我也没有这个本事。”

“没有关系，我不会逼你，你再好好考虑一下。等你考虑清楚了，随时可以来北方找我。今晚就好好陪我这个老太婆吃顿饭吧。”北宫岚破天荒地露出了一丝罕见的笑容。

“我……”她犹豫着想要拒绝。

“难道陪你的奶奶吃顿饭也这么难吗？”北宫岚的眼中似乎掠过一抹失落。

杨瑞的性子向来是吃软不吃硬，见到老太太这样的表情，倒不由心一软，“好吧。那我给妈妈打个电话。”

吃晚饭的时候，北宫岚又将北宫家族的历史原原本本、详详细细对她说了一遍。一顿饭下来，她对北宫家的渊源也了解得七七八八了。原来北宫家之前主要对付的是僵尸之类的魔怪，但随着时间的推移，越来越多的吸血鬼为了躲避贝尔蒙特家族的猎杀，不断从欧洲迁移到东方，北宫家族也就担负起了猎杀这些吸血鬼的任务。渐渐地，成为了赫赫有名的吸血鬼猎人家族。

吃完饭后，北宫老太太又让她陪着散了一会儿步。不知不觉中，杨瑞发现已经走到了自己小区的门口。

和往常一样，保安张叔一边拿着盒饭，一边和小区里的大妈们聊得正投机。这个小区里的大妈大婶们都很喜欢他，有事没事总来这里和他拉些家常。

“张叔，今天又吃盒饭呀？”杨瑞也冲着他打了个招呼。张叔刚想和她说话，忽然看到了她身边的北宫岚，脸色蓦地一变，手里的饭盒竟然“啪”一声掉在了地上。

北宫岚不动声色地瞥了他一眼，又看了看杨瑞说道：“小瑞，你已经到家了，就快些上去吧。我也该回去了。”说完，她就转身离开了。

杨瑞弯腰替张叔捡起了他的饭盒，递到了他的面前笑了笑，“张叔，你怎么也有这么不小心的时候？”

张叔僵硬地扯了扯嘴角，接过了饭盒没有说话。

杨瑞也没多想什么，和他道了别就往家里走去。

半夜的时候忽然刮起了大风，下起了这个夏天的第一场雷雨，风吹开了没来得及关好的窗户，砸在墙面上啪啪作响，大风夹杂着雨点急不可待地直灌了进来。

杨瑞从梦中惊醒，急忙跑到妈妈的房中关上了窗子。见妈妈还在熟睡中，她才松了一口气。就在关窗的时候，她瞧见不远处似乎有奇异的红色光芒一闪，那个方向好像是张叔的保安室。想到今天张叔失态的反应，她的心里蓦然涌起了一丝疑惑。替妈妈关上了门之后，她就轻手轻脚地溜了出去。

天空中的雷声小了一些，但雨势还是未减。杨瑞撑着伞赶到那里的时候，见到了令她吃惊的一幕。

她竟然在小区门口看到了北宫岚！

顺着北宫岚的视线望去，杨瑞赫然见到了角落里正躺着一个身负重伤的男人，看上去似乎已经奄奄一息，她再定睛一看，不由大惊失色，那个男人不正是张叔吗？

“张叔！”她没有犹豫，立刻拔腿冲着他跑了过去。

“小瑞，别接近他，他是吸血鬼。”北宫岚及时出手阻止了她。

什么！吸血鬼？杨瑞一下子愣在了那里。

张叔倒像是释然地笑了起来，气息微弱地说道：“不错，我是阿黛拉亲王的手下。当我发现你已经认出了我的身份时，我就料到了你一定会再来。”

杨瑞觉得自己还真是第一次体验像此刻这样大量血液涌入大脑的感觉。本来自己来自吸血鬼家族已经够震撼了，现在居然让她发现连张叔也是吸血鬼……老天，这到底是个什么世界啊！这个世界到底隐藏着多少吸血鬼啊！

平时与张叔相处的细节一点一滴地涌入脑中，让她有种莫名的冲动。她伸手推开了北宫岚，一个箭步冲到了他的面前，大声道：“张叔，你真的可以伪装那么多年吗？你平时对别人这么好，难道这一切全都是装出来的吗？”

张叔的脸上露出了复杂难言的神色，“我……”

“小瑞，这个世上所有的吸血鬼都一样，人类在他们眼里，只不过是低等的食物。保护好我们的同类，这就是身为吸血鬼猎人的职责。”北宫岚的眼中流转着刀一般锐利的神色。

张叔抬头看了一眼杨瑞，低声道：“小瑞，你是个好孩子，不过……”他用尽最后的力气抓住了她，在她耳边极轻地说了一句话后就倒了下去。转瞬之间，他整个人就慢慢消失，最终化为了一缕灰色的烟消失在了雨夜之中。

杨瑞愣愣地坐在地上，脑中只有那一句话在不停回旋，“别……相信那个人。”

那个人……是指谁？是……北宫岚吗？

暗红色的圆月高悬在阿尔卑斯山麓的悬崖上，古老的城堡在夜色中显得格外阴森恐怖。身形颀长的男子静静地站在城堡的房间里，面前的玻璃清楚地显示着背后发生的一切。他的身后有一具刚刚断气的尸体，一位美人正缓缓从尸体的脖颈处抬起头来，嘴角还残留着一丝血迹，她像是意犹未尽般又轻舔了一下沾着鲜血的手指。

“对了，那个老太太好像去南方找到了北宫家的下一任继承人。”美人突然开了口，“听说是个小女孩。”

“一个小女孩对我们构不成什么威胁。”伊瑟不以为意地挑了挑眉。

“现在是没有，将来就不知道了。”阿黛尔笑得有几分狠毒，“早点解决了可以免除后患。”

“那么密党也同样收到这个消息了吧？”

“恐怕不会了。”阿黛尔诡异地笑了笑，“我派人拦截了他们的消息。”

“很好。”伊瑟看着她，换了一个话题，“昨天我听扎尔说了，喝太多的咖啡会降低对血质的辨析能力。”

“有这么一回事吗？”阿黛尔起身倒了第四杯咖啡，她突然侧过头看着伊瑟，笑了笑，“你这算是在关心我吗？”

伊瑟笑了起来，“这个玩笑很有趣。”

“还好不是，”阿黛尔托着下巴，带着一点狡黠的笑意看着他，“否则我会以为你爱上我了。”

她的话音刚落，一只血蝙蝠忽然扑扇着翅膀飞到了她的耳边，发出了细微的声音。听了几句，她不动声色地往外一指，“知道了，出去。”

“是你的手下遇到麻烦了？”伊瑟已经猜出了几分。

“那个老太婆杀了林。”她抬手将杯子里的咖啡一饮而尽。

“就是那个无论如何也不愿意喝人血的顽固家伙？”

“就算他不愿意伤害人类又怎么样，结果还不是要死在人类的手里。”她伸出手指摩挲着茶杯上凸出的花纹，轻轻吐出了两个字，“愚蠢”。

窗外，暗红色的圆月已经渐渐沉淀为了血一般的深红色。

第八章

恶人自有恶人磨

不知是不是因为下了一场大雨的关系，第二天的天气变得格外凉快。空气里弥漫着微甜的湿热，鸣虫欢快地叫着，不知疲倦。

杨瑞像往常一样去晨跑的时候，在小区门口听见了邻居们的议论。

“老张到哪里去了？这个时候都不见他。”

“是啊，真是奇怪了，平时他早就在这里了。”

“可能有事出去了吧……”

她没有再接着听下去，从那几个邻居身边匆匆而过，心里却是涌起了说不出的感伤。如果可以，她真希望昨天发生的一切都只是一场梦。吸血鬼并不可怕，但当你知道身边熟悉的人是吸血鬼，那种感觉才是无法用任何言语可以形容的。

因为心神不宁，往前走时她不小心撞到了一个人的身上。

“小瑞姐，你怎么这么早？”被撞到的那人原来是个模样甜美的女孩子，看样子和她还很熟。

听到这个声音，杨瑞有些惊喜地抬起头，“小璐，你们全家旅行回来了？”这位叫作秦小璐的女孩就住在她们家的隔壁，今年正在读高二，是个乖巧聪明的孩子，还常常来帮她照顾杨妈妈。她们一家，都是乐于助人又容易相处的好心人。

“没办法啊，要开学了嘛，幸福的日子结束了。”小璐眨了眨眼，“小瑞姐你有没有时间，不如我们一起吃早点吧。”

“好啊。”她点了点头。

街口的李记馄饨店是杨瑞经常光顾的早点店，这里的菜肉馄饨皮薄馅大，所以回头客多，每天早上都是人满为患。今天的店门外也同样站了不少人，大家似乎正在围观着一样什么东西，还不时有老人露出了同情怜悯的表情。

“小瑞姐，我们也去看看。”小璐将杨瑞拉了进去，等看清眼前的东西时，她的眼圈顿时就红了。

出现在她们面前的是一只破旧的纸箱子，箱子里居然躺着一只遍体鳞伤的小猫。看样子是受了残忍的虐待，小小的身体上全是被皮带抽出来和烟头烫出来的伤痕，有的地方已经被烧得光秃秃的，细嫩的脖子上还有被电线勒过的痕迹。

围观的人们更是议论纷纷。

“这么缺德的事到底是谁干的？”

“谁知道，真是作孽啊……”

“还有谁啊，还不是那个王奇！他做这种事也不是一次两次了。不过这个人向来很凶的……”

“他不是正在店里吗？”一个大妈心有余悸地指了指坐在店里的一个平头男人，又立刻缩回了手指。

小璐皱了皱眉，转身走进了店里，径直走到了那个男人面前，愤怒地问道：“是不是你做的？”

杨瑞也赶紧跟了进去，她知道小璐这种冲动的个性很容易吃亏。

男人也不理她，若无其事地吃完了最后一个馄饨，将碗重重一放，高声道：“怎么着，就是老子干的！不就是整死只畜生吗！”

原本还在低声指责的人顿时被他的嚣张态度吓得全收了声。小璐还想再说些什么，杨瑞赶紧拉住了她，低声道：“先别和他吵了，我们还是先把小猫送到宠物医院去吧。”

小璐恨恨地瞪了他一眼，只得先照杨瑞说的做。两人连早饭也没吃，直接就叫了个出租车去了宠物医院。小猫在医生的救治下总算是捡回了一条命，小璐这才露出了一丝笑容，但很快又呈现出了不属于她的复杂神色。

“小瑞姐，为什么这些坏人都得不到惩罚呢？”

杨瑞笑着拍了拍她的脑袋，“放心吧，他们加诸别人身上的痛苦，终有一天也会报应到自己身上。”

“那我可巴不得他立刻得到报应。”小璐愤愤道。

“也许比你想象的更快。”她笑得高深莫测。

夏末的夜晚，似乎比平常来得格外早些，才一晃眼的工夫天就全黑了。对于王奇这种终日游手好闲、无所事事的人来说，此时也只能悻悻回家了。

刚一跨进家门，他就莫名其妙地吃了一记闷棍，眼前一黑晕了过去。

当他悠悠转醒的时候，发现自己的手脚都被牢牢地捆绑了起来。在这种情况下，他第一个想到的可能就是——有贼！

抓贼这两个字还没喊出口，他又发现了一件比入室抢劫更可怕百倍的事。面前的这个盗贼竟然戴着一副极度狰狞的面具。尤其是面具头上盘绕着的毒蛇，像是随时要扑上来狠狠咬他一口。

虽然平时不学无术，但他对这个被谈论了多次的面具并不陌生，当下脑袋里就轰的一声，颤声道：“美……美杜莎？”

对方也不说话，只是发出了一阵细细密密挠痒般的笑声，更是将他吓得脸色苍白，全身发抖，只差没尿裤子了。

“你……你想怎么样？”

原来这个家伙也就这么点胆子。躲在美杜莎面具后的杨瑞不由暗觉好笑。不过笑归笑，办正事要紧。她弯下了腰看着他，“加诸别人身上的痛苦，终有一天也会报应到自己身上。恶有恶报，这句话你没听过吗？”

王奇结结巴巴道：“我……我做了什么了？”

“你虐待那些小狗小猫好像不是第一次了吧。”她在面具后笑得有几分诡异。

“什么？”尽管很是害怕，但他的脸上还是露出了几分不屑，“那不过是些畜生而已……虐待它们犯法了吗？”

“对了，听说过哲学家康德的话吗？”她忽然问道。在看到他一脸雾水地摇了摇头后，她又轻轻说道，“他说过，人对动物残忍，会钝化对动物的苦痛怀有的恻隐之心，进而在与他人来往时弱化以至泯灭可以施为很大帮助的本性。”她顿了顿又开口道，“他实际是在警告我们人类：虐待动物可诱发虐待人本身。对其他一切事物的虐待会诱发对人类自己的虐待。”

“我，我不明白你说什么……”他费力地吞咽了一口口水。

“没关系，我很快就让你明白。”她伸手抽走了他腰上的皮带，还没等对方反应过来，她手里的皮带已经夹带着凌厉的风声劈头盖脸地朝着他抽来！

“哇！”他忍不住惨叫一声，被皮带抽到的地方火辣辣的疼，简直就像是要烧起来一样，痛得他连声音也走了调。“你……你为什么抽我？？”

“怎么，没听懂那段话吗？也就是说，你如果觉得虐待动物是理所当然的话，那么我虐待你也是一样。”杨瑞再次举起了皮带，“你加诸那些小动物身上的痛苦，今天就一并还给你。”

“啊，不要，那不过是动物！我是人，你怎么能把我和那种低等动物相比！”他不由大叫起来。刚叫了两声，对方还真的放下了皮带。就在他稍稍松了一口气时，却看到她去打开了电视，并且把电视的声音调得很高，还自言自语了一句，“嗯，这样就保险了。”

他的眼前一阵模糊，唯一的意识就是——完了。

粗细均匀的皮带就好像一条毒蛇般噬咬着他的身体，一下接着一下，还没抽到第十下，他痛得双眼一翻白，就这么晕了过去。在晕过去之前，他的脑海里浮现出了昨晚也是在这间屋子里，他用同样的方式虐待着那只小猫，耳边似乎还依稀听到了她冷冷的声音：“不知道人比其他动物高在哪里吗？人之所以胜于其他动物的优点，就是应该在爱自己同类的同时也包容其他生命……连这个都不懂的人，比一只臭虫还不如。”

“没用的家伙。”杨瑞收起了皮带，正考虑着要不要换种方法折磨这个家伙，目光掠过电视的时候，却赫然愣在了那里。电视上的画面居然变成了她刚才在用皮带抽打这个家伙的情景！这……好诡异啊……

王奇动了动眼皮，又睁开了眼。半分钟后，他像是抽筋一样弹了起来，死死瞪着窗外，挤出了一个字，“鬼……”说完，再次晕倒。

杨瑞疑惑地望向窗外，原来那里还真的……有一只鬼。

更确切地说，这位飘浮在半空中悠然自得地啃着苹果的银发帅哥，是一只吸血鬼。

帅哥不愧是帅哥，就连啃苹果的样子都那么迷人，随风飞舞的银色长发带着出离尘世的美，空灵而清柔，犹如掠过暗夜的一束月光。

“叶幕，你怎么会在这里？”她脱口道。从北宫岚口中得知了那些事情，令她在面对叶幕时更多了几分复杂不明的情绪。尽管他是属于密党的，可毕竟他也是吸食血液的吸血鬼。而自己呢，自己的身体里竟然也有和他相同的血液。

“晚上实在太无聊了，我正好游荡到这里。”叶幕将剩下的苹果一口吞下，随手将苹果核在手里一捏，那个苹果核居然又重新变成了一只完整的苹果！

杨瑞暗暗吃惊的同时又有点羡慕，这一招还真够实用的。

“接着。”他顺手将苹果抛给了她。一见有个东西直飞自己面前，她几乎是条件反射地接住了那个苹果。

“你这么飘着……”她瞥了他一眼，“就不怕被人看到吗？”

“这里是第二十层，而且就算被发现别人，也会以为是看到天外飞仙吧。”他将双手放在了脑后，换了一个更舒服的飘浮姿势。

“天外飞仙？我看人家会以为是外星人ET。”她不冷不热地接了一句。

“外星人ET？”叶幕没有听过这个名字并不奇怪，他一共才在这个世界上生活了五年的时间，而且这五年都是跟随七十二位师父学魔法，还从没有好好地看过一场电影。

“你不会连这部电影都没看过吧？”杨瑞惊讶地问道。

“没看过有什么奇怪的，真的外星人我都见过。”他不以为意地挑了挑眉。他的挂名外公冥王，还有那几个死神、梦神、睡神，再加上七十二位师父，勉强也算是外星人吧，说不定他们其中的一个就和那个ET长得很像。

在遥远的冥界与所罗门殿，被叶幕大人点到名的众当事人几乎是同时都打了一个喷嚏。

“不过现在有一部电影更好看，就叫作……”他牵动了一下嘴角，似笑非笑地望向了还在继续上演抽打戏码的屏幕。

“什么？”某人傻傻地走进了圈套。

“……恶人自有恶人磨。”

喂？谁是恶人？杨瑞反应过来之后不由有些气恼，不过她立刻发现了一件可以扭转乾坤的大事——叶幕今天没戴墨镜！于是她眼珠一转，指着地上那个被抽打得像只虫子般趴着的家伙大叫了一声：“看，他的鼻子流血……”

血字还没说完，她就看到叶幕大人潇洒的身影迅速消失在了她的视线中。来无影，去无踪，绝对是货真价实的天，外，飞，鬼！

看来捏到他的把柄也不是一件坏事。她略带得意地弯了弯嘴角，顺便咬了一口手上的苹果。当她蓦地察觉自己是咬了那个果核变成的苹果后，顿时脸就垮了下来。

天！苹果上一定还留着那只鬼的口水呢！

叶幕离开后，她还不忘用冷水泼醒了王奇。看在那家伙连连求饶，哭着喊着发誓再也不会虐待动物的分上，她也没再用其他的点子折磨他，清理了一下现场后就离开了。

出来的时候，她惊讶地发现天边的月亮竟然变成了暗红色，森森然地挂在那里，说不出的诡异。而且奇怪的是，无论她从哪个方向走，月亮始终在她的正面。

估摸着大概走了半个小时的时候，她终于停住了脚步。平时从这个地方到家里，不过十分钟而已。今天像是撞着鬼了，居然怎么也走不回家。

她拿出了手机，只见上面什么信号也没有。再看了看身边，街道商店什么都有，唯独缺少了……人。正在疑惑的时候，她的脸上忽然感觉到了一阵凉意，伸手去摸，似乎沾到了一些冰凉的液体。

是下雨了吗？

她抬头望向天空，顿时震惊得说不出话来。

一小片一小片的白色结晶正从天空中缓缓地飘落，她不敢相信地揉了揉眼睛，天！居然在下雪！炎炎夏日竟然下起雪来，难道要上演现代版的六月飞雪？

接下来，更不可思议的事情发生了！在那些纷纷扬扬的雪花中，渐渐出现了一个身材修长的男人，他有着一头罕见的银蓝色头发，那种颜色如同死神镰刀上的寒光，美丽而充满绝望。

“你是谁？这里又是怎么回事？是不是你捣的鬼？”杨瑞一连串地追问道，只觉得一股寒气迎面而来，冷得她打了个寒战。说实话，她完全看不出这个男人是什么来头。

那男人只是冷冷看了她一眼，“加尼米德大人要见你。”

杨瑞愣了一下，“加尼米德大人？”她好像对这个名字完全没有印象。

男人已经一个闪身到了她的身边，将她一把制住，冷声道：“跟我走。”

“喂喂，你是什么人？那个加尼米德又是什么人？快些放开我！”杨瑞有些恼火起来，一拳朝着那个无礼的家伙打去。

可让人吃惊的是，那一拳却直接穿过了那个男人的眼睛，从他的后脑穿了出来！杨瑞心里一凉，明白自己一定又是遇上了非人类。

最近为什么总是和非人类亲密接触？难道是因为自己体内的那么一点点非人类血液在作怪？

还没等她回过神，下一秒，更惊悚的事情发生了！

她只觉得自己的身子一轻，整个人居然已经神奇地飞了起来，而扣住她手腕的那个男人的手更是冰冷得可怕，这种寒气逼人的感觉，她好像似曾相识。

那是和叶幕一样的温度。

她的心蓦地沉了下去，难道这个男人也是……该不会是带她去吸血鬼的巢穴吧？而那个加尼米德大人就是他们的大BOSS？

她越想越寒，可是又无法挣脱那个男人的控制，只得先尽量让自己冷静下来，飞一步算一步。

有生以来她第一次可以像鸟儿般飞翔在夜空，所有发生的一切都是那么不真实，这种前所未有的体验使她几乎有种正在做梦的错觉……

第九章

爱好诡异的魔王

不知飞了多久，那个男人将她带到了一座城堡前。城堡位于一个峭壁之上，从这里望去，隐约可以看到夜色中高低错落的塔影。

“这里就是千塔之城布拉格了，你面前的城堡就是加尼米德大人的住处。”

布拉格？杨瑞在一瞬间有点怀疑自己的听觉，这里已经是布拉格了？天！简直比波音747还快！

还有，他说什么，这座城堡是加尼米德的住处……

杨瑞心里大骇，难道这里真的是吸血鬼的老巢？？

只见男人低声念了一句咒语，城堡的大门就缓缓向两边分开了。杨瑞跟随着他走进了那条昏暗的长廊，只见斑驳的墙上燃着纯白色的蜡烛，微弱的火焰在风中摇晃不停，犹如地狱中的幽冥之火。两边摆放的骑士石像因为年代久远已经有些破损，但那惟妙惟肖的鬼斧神工仍让人觉得这些骑士也许会随时从沉睡中苏醒。

男人带着她来到空旷的大厅。大厅里空无一物，高高挑起的穹顶居然是半透明的，有流动的月光游弋于顶上，斜斜折射到了大厅里。灰白色的地面上描绘着奇怪的花纹，在烛火的映照下透着一种无比阴森又无比诡异的气氛。在这样的氛围中，杨瑞明显感到了说不出的恐惧和无助。

她甚至开始怀疑今天能不能从这里活着走出去。

就在她想询问一下那个男人的时候，却发现那个送她进来的男人已经消失不见，而本来空无一物的大厅里，却犹如魔术般出现了一把高高的椅子。

椅子上……有人。

杨瑞攥紧了自己冒冷汗的手心，难道这个男人就是加尼米德？

“欢迎你来到这里。”坐在椅子上的男人缓缓地开了口，他那低沉的声音仿佛深埋在地底下的矿石相互撞击发出的。

“你……到底是谁？这里到底是哪里？”她大着胆子问道。

他没有说话，只是抬起了头看着她。在昏暗的烛光映照下，杨瑞也看清了对方的容貌。他看起来非常年轻，但那双紫金色眼睛中却似乎已经沉淀了千万年的岁月，瞳孔深处犹如一潭沉寂已久的死水，任何事情恐怕都引不起那里的一丝波动。

非人类，绝对是非人类！她的脑海里只有这么一个念头。

“这里是密党的秘密基地，我就是密党的首领加尼米德。”

听到这个确切的回答，杨瑞的脸上没有任何表情。不是因为她够淡定，而是因为真的被吓到了。这到底是怎么回事，吸血鬼的大BOSS居然亲自见她？这也太吓人了吧！难道是因为知道了她的来历要解决后患？还是说要慢慢折磨她，以此威胁北宫家？

“为……为什么把我带到这里？”她涌起了一种也许真的回不去了的不祥预感。

“听说你是叶幕即将初拥的对象？”加尼米德慢条斯理地问道。

听到他问的话，杨瑞那原本紧张到爆的心情倒稍稍舒缓了一下，还好还好，说不定这位首领大人要见她就是因为那件事。

反正只要不被他知道自己的真实身份就好了。

“我想这是个误会吧。我并没有成为血族的打算。”一旦心情有所放松，她的态度也渐渐变得自然起来。

“叶幕是我十分器重的亲王，所以他所选择的初拥对象必须经过我的同意，如果不合格的话，我会让她立刻消失。”在说最后一句话时，他的眼神更是深不可测。

杨瑞的背后嗖地冒起了一股凉气，赶紧再次摇头否认，“我真的不想成为血族，我只想做普通的人类，叶幕他只是开玩笑而已。”

“那么你现在有两条路，一条是被我所认可，成为血族一员；另一条是不被我认可，成为我的食物。你觉得哪条路比较好些？”

啊？杨瑞的头皮一麻，这两条路怎么听怎么都是死路。虽说她有少许血族的血液，可要是真变成他们的一员，就真是没有出头之日了。

“呃……加尼米德大人，我觉得还是放我回去会比较好些，今天我什么也没见过，什么也没听到。”

“你有三分钟的考虑时间。”

“加尼米德大人，你这是威胁吗？现在到处都讲民主自由，加入还是不加入血族也应该自愿吧，你不能因为一句玩笑话就逼我做出选择啊，这对我一点也不公平。”

“还有一分钟。”

“这么快……”

“时间到。”他缓缓抬起了眼，“你做出决定了吗？”

杨瑞一咬牙抬起头正要说话，忽然感觉到周围似乎有一种似曾相识的冰冷气息涌动，这种气息……

“我看她还是成为食物比较合适些。”一个熟悉的声音冷不防地从天花板上传来。

杨瑞急忙循声望去，只见一个银发男子正双手交叉叠放在胸前，悠然自得地倒吊在天花板的水晶灯上。

她的脸轻微抽搐了一下，为什么这位叶幕亲王每次出场都那么有个性！

“你来得比我想象的快。”加尼米德似乎已经习惯了他的这种出场方式。

从半透明苍穹下映出的月光淡淡抚过，洒落在叶幕的脸上，更是为他勾勒出了一种诡异非常的美丽。

“凯里斯特的消息不是传得更快。”叶幕轻轻晃了晃身子，又瞥了杨瑞一眼，“你都不知道这个女人有多野蛮，就算要找个初拥对象，我也要找个温柔单纯又听话的，找她不是给自己添麻烦？不如还是把她当成食物省心得多。”

“你做出选择了吗？”加尼米德面无表情地望向杨瑞。

杨瑞目光一转，正好瞧见叶幕对她使了一个眼色，似乎是示意她照他说的选择第二条死路。除了这两条死路，第三条就是硬拼，那更是死路中的死路。这样的话那还不如信这个家伙一次吧。她犹豫了一下，无可奈何地开了口："我不想被初拥。"

"这样的话，叶幕，她就任由你处置。"加尼米德似乎有些失望。

"哦，既然任由我处置的话，那什么时候想吃就是我的自由了。"叶幕狡黠地一笑，"我决定等她减了肥再说，不然咬到一嘴油会影响我的食欲。"

杨瑞摸了摸自己尖尖的下巴，不由暗暗感慨了一下，活了快二十年，这还是第一次被人说要去减肥。不过再怎么说这个家伙还是帮了她，至少把死刑改成了死缓。

加尼米德像是预料般的微扬起了嘴角，"叶幕，这就是你唯一的弱点。"

叶幕不以为意地耸了耸肩，没有说话。

"叶幕，你先在这里等一下，我有件东西要交给你。"加尼米德站起了身往里面的房间走去，走进去的时候他顺手关上了门。

偌大的厅里就只剩下了杨瑞和叶幕两人，更确切地说，应该是一人一鬼。

"我说你这个样子不累吗？"她不解地打量着眼前的倒吊男。

"一点也不累，舒服得很，你想试试吗？"他神情轻松地回答道。

"我才不要试，我又不是蝙蝠。"她犹豫了几秒钟，还是低低说了一句，"刚才……谢了。"

"谢我？"他一脸莫名，"谢我什么？"

"刚才你不是……"

"刚才可是你自己做出了选择，也就是说，从现在开始，你就是我的食物了。至于我什么时候想吃，那就随我高兴，明白吗？"

"你在开玩笑吧？"她的脸色变得有些难看。

"我像是在开玩笑吗？"

"你……"杨瑞也不知道他到底哪句是真的，哪句是假的，索性扭过了头不去理他。

时间一分一秒过去了，可加尼米德却一直没有出来。

就在这时，从里面房间里忽然传出了一声极其微弱的低呼声，随即就归于沉寂。叶幕脸色微变，立刻从水晶灯上跳了下来，身形一晃，已经到了那个房间的门口。他伸手想拉门，但那扇门却好像铜墙铁壁般纹丝不动。

“加尼米德大人……”他唤了一声，见没有回应，只得用了魔法将那扇门打开。

门刚一打开，一股浓烈刺鼻的血腥味就充斥了整个大厅。

杨瑞捂着鼻子朝叶幕望去，只见他“咣当”一声就栽倒在了地上。

糟了，这个家伙的晕血症居然在这个时候发作了！

她也顾不得看里面的情况，赶紧推了他两把，在推搡中无意间又摸到了他的墨镜，于是急忙帮他戴上。看他还是不醒，她无奈之下只好狠掐他的人中，既然有人类一半的血液，那么某些应急措施或许还是有用的吧。

只听叶幕低低发出了一声呻吟，还真的睁开了眼睛。但他像是意识到了什么，一个箭步冲到了门口，然后就像是被钉子牢牢钉在了那里，全身动弹不得。

他一眨不眨地盯着房间，脸上的冷酷表情是杨瑞从未见过的。当她走到叶幕身后往里看时，一种冰冷黑暗的恐惧自她的体内油然而生，就好像她第一次看到吸血鬼，不！第一次看到夜魔，不！远远超越那些的恐惧……她几乎感觉不到躯体的存在，眼前只有一片浓烈的血红色。

那是她一生中所见过的最恐怖的画面。

地上……到处都充斥着鲜血和残破的肢体，灰色的头发上沾满了黏稠的血迹……

“啊！”当看清那颗人头时，杨瑞不禁低呼了一声，这不是加尼米德吗！怎么会这样？

叶幕一个箭步跨了进去，捧起了那颗人头小心放在一边，立刻埋头在一堆残肢中搜索起什么东西来。而此时门外的守卫们听到惊叫声也急忙闯了进来，为首的正是那个银蓝色头发的男子。他一见到眼前的情景也神色大变，冲到了加尼米德的头颅面前喃喃道：“怎么回事，这到底怎么回事？”他一改之前的冷若冰霜，猛地揪住了叶幕的衣领吼道：“叶幕，你告诉我，这到底是怎么回事！”

“苏特，难道你自己看不出发生什么事了吗？”叶幕面无表情地指着地上的一样东西，又转头对杨瑞道，“你去捡起来给他看。”

杨瑞伸手捡起了那样东西，拿起来的时候才发现那竟然是一颗血淋淋的心脏！这一下子可把她吓得不轻，立即甩手将那可怕的东西扔了出去。只听“啪”一声，有一颗亮晶晶的东西从那颗心脏里掉了下来。

苏特立即眼疾手快地捡了起来，一脸诧异道：“是银子弹？”说着，他猛地攥紧那颗子弹，脸上露出了难以置信的神情，“不可能，这种东西根本近不了加尼米德大人的身，大人怎么可能被一粒小小的银子弹杀死……不可能，绝对不可能！”

叶幕盯着那颗银子弹，脸上的神色却是少有的沉静。是的，这个世上几乎就没什么人能杀死加尼米德，到底是什么人如此轻易地用一颗银子弹就解决了密党的首领？他眉峰一敛，极快地扫视了一遍四周，这个房间平时是绝对没有人可以进来的，就算是加尼米德的儿子弗朗西斯也不能例外。

如果凶手在这里杀害了加尼米德，他也不可能离开得这么迅速，除非是用了瞬间移动。

但是这个世上，能用瞬间移动的人并不多。

“这个世上又有几个人能杀得了加尼米德大人，这根本不可能！”苏特像是想到了什么，冷冷地指向了叶幕，一字一句道，“这里刚才除了大人以外就只有你和这个女人，你来之前大人还好好的，怎么现在会变成这个样子？这未免也奇怪了吧。”

叶幕淡淡瞥了他一眼，“你是在怀疑我吗？”

“你是加尼米德大人最信任的亲王，要想趁他没有防备的时候偷袭他也并不是困难的事情。”苏特又指向了杨瑞，“是不是因为这个女人的关系？为了人类女子而杀死血族同伴的事，你的父亲也不是没有做过。”

“你的想象力总是用在这种没有意义的地方，苏特。”叶幕微微动了一下睫毛，往前走去。在经过杨瑞身边的时候，他低声说了一句，“还不跟我走。”

“没说清楚就别想带她走！”苏特的手中忽然化开了一道银蓝色的光芒，笼罩住了整个天花板，只见被光芒照射到的地方迅速地被冷冻起来，犹如疯长的树藤般从天花板一直蔓延到了地面上，整个房间转眼之间就化为了一片冰天雪地。

杨瑞惊骇地望着自己被冻结的双脚，心里暗暗倒抽了一口冷气。

苏特冷冷瞅着他们：“在我的无限冻结空间里，你们就别想出去了。这个女人要留下，说不定加尼米德大人的被害和她有关系！”

第十章

回忆之镜

叶幕像是有些无奈地揉了揉前额，“哦，那恐怕不行，母亲大人告诫过我，浪费食物不是个好习惯，所以我是不会把这份食物留在这里的。”说完，他将手放在了唇边，不知念了几句什么咒语，微微启唇，骤然从口中喷出了一团跳跃的火焰！这团火焰像是拥有了生命般落在了他的手心上，随着火焰的熊熊燃烧，明亮的光晕渐渐扩大，周围的冰天雪地竟然慢慢开始融化了……

“这是什么火，竟然能融化我的无限冻结空间？”苏特显然大吃一惊。

“这当然不是一般的火。”叶幕顺手拉起了杨瑞，“这是我那排名第八的阿蒙师父独有的魔界之火，不管是什么东西都能烧得干干净净。也包括你——苏特。”

“叶幕，你难道就想这样一走了之？”苏特铁青着脸沉声道，“如果这样的话，我会联合所有的亲王对你发出血族猎杀令！”

叶幕本来已经走到了门口，听到这句话又回过头来，轻轻吐出了两个字，“随你。”话音刚落，他抓着杨瑞的手低低又念了一句咒语。

在一阵头晕眼花过后，杨瑞发现自己已经身处在城堡的尖顶上。无意中往下一看，她顿时感到一阵眩晕，急忙扶住了身边的石头，以防不小心从这么高的地方摔下去。她望向了交叉抱着双手飘浮在尖顶上的叶幕，对方的神情出乎意料的凝重，黎明前光影微妙的变化掠过他的双眼，触及他内心深处那隐隐有些压抑的伤感思绪，引起了水纹般的细微波动。

“我们不离开这里吗？接下去该怎么办？”她低声问了一句。

“我们先回中国。”他的声音听起来有几分缥缈，“我一定会查出究竟是谁杀害了加尼米德大人。”

“可你们吸血鬼不是不死之身吗？为什么会这么轻易被杀死？何况他还是密党的……”看到他的面色蓦然一黯，她忽然意识到自己不该问这种问题，于是赶紧转换了话题，“你……也别太难过了。”

“除了阳光，还有很多方法可以杀死我们。”叶幕侧过了头看着她，“尤其我们的心脏，是最薄弱的地方。如果心脏被摧毁，我们的生命也会就此终结。”

“可是你告诉我就不怕……”

“这并不是秘密。”他拢了拢面前的银色长发，又很随意地挑了挑眉梢，语带促狭地说道，“更何况，别忘了你只是我的食物。你会担心一份糖醋里脊对你不利吗？”

望着他那惯有的玩世不恭的神情，杨瑞的心里忽然微微一动，这个家伙似乎总是用这张面具隐藏起自己最真实的一面呢。

刚才的他明明是伤感着的……

“可是如果他们真的下了猎杀令的话，那你和我不都会很危险吗？那个苏特这样冤枉你，为什么不说个清楚？”

“有些事你并不清楚。”他的眸光一闪，“现在我们离开这里。”

“可是就快天亮了，你没关系吗？”

“我有人类的血统，所以并不怕阳光。”他瞥了她一眼，“不过，现在倒是有点饿了……”

“我看我们赶紧出发吧，还是回家吃比较好。”

叶幕的瞬间转移果然名不虚传，短时间内就从布拉格回到了中国南方某城的前世今生茶馆。

“今天谢谢你了，我想我也应该回去了。”杨瑞心里记挂着母亲，一着陆就想早些回家去。

“现在还不能回去。”叶幕淡然扫了她一眼，“如果你不想连累自己家人的话。”

难道是那个猎杀令？她的心里骤然一紧，神色黯然地点了点头，“我想我明白你的意思。”接着她又低声问了一句，“可是你的家人怎么办？”

“我的家人吗？”叶幕侧耳一听，朝着大厅里的水族箱一指，“他们来了。”

“来了？”杨瑞将信将疑地顺着他指的方向望去，只见水族箱里的水忽然咕咚咕咚冒起了泡来，就像煮沸了的开水一样不停翻滚着，然后一枚白色的贝壳从水里被弹了出来，不偏不倚地落在了叶幕的面前。几乎是在同时，那枚贝壳就无限膨胀、无限扩张，直到变成了有半个房间那么大才停止生长。贝壳“啪”的一声裂开，居然从里面走出了一位黑发黑眼的清秀美女，跟在她身后的，是一位有着紫银色长发的无敌帅哥。

“老姐，未来姐夫，你们的出场方式是不是夸张了一点啊。”叶幕无奈地揉了揉自己的鼻子。

杨瑞瞠目结舌地看着这一幕，本来以为这一切已经很让人无语了。但叶幕对那两人的称呼更是把她给重重雷了一把。

这两个人居然是叶幕的姐姐、姐夫？

“小幕，加尼米德的事小孔刚刚已经告诉我了。”叶晚也顾不得和他斗嘴，“告诉我到底是怎么回事？”

“是啊，小晚听到这个消息急得不行，你也知道只要有水的地方，我都可以施行来去自如的法术，所以只能选择这个离你最近的水族箱了。”阿希礼一边将贝壳变小收到了怀里，一边解释道。

叶幕只好将事发经过简明扼要地告诉了姐姐。叶晚和阿希礼听完，一时倒也猜不到究竟是谁杀害了加尼米德。

“能在这么短时间内杀死加尼米德的，这个世上一共也没几个吧。”叶晚沉思着，“但是我们所知道的有能力杀死加尼米德的那几位大人，似乎又没有任何要杀死他的理由。”

“难道你们不觉得奇怪吗？如果只是为了一个初拥对象，加尼米德又何必要亲自接见她呢？这似乎有些小题大做了。”阿希礼用审视的目光扫了一眼杨瑞。

“这点我也觉得奇怪，但是现在光凭猜测，什么也证明不了。”叶幕像是想到了什么，又连忙问了一句，“糟了，小孔不会也告诉老爸老妈了吧？”

“我有那么笨吗？我早叫小孔封锁一切消息，暂时别让老爸老妈知道，省得他们操心。”叶晚瞪了他一眼，“这些事，就让我们自己解决好了。”

“错了，姐姐。”叶幕的嘴角勾起了一抹迷人的笑容，“这些事，就让我自己解决好了。”

“啊，说起小孔，阿希礼，你不是也用魔法把他一起带来了吗？”叶晚忽然想起了另外一件要紧的事。

阿希礼耸肩，“可能是魔法出了些小问题吧，不过你放心，他一定会出现在这个房间和水有关的地方。”

“怎么会这样……”叶晚顺手掀开了身旁的一个茶壶，一看没有，又立刻冲到厨房打开了冰箱，在里面的饮料里翻找起来。

趁着叶晚跑进厨房的时候，叶幕轻轻咳了一声，“姐夫，你是故意的吧？”

阿希礼的眸中微光一闪，“谁叫那个家伙总是三天两头来找小晚，摆明了对我们小晚有意思。这只是一点小小的教训。”

叶幕干笑了一下，像是想到了什么，一脸黑线地问道：“那个，你不会让他从抽水马桶里出现吧……”

他的话还没说完，小晚已经在厨房里打开了水龙头，伴随着哗哗的流水声的是她惊喜的叫声：“小孔，原来你从这里出来了！”

杨瑞朝着厨房里张望了一眼，只见一个全身湿透的少年正出现在那里。他白皙的脸颊变成了晚霞般的绯红色，沾在脸上的晶莹水珠，正随着他的动作摇摇欲坠，原本极为清澈的眼眸，在水汽的浸染下显得朦朦胧胧，更多了几分迷离的美。

她的心里微微一动，这个漂亮的少年不会也是个非人类吧？

“阿希礼，你一定是故意的！”少年腾地一下站了起来，恼火地指向了一脸无辜状的海皇大人。

“就算是神，偶尔也会有小失误。”海皇大人抬头呈望天状。

“主人，那个水龙头好挤……看，我的手都变形了……”小孔飞扑到了小晚的怀里，还委屈地将脑袋在小晚身上蹭了蹭。尽管小晚已经和他说过好多次不要再称呼她为主人，但他就是不想改，因为这样才可以和小晚更加亲近，而且有时还可以借机撒个娇哦。

“哪里哪里？快让我看看……”叶晚果然着急起来。对小孔，她更多了一份像是对弟弟般的怜爱。

“这个家伙还是鸟族未来的王，居然这么容易就受伤，真是没用。”阿希礼在一旁冷冷发话，硬是按捺住了想把这个家伙一脚踢飞的冲动。他知道他家小晚向来容易惹烂桃花，除了眼前的这个鸟人，还有个阴阳怪气的吸血鬼猎人，对了，冥界的那个爱哭包死神也总是不怀好意……

一想起这些令人心烦的事，海皇大人就开始头疼了。

小孔忽然冲着他飞了一个白眼，“那我的确是没你这个鱼市场供应商厉害啊。”

“你说什么……”阿希礼的眉毛跳动了一下。

“难道不是吗？你管的不是那些鱼虾蟹螺之类的东西吗？你那里根本就是个鱼市场的主要原产地嘛。”小孔眨了眨那双清澈的双眼。

“小孔……”阿希礼真的很想揍人，不，揍——鸟，人。

“好了好了，阿希礼，你比小孔大了几千岁，你和他较个什么劲。”叶晚还很鄙视地瞥了他一眼，令海皇大人更是郁闷非常。

叶幕轻轻拍了拍海皇大人的肩膀，对他表达了深切的同情，“未来姐夫，我一直会支持你的。”

海皇大人有些感动地看了未来小舅子一眼，不过对方接下来的话让他差点吐血。

“只要你一直供应给我最喜欢的烤鳗鱼，我就会一直支持你，姐夫！”

杨瑞在一旁注视着这奇怪的一家人，忽然有种完全被隔离在外的感觉。海皇，吸血鬼，鸟族王子，这一切的一切，对她来说实在是不可思议的存在。

就在这时，窗外忽然闪过了一道红色的光芒，有两个人影蓦地从窗子里跳了进来。杨瑞微微一惊，这两个人不正是弗朗西斯和维吗？

“叶幕，这到底是怎么回事，为什么苏特说是你杀了我父亲？”弗朗西斯神情复杂地看着他，那双深蓝色的眼眸，仿佛波涛汹涌的大海，很快就会掀起惊涛骇浪。

叶幕并没有解释什么，只是抬头直视着他，一字一句道：“那么，你信吗？”

弗朗西斯毫不犹豫地摇头，“我不信，小幕，你是我最好的朋友，我相信你。”

“我也相信你，小幕。”维也在一旁低声道。

叶幕的脸上略有动容，却又好像不想被别人看出他心里的情绪波动，只是微微侧过了头，极轻地说出了两个字：“谢谢。”

叶晚看了看自己的弟弟，轻轻抿了抿嘴。或许是身体里流着血族血液的关系，她和弟弟都不像老妈那样情感外露，若是老妈的话，现在必定是热泪盈眶了。

“但是苏特已经发了猎杀令，这样下去也不是办法。我看找出真正的凶手才是当务之急。”维那诡异的红色瞳仁更加深沉了。

弗朗西斯像是忽然想起了什么，“对了，我之前听父亲说过，密党的总部好像有一面回忆之镜，它能将已经发生的事情真实重现。”

“你这么一说，我倒对这面回忆之镜也有印象。”阿希礼在一旁开口道。

“对了，阿希礼，你也在血族混过啊，赶紧把你听过的说出来吧！”叶晚欣喜地看着他。

混？这个字眼听起来很失礼。阿希礼无奈地摇了摇头，“我所听到的也差不多。不过据说想要打开回忆之镜的封印，必须联合七氏族亲王的力量。但具体怎么操作我也不是太清楚。”

弗朗西斯犹豫了一下，“如果我没有记错的话……”

“我知道。”一个熟悉的声音忽然打断了他的话。众人转过头，只见那边的桌子旁不知何时已经坐了一位黑发灰眼的男人，看上去颇有几分沉静细致的气质。

杨瑞一愣，看来这次果然是大事件，连叶幕的师父瓦利弗都来了！莫名地，她隐隐有些羡慕起那个有那么多人关心的家伙。

瓦利弗不慌不忙地说道：“身为七氏族的亲王，都有不同的信物，只有凑齐了这七样信物，才能打开回忆之镜的封印。”

“你怎么知道得这么清楚？”小孔惊讶地问道。

“一定是阿加雷斯师父告诉你的吧？”叶幕猜测道，在七十二魔王里排名第二位的师父阿加雷斯是位有三个头的魔王，他的乐趣就是引人酗酒、赌博或引发其犯罪的欲望。但他同时也有获悉许多秘密的高超能力，血族的这个有关回忆之镜的秘密对他来说并不难破解。七十二魔王的本领实在太多，所以这个有点八卦的能力当初被叶幕忽略不计了。

第十一章

密党的亲王们

“不错，我们七十二位魔王早就在事发后紧急商量过了。我们谁也不信是你杀了加尼米德，只可惜阿加雷斯也不能查到关于这件事的秘密。”瓦利弗淡淡道。

叶幕微微蹙起了眉，连神通广大的阿加雷斯师父都难以查到，看来这的确不是一般的秘密。

“对了师父，你说的是这个信物吗？”他从自己的口袋里摸出了一枚薄如蝉翼的金叶子，叶子的背面上印着他们一族的族徽标记—— 一朵滴血的蔷薇。

“我这里也有。”弗朗西斯也从自己的皮夹里掏出了一枚金叶子，叶子背面同样也印着他们一族的族徽。

“那不是已经有两个了？”杨瑞脱口道。

“不，三个。”维扬起了唇，慢慢掏出了垂挂在胸口的项链，只见在项链的末端系着一枚金叶子。那上面也有一个极为诡异的标记——扭曲的十字架被锁链所束缚。

杨瑞难以置信地瞪大了眼睛，“维竟然也是……”

“维也是血族的亲王。”叶幕证实了她的判断。

不会吧？杨瑞的眼睛瞪得更大了，这三只吸血鬼竟然都是BOSS级的人物！

“这么说来，我们只差剩下的四枚了。”叶晚的神情显然轻松了几分。

“苏特已经发出了猎杀令，只怕那几位亲王不肯合作，再说每族的信物是不会随便交给其他人的。所以要得到其他四枚信物的难度可能会比较大。”弗朗西斯有些担心地说道。

“不用担心，我早就想到解决的办法了。”瓦利弗得意地从怀里掏出了一瓶东西，塞到了叶幕的手上，“大多数人类都会后悔自己曾经做过的事，其实非人类又何尝不是一样。尤其是血族，同样也会后悔当他们还是人类时曾经犯下的错误。所以你可以试试用后悔药来交换血族的信物。”

叶幕额上的青筋微微跳动了一下，“师父，不会这么简单吧？这有用吗？”

“不试试怎么知道！”他有点急了，“一定有用的！”

“师父，你怎么这么肯定？”叶幕敏锐地捕捉到了对方眼中一抹奇怪的神色。

瓦利弗像是在掩饰什么，轻轻咳了一声，又重复了一遍，“总之一定会有用的。”

叶幕敛起了疑惑的目光，没有再追问下去。

“那怎么才能找到其他的亲王呢？”小孔在旁边歪着脑袋问道。

“我们血族所有的亲王都像普通人一样以不同的身份生活在自己所管辖的领地中，所以有时人们直接会用管辖的城市名字来称呼我们。”弗朗西斯回答道，“我平时都会住在亚美尼亚的埃里温，所有也会被叫作埃里温亲王。而维通常都待在智利的圣地亚哥。其余四位亲王也是一样，所以应该很容易就能找到分别住在德国慕尼黑，意大利威尼斯，叙利亚大马士革以及英国伦敦的几位亲王。”

“凯里特斯前些日子曾经在这里出现过。”叶幕忽然看了一眼杨瑞，“不过他现在应该已经回德国了。”

杨瑞想起了那个被她不小心打断了牙齿的吸血鬼大哥，立刻就读懂了叶幕眼中流露的意思——看来要从这位被他们得罪了的亲王手里拿到信物可不是一件容易的事。

“那么血族亲王们选择这些特定的国家也不是巧合吧？”她猜测道。

“你倒是很聪明。”弗朗西斯意味深长地看了她一眼，“听说过十大魔都吗？”

杨瑞摇了摇头。

“在这个世界上不只有单纯的灵异场所，也有所谓的魔都，就是所谓的灵异事件的高发城市，我们血族的亲王一般都喜欢选择这样的城市居住。”弗朗西斯颇有耐心地解释道，“当然，这也不是绝对的。像小幕选择了中国的这座城市，完全就是出于别的理由。”

“那么事不宜迟，小幕，我们就赶紧出发去找那几位亲王吧。”叶晚指了指阿希礼，“这里的一切就暂时交给他打理好了。”

“放心吧。有我在，这里的生意只会更好。”阿希礼露出了请完全不用担心的表情。

“姐姐，我说过了，这件事由我自己去解决。”叶幕轻轻挑了挑眉，“难道你不信你弟弟能搞定这件事吗？”

“那怎么行，你可别忘了你还有晕血这个毛病，到时万一忘记戴那副眼镜怎么办？”叶晚不由着急起来，“如果你有点什么事，我怎么跟老爸老妈交代……”

“老姐，原来你也会说这么老土的台词。”叶幕笑嘻嘻地打断了她的话，“不过，我已经决定了。”

“小晚，你就相信你弟弟一次。”阿希礼轻轻拍了拍她的肩，“他一定不会让你失望的。”

“是啊，请放心吧，我和维也会在小幕的身边。”弗朗西斯垂下了眼眸，“我也想快点找出父亲遇害的真相。”

叶晚思索了几秒，最终还是点了点头，“好，我信你。不过我这里恐怕瞒不了爸妈多久，所以你要尽快找出真相。不然到时被他们知道的话，那我也没办法了。”

“我就说了你是我最好的姐姐！”叶幕亲热地搂住了她，全然不顾身边阿希礼和小孔同时射出了极为不爽的目光。

“不过你们一路上要小心魔党的那些家伙。”阿希礼虽然对未来小舅子刚才的举动有点小小的不满，但还是不忘以准姐夫的身份提醒了他几句，“如果我没有猜错，这件事很有可能和魔党首领伊瑟有关。有能力杀死加尼米德的人，他也算一个。”

听到伊瑟这个名字，杨瑞忽然想起了那位北宫老太太的话，心里不免有所触动。如果北宫老太太说的都是真话，那么她爸爸的失踪多半和魔党有关，说不定就和这个叫伊瑟的魔党首领有关。

也许，这会是一个查明爸爸失踪真相的好机会。

“对了，那这个女孩怎么办？”叶晚的目光落在了杨瑞身上。

叶幕瞥了她一眼，“苏特的手下一定也会继续追杀她，她不能留在这里。”

“那就干脆带她一起走好了。”弗朗西斯提议道。

“那怎么行，她是人类好不好，怎么能和你们混在一起。万一你们饿了的话……”叶晚的意思已经表达得很清楚了。

“我……我想和你们一起去。”杨瑞一脸恳切地望向了叶幕，“要是把我留在这里，他们一定会来追杀我，到时说不定还会连累我妈妈。所以，请让我一起去，我保证一定不会给你们添麻烦的。”

“这你不用担心，我会保护你和你妈妈的。”叶晚对自己的力量还是蛮有自信的。

杨瑞朝着她感激地点了点头，“谢谢你的好意。可是我不想这样提心吊胆地过日子，也不想在别人的庇护下小心翼翼地生活。如果想要回到以前的生活状态，唯一可以做的就是主动出击。只有主动面对问题，才有可能获得真正的平静。虽然我不会魔法，也没有超能力，但我也有身为人类的长处，一定可以发挥属于我的力量。”

叶晚有些惊讶地看着她，一时没有说出话来。

“让她跟你们去吧，”瓦利弗神色复杂地看着杨瑞，“说不定她会给你们带来意想不到的帮助。”

叶幕的唇边露出了令人捉摸不透的笑容，“我也不介意带着食物同行。”

说完这句话，他还不忘用余光瞥了杨瑞一眼，可对方不但没有露出如他预料般的害怕表情，反而还朝他扬起了了一抹“请多关照”的笑容。

哎？这好像不是自己希望看到的反应哦，叶幕觉得有那么一点点不爽。虽然他是个从不害人的好吸血鬼，但怎么说也是具有危险性的啊。他们和人类的关系本来就是简单的食用和被食用的关系，就好像猫和老鼠，狐狸和母鸡，可是有没有人见过老鼠对着猫笑或是母鸡对着狐狸笑呢？

其实杨瑞此时的一颗心也乱得分不清东南西北，虽然觉得眼前的一切都让人难以置信，但她的心里仍然有一点点期待和激动。

也许，这就是冥冥之中注定的安排。

——让她有机会可以找到父亲的下落。

而在叶幕同学说完那句话之后的三十分之一秒中，她已经在大脑里快速清晰地分析了一遍：他的老妈是人类，他自己也流着人类的血，所以害人是不可能的。如果真要把她当食物的话，那么他早就可以咬死她了。再退一万步来说，就算他真的“鬼”性大发，可别忘了他还有晕血这个致命缺陷哦。

多亏她短短时间在脑袋里转了这么多，要不然刚才哪里还笑得出来。

“既然已经决定了，那就尽快出发吧。”叶晚鼓励地拍了拍弟弟的肩膀，“如果有什么事的话，小孔也会通知我的。”

小孔也在一旁重重地点了点头，“放心吧，我们鸟族的同伴可是遍布世界每一个角落，没什么消息是我们打探不来的！”

“有这么厉害？”杨瑞半信半疑地插了一句。

“哼哼哈哈，你可别小看我们哦。”小孔得意地叉起了腰，“我们鸟族有专门的情报员，比如你们经常看到的麻雀啊，喜鹊啊，乌鸦啊……它们把从人类这里搜集到的不同消息集中起来，再送到鸟之国，然后由大臣们找出和我们鸟类有关的信息，这样就可以及早做出应对的方法。”

杨瑞的嘴角一抖，好像之前她还吃过摊子上的烤麻雀呢，敢情那是情报员啊，她的心里忽然涌起了一股深深的内疚感。

“我看都是一些没用的八卦消息吧。”阿希礼冷冷说了一句。

小孔朝他翻了一个白眼，忽然又飞快地换了上了一副委屈的表情，趁机又蹭到了小晚的怀里，还指着阿希礼告状：“主人，他污辱我们鸟族……”

叶晚安慰似的摸了摸他的头，又瞪了一眼阿希礼，“你别老这么针对他，你比他大了几千岁好不好！”

趁着小晚没注意，小孔还故意对着阿希礼做了一个鬼脸。

阿希礼那双紫银色的眼眸里“啪”的一下就冒出了两簇地狱之火，只怕再接下去，他的头顶就要长出两只魔鬼的小羊角了。

“咳咳……”瓦利弗不得不打断这似乎变得越来越诡异的气氛，“小幕，你们打算先去找谁？凯里斯特好像和你有点过节，不如你们先去意大利……”

“师父，我们还是先去慕尼黑。”叶幕不慌不忙地打断了他的话，“凯里斯特成为亲王的时间并不长，经验尚浅，比起另外几位古里古怪的亲王，我看还是他应该最容易被搞定。”

几乎是同一时刻，被叶幕大人点到名的几位亲王都不约而同地连打了好几个喷嚏，尤其是正在品茶的凯里特斯亲王，差点就失手打翻了自己昂贵的茶具。

“一定是有人在说我的坏话。”亲王殿下摸了摸自己的鼻子。

“小幕，你的评语可真是一针见血啊。”弗朗西斯有些侥幸地拍了拍自己的胸口，还好自己和这个家伙是在同一条船上，不然的话……

“我……还有一个问题。”杨瑞脸色讪讪地举起了手，“如果要去那些国家的话，我的外文很烂。”

“这个完全不是问题。”叶幕胸有成竹地笑了起来，“就让我的巴巴托斯师父来帮下忙好了！”

“哎？”杨瑞一愣。

“巴巴托斯在所罗门王七十二魔王中排第八位，他的特殊能力是赋予别人通晓各种语言和发现隐藏宝物的能力。”瓦利弗解释了一下之后就念起了召唤巴巴托斯的咒语。

不多时，只见大厅中央突然冒出了一股绿色的烟雾，在袅袅升起的烟雾间居然出现了一位头戴绿帽、身披灰斗篷的射手打扮的年轻男人。乍一看，杨瑞还以为是绿林好汉罗宾汉从英格兰中世纪穿越过来了呢。

“瓦利弗，你没事把我叫出来做什么？”巴巴托斯一脸怒气，看起来他似乎是个脾气暴躁的家伙。

“你先别发火，巴巴托斯，事情是这样的……”在瓦利弗将事情原原本本地交代了一遍后，巴巴托斯的脸色终于变得柔和了一些。他上下打量了杨瑞好几遍，才不是很情愿地摘下了头上的绿帽子，“啪”一声罩在了她的脑袋上。

当这顶帽子戴在自己头上时，杨瑞明显地感到好像有一大块石头，不，简直就是有一座大山压到了她的脑袋上！她脖子一缩，“扑通”一声摔倒在了地上。天哪，这是什么帽子啊！

当帽子被拿开的时候，她觉得脑袋上好像去掉了千斤之重，这才摇摇晃晃地站起来，心里更是怀疑重重，难道只是这么简单地戴了戴帽子，她就能听懂任何国家的语言了？

巴巴托斯将帽子戴回了自己的脑袋上，又朝着叶幕点了点头，很快就消失在了那股绿色的烟雾中。

“弗朗西斯，那么我们分两路走，到时我们在慕尼黑市政厅的大钟下面碰头。”叶幕示意杨瑞走到他身边。

“你的速度比我们更快，应该会先到那里。不过还是一切小心，要知道现在任何血族成员都可以猎杀你们。”弗朗西斯低声地提醒道。

叶幕不以为意地眨了眨眼，“那也要看他们有没有这个本事。”

“咦？”一直在旁边没有作声的维忽然一脸困惑地望着大家，“为什么大家都在这里？这些人都是谁？啊！怎么我们族的信物在这里？唔……到底发生什么事……”

“梆！”弗朗西斯忍无可忍地一下子拍晕了他，动作熟练地拖起了眼冒金星的某亲王，还不忘对大家露出了优雅的笑容，“我们先走一步了。”

杨瑞的眼角跳动了几下，这就是所谓的间歇性记忆失调症吗？

第十二章

慕尼黑的暗夜之王

慕尼黑，德国巴伐利亚州的首府。一提起这个城市，最先令人想起的不是梦幻的天鹅堡，不是关于茜茜公主的传说，而是闻名于世界的啤酒。每年10月份的啤酒节，这里总会吸引来自世界各国的“酒鬼”们。

此时，在具有哥特式风格的市政厅前，一位戴着棒球帽的男子正在悠然自得地品尝着这里最出名的生啤。他的全身都被笼罩在西落的夕阳之下，从帽子下漏出的银色长发被镀上了一层朦胧的金色光芒，显得华丽无比。尽管看不清他的容貌，但那低垂的眼帘和闪烁着钻石般光泽的银色睫毛，唇边若有若无的微笑，更是让人多了几分旖旎的幻想。这样一个绝色的男子，当然会引来不少游客惊艳的目光。不过，更多意味不明的目光随即又落在了他身边的那个东方少女身上。

正在专心致志吃着冰淇淋的杨瑞忽然感到背后莫名地冒出了一股凉意，她小心翼翼地朝周围看了看，低声道：“叶幕，你这样会不会太招摇了？我们是不是该找个安全的地方去等弗朗西斯他们？这里很容易受袭击吧。”

叶幕喝完了最后一口啤酒：“你以为所有的血族都是日行者吗？只要太阳没有落山，我们就是安全的。”

杨瑞看了看天色，无奈地又吃了一口冰淇淋。这样不用机票，不用签证，不用护照地满世界到处飞听上去是很拽，只可惜他们不但不是来旅行，还随时会被人追杀。虽说她跟着来是想一起查明真相没错，可这里的亲王凯里特斯毕竟和他们都结过仇，也不知道一切会不会顺利。

“你最好还是戴上墨镜，不然的话……”她提醒着他。

“哪有这么凑巧，这里应该没机会见到血吧。”他不以为意地答道。

“怎么不会……”她眼珠一转，忽然指了一下他的旁边，“看那个人在流鼻血……”

血字还没说完，叶幕已经用常人难以想象的速度戴上了墨镜。

但只是一瞬间，他就知道上了当。

“我可是为你好，不然你要是晕在这里的话，那就惨了。”她又看了看天色，“弗朗西斯和维怎么还没来？”

叶幕倒也没摘下墨镜，只是耸了耸肩，“他们和我的法力差得不是一点点，迟些来也没什么奇怪的。”

杨瑞转过了头，决定无视他这句话。

“这个榛子冰淇淋好吃吗？”叶幕忽然转移了话题，拿起了她的勺子就舀了一口冰淇淋放进嘴里。

“这是我的……”杨瑞刚想表示抗议，蓦地想起了这冰淇淋和啤酒都是那个家伙用魔法A来的，于是也没有再说下去。谁叫吃别人的嘴软呢？她现在可是身无分文，要是得罪那个家伙的话就惨了。

只是……她瞄了一眼他放下的勺子，心里不由有些尴尬，这个勺子她刚刚才用过，他也太随便了吧。

当——当——当，市政厅上的钟声忽然敲了起来，随后就传来了一段极其优美的古典音乐，紧接着，塔阁里许多彩色人偶开始活动起来，有的手持斧剑，有的骑着骏马，有的吹着洋号，还有的跳着优美的舞步，排着队簇拥而出……

“啊，你看，那些人偶竟然会跳舞！”杨瑞惊讶地脱口道。

叶幕抛了一个少见多怪的眼神给她，“这里是慕尼黑有名的景点，这些人偶再现了1568年威廉五世大婚时的盛况。”

杨瑞一脸疑惑，“威廉五世是谁？”

叶幕鄙视地瞥了她一眼，“这都不知道？”

“不知道有什么奇怪的。”杨瑞不服气地看着他，“我们又不需要考这些历史，我只熟悉那些考过的那些历史，不过考完了也还给老师了。其他的历史我不清楚，我也没兴趣。”

“没兴趣？”叶幕的睫毛微微一动。

“不是吗，那些历史已经过去了。”杨瑞之所以对历史有这样强烈的怨念，那完全是因为读书时尝够了这门功课的苦头。

叶幕轻挑了下眉，没有说话。他的老妈老姐都对古代历史有着超乎寻常的爱好，城堡中的私人图书馆里全是这些书，不是日本新撰组就是拉美西斯传记，不是埃及艳后就是探密古巴比伦，差点让他以为世界上的书就是只有这么一种类型呢。

有时，他会看到老妈或是老姐，独自一人在图书馆里静静翻着那些书，仿佛进入了另外一个世界。有时，他也会看到老妈和老姐在那里边看边聊天，聊的都是那些他听不懂的话题。就像上次聊起古罗马的时候，老姐提到了拉美西斯大帝在埃及神殿上所刻的字，老妈就莫名其妙地哭了起来。因为这件事，老姐还被老爸狠狠骂了一顿。

在这种环境下，他已经被动地消化了好多历史知识。

所以，这种对历史完全没兴趣的论调，他似乎还是第一次听到。

夜幕渐渐降临了。

叶幕忽然站起了身，简短地说了三个字：“我们走。”

“走？去哪里？”杨瑞也站起了身。

叶幕弯了弯嘴角，“跟着我走就是了。”

“我们不等弗朗西斯他们了吗？”

“他们暂时不会来了。”

“喂，你说清楚，他们暂时不会来是什么意思？”杨瑞不解地问道。

“现在懒得跟你解释，要不你跟着来，要不我就解除障眼法，让店主向你追讨冰淇淋账。你自己选吧。”叶幕笑了笑，大步朝前走去，

杨瑞摸了摸自己瘪瘪的口袋，忙不迭地跟了上去。

夜幕下的慕尼黑，依旧一片流光溢彩。位于市中心的一间超现实风格酒吧里人声鼎沸，素来冷静的德国人在酒精的作用下显得格外活跃，热情地到处搭讪。身材火辣的啤酒女郎表演着双手同时拿着八杯一升装啤酒杯的绝活，引得游客们的闪光灯一阵乱闪。尽管压低了棒球帽，但叶幕的姿容还是非常引人注目。走进酒吧的时候，他还是惹来了一阵小小的骚动。杨瑞心里暗暗同情起他未来的女朋友，带着这样的男朋友出门，一定要有

很好很强大的心理素质才可以吧。

“请问要点什么？”侍应生殷勤地问道。

“给他一杯水，谢谢。”杨瑞用德语答了一句。到现在为止她还不敢相信，她说起德文来竟然就像说中文那么流利。

“来酒吧喝水？”叶幕有些好笑地看着她，“来慕尼黑当然是要喝啤。”

“叶幕同学，我们不是来旅游的。”杨瑞平静地看着他，“而且你最好马上把墨镜戴上。”

“为什么？戴太长时间我的鼻梁会很酸哦。”叶幕笑起来的时候，有时会半眯起眼睛，这不但丝毫没有影响他的美丽，反而还为他增添了一种勾魂夺魄的诱惑。

“因为，如果你再点啤酒的话，我就点一杯血腥玛丽。”杨瑞也扯出了一个略带狡黠的笑容，“你也知道，那是血一样的颜色哦。”

叶幕看着她，忽然又轻轻笑了起来。

就在这个时候，整个酒吧忽然变得鸦雀无声。

这种突如其来的寂静让人惊讶，在一瞬间，几乎所有的人都忘记了手头做的事情，不约而同地将目光聚集在了门口。

门被有力地推开了，随着一阵冷风的涌入，一位美丽非凡的人儿正静静地站在门口。

美人阴媚的薄荷色眼波微微流转，面不改色地穿过了重重意味不明的视线，她早已习惯了这样惊艳的目光，所以并不以为意，相反还向那些人报以迷人的微笑。

美人在经过叶幕和杨瑞身边的时候，也不忘对他们报以了一个倾国倾城的笑容。那种柔媚到极点的眼波，令同样身为女人的杨瑞居然也有一种全身酥麻的触电感。不过奇怪的是，美人并没有在叶幕身边多作停留，而是径直走向了坐在吧台前的一个年轻男人。那男人看到美人竟然坐在了自己的身边，不由瞪大了眼睛，简直不敢相信自己竟有这样的艳福。

“怎么，不打算请我喝一杯吗？”美人弯着眼睛笑起来的样子，就像是被笼在层层薄雾中的黑色郁金香，明明那美丽已经近在咫尺，却让人始终触摸不到。

男人这才反应过来，连忙翻开皮夹掏出了金卡，结结巴巴道：“你要喝什么尽管点！”

美人的笑意更加难以捉摸，“我啊，只喜欢喝血一样颜色的酒哦。”

杨瑞将目光收了回来，喃喃自语道：“这个世上居然还有这么漂亮的女人……”

叶幕轻轻摇晃了一下手中的杯子，看着冰块和柠檬在水中互相撞击，眼神渐渐变得深邃，“这个女人，最好还是不要招惹她。”

杨瑞不解地看了他一眼，像是想到了什么似的眯起了眼睛，“哦，我知道了。你一定是因为她刚才无视了你而选了另外一个帅哥而忌妒吧。”

叶幕倒也不生气，反而笑了笑，“所以啊，你看看你杵在我身边，剥夺了多少美女的机会。”

杨瑞一时语塞，拿起了杯子“咕咚”灌了一大口冰水，缓了缓之后又忍不住问道：“那我们到这里到底要做什么？我们不去找弗朗西斯和维了吗？”

“别着急，我要等的人很快就会出现。”叶幕不慌不忙地望向了门口。

他的话音刚落，一个穿着灰蓝色衬衫的年轻男人推门走了进来，他有一头高贵而沉郁的深蓝色长发，皮肤呈现出一种奇异的苍白色，浑身散发着一种古典的艺术气息。与此同时，坐在角落里的两个男人也站了起来，他们同样也拥有一头深蓝色的头发。

那个蓝衬衫男人朝四周张望了一圈，最后将目光锁定在了叶幕和杨瑞身上。

眼看着那几个男人一步一步往自己的方向走来，因为不知对方是什么来头，杨瑞早已做好了防备。

“别紧张，他们都是同伴。”叶幕在她耳边低声说了一句。

“啊？”杨瑞惊讶地放开了攥紧的拳头，顿时感到头皮一阵发麻，这几个男人全是吸血鬼？

“那不是更危险，他们可能随时会攻击我们的！”她还是不敢放松。

叶幕摇了摇头，很肯定地答了两个字：“不会。”

正在说话间，蓝衬衣男人已经站在了他们的面前。他非但没有动手，反倒是彬彬有礼地欠了欠身，“您好，我是舒米特。凯里斯特大人知道叶幕亲王到了慕尼黑，已经在家里准备好了一切，特别邀请您前去做客。”

叶幕喝完了最后一口冰水，将没有融化的冰块也咬碎了吞了下去，不慌不忙地戴上墨镜，“好啊，我们正好没落脚的地方。”

“喂，叶幕……”杨瑞拉了拉他的衣袖小声道，“你不怕他另有阴谋吗？别忘了我们还得罪过他，说不定他故意把我们骗过去然后杀了我们！”

“我们来这里找的不就是他吗？”叶幕站起了身，“要不要跟来随便你。不过，别说我不提醒你，这个酒吧是血族经常聚集的地方，所以到了后半夜……呵呵……”他以一个诡异的表情结束了对话。

杨瑞偷偷打量了一下周围的客人，也不知是不是心理作用，被他这么一说，她怎么看谁都像吸血鬼哪！

“大人，那这位……”舒米特打量了杨瑞一眼。

叶幕扬唇一笑，“哦，她是我随身携带的干粮。”

杨瑞的额前唰地出现了一排黑线——她现在的地位就等于一块面包或是一包饼干。

在他们出门的时候，那位坐在吧台的美人有意无意地打量了他们一眼，嘴角浮起了一抹奇异的笑容。

“我说，今晚是你家还是我家？”男人已经喝得半醉，趁着酒意将手放在了她那被牛仔裤绷得紧紧的修长大腿上。

美人不动声色将他的手握住，在他耳边用魅惑的语气低声道：“我已经等不及了……不如就……后巷……”

男人的呼吸开始加重，二话不说拉起她就跌跌撞撞往后门走去。

叶幕和杨瑞跟着舒米特出了酒吧，那里已经停了一辆加长的宾利。

“怎么吸血鬼也用车子，你们不是都会飞吗？”坐进了车子的杨瑞低声嘀咕了一句。

“小姐，经常飞也很累的好不好，既然人类发明了合适的交通工具，我们为什么不好好利用呢？”叶幕托着腮望着车窗外。

“是吗，那我经常吃的食物，像那些汉堡啊、米饭啊、面条啊，他们怎么不会发明交通工具？”杨瑞抢白了他一句。

带到这里。而且很明显他对这件事的真相也不是没有兴趣，我想他可能是借机刁难我们，不想让我们这么容易拿到信物。所以……”

“所以，我们就干脆住几天，反正这里的住宿环境也不错。”叶幕颇有深意地看了她一眼，又抬头看了看四周，“看来以后我也该劝劝老爸把匈牙利的城堡装修一下了。”

两人说得极为小声，所以在前面为他们引路的舒米特并没有听清他们在说些什么。

一路过去，杨瑞看到了不少这一族的吸血鬼，他们都和舒米特一样有着高贵而沉郁的深蓝色长发，皮肤呈现出奇怪的苍白色，就仿佛是久居在古老城堡里的中世纪贵族。

不过让人觉得奇怪的是，凯里斯特的长相却是和他们都不同的，他那出众的美貌就像点彩派的美术作品一样明亮耀眼，完全就是这支血统中的异端。

在那些直勾勾的目光注视下，杨瑞的头皮直发麻，觉得自己好像变成了一块香喷喷的烧猪肉。现在的她，根本是处在了食物链的最底层——就和被扔到老虎笼子里的活鸡没什么区别吧。

林德霍夫宫并不大，他们很快就来到了客房门口。

“叶幕大人，这里是你的房间。而那间房是属于这位……”舒米特迟疑了一下，他并不知道杨瑞的名字。

“我叫杨瑞。”不知为什么，杨瑞对这位舒米特先生并没有反感，相反，还有一点说不出来的好感。

舒米特点了点头，又指了指旁边的当中的一间房道：“叶幕大人，两位亲王正在房里等着您。”说着，他轻轻推开了那扇门。

房间里的透明水晶吊灯十分明亮，但灯下两位帅哥的风采光华却比水晶更加耀眼夺目。杨瑞顿时眼前一亮，这不正是弗朗西斯和维吗！

“小幕！小瑞！你们果然来了！”弗朗西斯一见他们就立刻兴奋地站了起来。而维却是一脸莫名地望向了他们，“小幕你为什么会来这里？那个黑头发的女孩是你捉来的食物吗？看上去好像味道不错啊，不如就当作夜宵好啦……”

杨瑞回给了他一个毫不介意的笑容，对于他的间歇性记忆失调症，她已经开始习惯了。不过她倒是要提高警惕，万一这个家伙失去记忆的时候咬她一口，那就……

叶幕更是无视了他的存在。舒米特离开之后，他不急不慢地关上了门，这才冲着弗朗西斯说道：“好了，弗朗西斯，告诉我你们是怎么被骗来的吧。”

“其实也不算是骗……”弗朗西斯的表情似乎有些尴尬，“我们一到慕尼黑，就遇到了那个叫舒米特的家伙。他说你们会在这里和我们碰面，我想反正之后要向凯里斯特拿信物，那索性就跟他来这里了。”

“还真拿你们两个家伙没办法，下次别那么容易相信别人了。”叶幕一边说着，一边摘下墨镜，“这次我们恐怕要在这里住上几天了。”

“凯里斯特一定不会这么轻易将信物借给我们，或许你应该动用你师父的后悔药，说不定会有用。我就不信他从没做过后悔的事。”弗朗西斯提议道。

“我会找机会的。”叶幕沉默了几秒，又开了口，“对了，我今天在酒吧看到了阿黛拉。”

“你是说魔党的维也纳亲王阿黛拉？她怎么会出现这里？”弗朗西斯大吃一惊。

“你别忘了，魔党的秘密基地应该就在附近，她来这里觅食也不奇怪。不过……”叶幕的脸上掠过了一丝复杂的神色，没有再说下去。

听着他们的交谈，杨瑞的脑海里立刻出现了刚才在酒吧里出现的那位惊为天人的绿眼睛美女，不由心里一惊，难道那个美女就是魔党的人？而且还是个亲王级别的大BOSS!

这么说来，那个男人不就成了她今晚的……

“别担心了，小幕，我们总会想到办法拿到信物的。”处于间歇失忆中的维似乎已经恢复了正常记忆。

叶幕和弗朗西斯同时朝他的方向看了一眼，又齐刷刷地转过了头去，再次把他无视掉了。因为他们都知道，无论现在和他说什么，没过多久他又会忘记了。

“我饿了，你们想吃点东西吗？”维的建议再次被轻声相谈的两人忽略了。

一听到这个饿这个字，杨瑞立即不着痕迹地退后了几步，令自己暂时处于一个安全范围中。

“不管怎么样，还是吃点东西吧。想不到这个地方配套设施还挺不错。”维见那两人并没有搭理他，就从角落里的冰箱中拿出了两样东西，端到了叶幕和弗朗西斯面前。

弗朗西斯一看脸色就变了。

再一看对面的叶幕，已经“咣当”一声栽倒在地。

维端着两杯鲜红的血浆呆立一旁，好半天才结结巴巴说了一句：“我……我忘了小幕有晕血症……”

与此同时，位于阿尔卑斯山麓以北的秘密城堡，魔党的首领伊瑟在自己的房里打开了一瓶红酒。红酒已倒入水晶的酒杯中，空气中充满着红酒独特的苦涩清香。虽然身为吸血鬼的他们并没有味觉，但偶尔，他们也会补充一下其他的食物。通常，他们会选择和鲜血颜色接近的食物，比如红酒、草莓。但他们从来不吃经过烹饪的血，因为那是死血。

在他的面前，一个妖媚的金发美女正缓缓除去自己的衣衫，极尽所能诱惑着他。伊瑟冷冷地笑了一下，随意地拿起身边的酒杯，毫不客气地将半杯红酒淋在了她的头上。红色的液体顺着女人的脸颊、脖颈缓缓滑落，和她雪白的肌肤相映衬，更显得暧昧万分。

这让他想起另一种更深的红色。

他突然间觉得莫名兴奋，一把抓过了那个女人，将她压倒在了自己身下。

“别心急嘛……”女人故作挣扎，“难道你不把那个可怕的面具先拿下来吗？”

“要我拿下来也可以，你必须蒙住你的眼睛。因为，凡是见过我真面目的人，都要付出生命的代价。”他的语气十分平淡，以至于那个女人完全把他的警告当成了一个笑话。

她咯咯一笑，不以为意地点了点头，“原来你还有这样的特别情趣，不过不要紧，我喜欢。”说着，她接过了伊瑟递给她的黑色绸子，手脚麻利地蒙住了自己的眼睛。

伊瑟见她准备完毕，这才缓缓取下了自己的面具。就在他拿下面具的一瞬间，女人忽然调皮地扯下了蒙着眼睛的黑绸。

“啊……”她震惊地张开了嘴，却什么声音也发不出来。在看到他面容的一瞬间，仿佛整个人被一股强大的电流贯穿，四肢根本无法动弹。

“不听话的女人，就要接受惩罚。”他略带嘲弄地凝视着她的脸，语调平静地说道。

女人的脑中一片空白，视线里只有对方那双逼近自己的冷蓝色眼睛，残忍微笑时露出长长的牙齿，像苍狼一样冷酷无情的美丽……

她惊恐地睁大眼睛，可是下一秒，脖子上已经传来了一阵剧痛……

扔开女人还没有冷却的尸体，他用纸巾轻轻擦了擦嘴边的血迹。殷红的血，还在不断地从她脖子上的洞眼里涌出来，很快就染红了地上雪白的羊毛地毯。女人的眼睛还瞪得大大的，脸上还保持着当时扭曲的表情，在灯光的照射下倒显得有几分恐怖。

“如果没猜错，这个自作聪明的女人一定是看到了你的容貌吧？”阿黛拉清脆犹如水晶杯相碰击的声音忽然在门边响起。

伊瑟回过头去，只见美人正笑嘻嘻地站在那里，他今天穿了一件浅粉红色的衬衣，看上去异常柔媚可爱。这种挑人的颜色并不是每个人都敢轻易尝试的，但穿在美人的身上，却是另有一番风情。

“这么晚才回来？”伊瑟站起了身来。

“我可以把这理解为关心吗？”阿黛拉耸耸肩，“今天我在酒吧里见到叶幕了。”

“他来慕尼黑了？”伊瑟抬起了头，“那应该是来找凯里斯特的吧。”

“没错，或许是来寻求帮助吧。”阿黛拉以一个毫无优雅可言的姿势坐到了沙发上，还将两条长腿都搬上去蜷了起来，“不过，我并不认为他可以杀死那个老家伙。要说是你杀的，我还更加相信些。”

“不管是谁杀的，加尼米德死了对我们魔党有利无害。”伊瑟露出了一个高深莫测的表情，“你也不要小看了叶幕，他的来历非常古怪，而且听说出生时还有七芒星的封印，可能将来会成为我们魔党最难应付的敌人。这件事没有那么简单。”

“放心吧，我已经让狼人一族盯着了。你也知道，那些家伙收了酬劳办起事来还不错。”阿黛拉压低了声音，“对了，叶幕身边还带着一个人类女孩。”

“哦？难道连这也遗传了他的父亲？”伊瑟弯了弯嘴角。

“不……”阿黛拉注视着他的眼睛，“如果当初林给我的资料没有错的话，那个女孩应该就是北宫亦飞的女儿。”

伊瑟的脸上略有动容，“那个女孩是北宫亦飞的女儿？”

“不过我想他们一定还不知道那女孩的身份。听说加尼米德出事的时候，这个女孩也在场。”

“吸血鬼和吸血鬼猎人的后代。”伊瑟抬起头望向了窗外，月色倒映在他的眼眸中，折射出一丝奇诡森然的笑意，“事情似乎越来越有趣了。”

“伊瑟……”阿黛拉敛起了笑容，“你还在意那件事吗？那件事……已经过去很久很久了。”

伊瑟没有说话，好像就这个问题，不打算再谈下去。

“不过说真的，叶幕这个家伙长得还真是不错，我看勉强也能排在你我之后。”阿黛拉眨了眨眼，不动声色地扯开了话题。

伊瑟看着眼前明眸皓齿的美人，眼中掠过了一抹调侃的神色，“你对他有兴趣？”

“我无所谓。”阿黛拉微笑了一下，“只要是美丽的，我都会喜欢。”说着，他又瞥了一眼角落里的那具尸体，“看起来今天你并没有尽兴。”

“那是因为她违背了游戏规则。”伊瑟冷冷地扫了那里一眼，“她本来不必死。”

阿黛拉用手指暧昧地抚摩着酒杯，带着一点狡黠的笑意打量着对方。

“那么，今晚要不要和我试试？”他突然说。

“什么？”伊瑟显然有些惊讶。

阿黛拉懒洋洋地靠在沙发上，抱着手臂，“或许试一下你就知道了。”

“和现在身为男性的你？”伊瑟笑了起来。

“男女任选。”阿黛拉举起了伊瑟刚才没有喝完的红酒，浅啜一口，笑得无比暧昧。

伊瑟也是满眼促狭的笑意，极其难得地开着玩笑，“我怕……试了之后也许我会爱上你。”

“你说什么？”阿黛拉睁大了绿眼睛看着他，露出了完全不敢相信的夸张表情，“你的意思是到现在你还没爱上我？这怎么可能嘛！”

这个自恋的家伙！伊瑟不由笑了起来，阿黛拉也跟着轻轻笑了起来。

停了一会儿，阿黛拉突然换了个话题，“伊瑟，你还记得五十年前的一个夏天吗？有一天夜里我睡不着，突然非常想看烟花。”

伊瑟笑了起来：“怎么不记得，结果你跑到人家的烟花仓库去放火。”

“那天晚上的烟花，真美啊。”阿黛拉轻轻地叹了一口气。

伊瑟没有说话，他还记得那时的大火差点烧了半个城市，被烧死烧伤的人类更是不计其数。

“真是奇怪，我这一辈子看过很多次烟花，记忆中却没有任何一次像那天夜里的那么灿烂那么美。”阿黛拉怔怔地睁大眼睛，好像出神地在回想着那一夜绚烂的天空。他微微侧过头，“你知道为什么吗，伊瑟？”

伊瑟点点头：“我明白。”

因为那里面……有着罪恶的快乐。

“伊瑟，我们都是同一类……”他慢慢地说着，“我们不会相信任何人，也不需要任何感情，我们都是一样的堕落，一样的冷酷，一样的……有罪。”

第十四章

爱上人类的吸血鬼

杨瑞在样式古老的床上睁开了眼睛，室内光线幽暗，厚重的猩红色丝绒窗帘似乎隔绝了外界的一切光明。

手表的指针指向了7点，现在已经是第二天的清晨了。

她起身将窗帘拉到了一边，王宫的外围就如电影场景般出现在了她的面前。

不远处是成片的森林和原野，澄澈的湖水在阳光下闪耀着金色的光芒，大大小小的喷泉溅起的水花犹如散落的珍珠，幻化出了不连贯的彩虹，还有那些盛开的不知名的花卉……明明是美好明媚的景致，却不知为什么涌动着一种让人惶惶的不安。

“小瑞，你起来了没？”门外忽然传来了弗朗西斯的声音。

“起了起了。”她赶紧整了整床铺，过去打开了门。

门口除了弗朗西斯以外，还有维。两位帅哥往门外这么一站，简直比阳光还要耀眼。

“哇！好刺眼的阳光！”弗朗西斯急忙冲了进去，拉起了窗帘，将窗子严严实实地遮了起来。

杨瑞不解地看了他一眼，“你们不都是日行者吗？还怕阳光？”

“日行者也不能像鱼干一样一天到晚在阳光下暴晒啊。我们只是可以较长时间出现在阳光下而已，但如果超过24个小时暴晒的话，我们也一样会灰飞烟灭的。所以平时没有必要的话能少晒就少晒。除非是像小幕那样有人类血统的，那就完全没问题。”弗朗西斯幽怨地看了她一眼，“别以为我们血族就很风光，如今哪一行都不好混哪。”

杨瑞干笑了一下，她好像也不觉得吸血鬼有什么风光的。

“我们该去吃早饭去了吧。”维在旁边提醒了一句，“小幕已经等着我们了。”

“小维你居然记得我们要吃早饭的事！”弗朗西斯激动得快要飙出泪来。

“不过这里已经有早点了……”维的目光落在了杨瑞身上，他的话让杨瑞感到很崩溃，她需要反省一下到底是不是自己太像路人甲了，所以才经常被忘记。

“她不是早点……她现在也算我们的同伴。好了好了，我们快点去吃早饭吧。”弗朗西斯连忙拉住了他，生怕他一下子扑到那堆“早点”上去。

“她是我们的伙伴？”维露出了鄙视的眼神。全然忘记了前一天晚上他害得叶幕同学晕倒之后，还是杨瑞帮忙善后这回事。

没良心的家伙……杨瑞怨念了几句，无奈地跟着他们往前走。行走在装饰着巨大壁画的走廊之上，她好奇地望着这带有浓郁中世纪气息的一切事物。被强大的洛可可风格统治的王宫里，处处可见那些藤蔓式繁琐的雕刻，金光闪闪的雕像和门把手，以及精致又昂贵的中国瓷器……对她而言，这是个陌生又华丽的世界。

而与这华丽的世界不协调的是，这里什么闲杂人等都没有。到处是一片静悄悄的，仿佛所有的生物都进入了永恒的睡眠之中。这也不奇怪，这里是血族的世界。要等到晚上的时候，大部分吸血鬼才会从沉睡中苏醒过来。

用早餐的地点是在一间被遮得黑漆漆的房间里。两侧的水晶壁灯散发着幽暗的光芒，让人感觉有些毛骨悚然。

杨瑞一进门就看到了戴着墨镜的叶幕同学，他看起来似乎和身旁的凯里斯特聊得颇为投机。见到杨瑞几人进来，凯里斯特立刻热情地招呼着他们来吃早餐。杨瑞很意外地看到他居然对自己露出了笑容，不知怎么觉得背后又有点凉飕飕的。

走到桌子旁一看，她立刻明白为什么刚才他会对着自己笑了。

原来桌子上只有一种食物——鲜血。

对啊，这些全都是吸血鬼啊，难道还指望他们的早点是面包牛奶或是大饼油条？

看着大家津津有味地喝着那些鲜红色的液体，她只觉得胃里一阵翻江倒海，一个箭步冲到了门口干呕起来。

凯里斯特扯出了一个略带得意的笑容，露出了一个这次还怕整不到你的表情。叶幕坐在不远处注视着她，墨镜下的异色眼眸带着别人看不清的神情，完美的嘴角向上勾出一个戏谑的笑容。

“也许你可以试试这个。”舒米特走了过来，将一杯红色的饮料放在了她的面前，“放心，这是草莓汁。”

杨瑞凑过去闻了一下，果然有一股草莓的清香扑鼻而来。她感激地朝着舒米特说了一声谢谢，他却只是微微点了点头。

“舒米特，等早餐结束你就去地下室吧。要知道现在你还不能接触阳光，等晚上再继续工作吧。”凯里斯特低声吩咐了一句。

“我知道了，大人。”舒米特弯下腰行了个礼，他的一举一动十分优雅。但他的优雅却并非贵族式的优雅，不高傲也不盛气凌人，就像是兰花一样自然带着的特质。

尽管舒米特是好心，只不过这么一杯饮料并不能填饱肚子。杨瑞喝光了草莓汁之后好像觉得更加饿了。

“我们这里只有液体的食物，你只能忍耐一下了。等傍晚的时候我再吩咐他们准备一些食物吧。”凯里斯特幸灾乐祸地笑着，一边用洁白的方巾托着盛放鲜血的水晶瓶樽口，先在自己的杯中倒了少许。

“没……关系。”她侧过了脸，将目光投向了别处。如果再看下去，她怕就连刚才的草莓汁也要呕出来了。

“对了，叶幕，你刚才说的后悔药……那是什么？”凯里斯特又想起了刚才和叶幕聊的话题。

“哦，这是我师父的发明，只要吃下后悔药，一切都可以重来，就可以回到那个命运的分界点，重新做一次决定。”叶幕不慌不忙地说道。

“回到命运的分界点？难道是穿越时空？”凯里斯特抬起了眼眸。

“也算是吧。”叶幕扬了扬手里的杯子，“因为吃下后悔药的人需要回到重新做选择的那个时候。但是，给当事人的时间只有24个小时。在这之后，无论改变与否，当事人都必须回来。”

“那么……是怎么回去？”舒米特也忍不住问了一句。

“吃下药的人的灵魂会回到那个时候，依附在原来那个自己的身上，再次做出决定。当决定做出以后，灵魂就会随着药性的消失而回到现代。”

“就是这么简单？对血族也是一样？”

“就是这么简单，对任何妖魔鬼怪都适用。”叶幕揶揄地一笑，“难道凯里斯特亲王不想试试吗？”

因为没有听到凯里斯特的回答，杨瑞略带疑惑地转过了脸。几缕金红色的发丝从凯里斯特的前额垂落下来，他微侧着头，仿佛正在凝神思索什么，无意识地紧抿着柔薄的下唇。

“你说我会拿信物和你交换一粒后悔药吗？”当凯里斯特从那种奇怪的情绪中恢复过来时，他立刻就猜到了叶幕的用意。

“凯里斯特，我就不信当你还是人类的时候，你从来都没有做过任何会后悔的事。”弗朗西斯也在一旁帮腔道。

“那么，之前……有人尝试过这种药吗？”凯里斯特抿了抿嘴唇。

“当然，不过并不是每个人都能做出不同的选择。人的一生会面临各种选择，但是有时候，过迟或过早，相同的选择却不一定会带来相同的结果。而不同的选择就一定会带来不同的结果。”叶幕揉了揉自己的额角，站起了身，“你慢慢考虑吧。”

说完，他就径直走出了房门。杨瑞一见弗朗西斯和维也同时起身离开，连忙也跟了上去。不管怎么说，她和他们也算是临时的“同伴”了。

“小幕，你怎么会有后悔药？听上去很有趣。”维眨巴着漂亮的红色眼睛，再次提出了让大家很无奈的问题。

“那么小维你有没有后悔的事呢？”叶幕笑着问了一句。

维绞尽脑汁地想了好一阵子，最后迸出了两个字：“忘了。”

“倒是有人好像就曾经拒绝了这粒后悔药吧。”叶幕忽然瞥了杨瑞一眼。

杨瑞挑了挑眉，“我可不相信什么后悔药。有时候，性格决定了命运。我们要改变过去，不如去改造自己。”

“是——吗？”他的唇角边勾起了一个不明意味的笑容。

而此刻在那间用早餐的房里，舒米特望了望自己的主人，犹豫了一下还是开了口，“大人，您是不是有什么……”

“舒米特，你还记得你成为吸血鬼前发生的事情吗？”凯里斯特打断了他的话。

“有些记得，有些忘记了。”舒米特那苍白得近乎透明的脸上看不出任何表情，“当我们成为吸血鬼的时候，许多前世的记忆会慢慢复苏，想要全部记得似乎很困难，除非是印象特别深刻的。”

“是啊。除非是那些印象特别深刻的……”凯里斯特极轻地叹了一口气。在沉默了片刻后，他看了看舒米特，“对了，我听说你最近因为一个女人经常去那家市中心的啤酒馆。”

“我……”舒米特仿佛被说中了心事，那苍白的脸上竟有一瞬的羞涩，“我只是想把她作为我的初拥对象。”

“如果你这样决定我也不会反对。不过有一件事我想提醒你，假如她不适合成为初拥的对象，那么她对于我们的意义只是食物而已。我想你应该明白我的意思。”

“戈伊娜会成为我的初拥对象。”舒米特的声音里听起来颇有信心。

“那就好。”凯里斯特抬起半瞌睡的眼，视线不动声色地凌锐起来。

“大人，您的心里一定也藏着曾经后悔的事情吧？”舒米特轻轻问了一句。

但回答他的只是沉默。

一直等到太阳下山，月亮接班，杨瑞才痛苦地熬到了晚餐时间。靠着那一杯草莓汁撑到现在，她觉得自己已经快成仙了。

一入夜，安静的王宫顿时变得十分热闹，那些白天沉睡的吸血鬼们也纷纷忙碌起来了。有做清洁工作的，有准备食物的，有装饰桌子的，各司其职，倒也显得有条不紊。

不过当杨瑞看到餐桌上的食物时，她再次被雷到了。

桌子上除了鲜血之外，的确是多了一些其他食物，比如说西红柿酱烩大虾，血淋淋的牛排，血布丁，居然还有一大盆中国的肠血羹……放眼望去，全是红彤彤一大片，再混杂着其他几人杯子里鲜血的浓烈血腥味，又是惹得她一阵干呕。

特别是当中那道紫红色呈糊浆状的血鸭，催吐效果尤其明显。

她郁闷地瞪了凯里斯特一眼，一定又是这个小心眼的男人故意整她，到底还有完没完?

“怎么，不对你胃口吗？这些都是人类的食物啊。啊，不过这肠血羹……”凯里斯特转过了头，朝着舒米特问道：“对了，你确定是鸡鸭的……”

“哇……”他的话还没说完，杨瑞差点连苦胆水都呕了出来。

“行了，走吧。”叶幕忽然站起了身对她说道。

“到哪里去？”杨瑞虚脱地扶住了旁边的椅子，这么吐啊吐的，她可能会把心肝肺全呕出来吧。

“我带你到市中心去。”他揶揄地扬起了眉毛，异色的双眸眯了起来，“总不能让你活活饿死在这里吧。”

杨瑞激动得差点没有站稳，她第一次觉得眼前的这个家伙简直就是天使下凡!

“那就让我陪你们去吧，我对慕尼黑比较熟悉。”舒米特和凯里斯特交流了一下眼神后，主动提出了陪同前往。

“我看你是想监视着他们吧。”弗朗西斯露出了一个模式化的笑容。

舒米特面无表情地抬起了头，“如果你们觉得不方便的话，我……”

“舒米特，那就麻烦你了。”杨瑞笑着打断了他的话。不知道为什么，她就是对他有一种说不出的好感。

或许是因为他对人类所表现出的那么一点友好态度吧。

夜色下的慕尼黑，比起白天的喧闹似乎冷清了几分，但放眼望去，只要有啤酒的地方，人气照样还是不减。各种各样的啤酒泛着晶莹的泡沫，倒映着人们畅饮的身影。

舒米特带着他们走进广场旁边的小巷，左拐右拐后，停留在一座四层楼的房屋前。房屋的墙上有一个醒目的HB标志。

“这是慕尼黑最出名的皇家啤酒馆，已经有好几百年的历史了。”舒米特一边介绍着，一边走进了啤酒馆。

尽管从外表看，这座建筑并无特别之处，但走进啤酒馆的一刹那，就好像步入了啤酒的海洋，那种热烈的场面会令每个人感到心潮澎湃。酒馆门口的酒柜上摆满了老客户们寄存的大酒杯，宽敞明亮的大厅里整齐地排放着原木长条桌椅，里面喧嚣热闹、灯火辉煌。清一色的木质结构，让啤酒馆显得古老而富有韵味，房顶和墙上随处可见的雕刻和画像，以及那已经沿用了三百年的菜单，仿佛都在诉说着酒馆的悠久历史。

大厅早已宾客满座，正中央有一支身穿巴伐利亚传统民族服装的管弦乐队演奏着欢乐的民间乐曲，每位客人都高举着满满的啤酒杯，热情地相互碰杯。

“你想吃什么？”叶幕摘下了墨镜，揉了揉眼睛。

“只要不是红色的就好。”杨瑞不假思索地答了一句。看来她以后对红色的食物一定会有心理阴影了。

叶幕的眼中掠过一丝笑意，又戴上了墨镜，吩咐着身边的侍应生。

“那就给她来份烤猪肘，给我来份黑啤好了。”

今天他也用不着使出什么魔法，因为身边有个付钱的家伙呢。

香喷喷的烤猪肘很快就被送来了。杨瑞早就饿急了，也顾不得什么淑女风范，一下子就扑了上去。德国猪肘跟东坡肘子的做法差不多，也是煮得非常烂，不过最大的不同在于皮经过油炸后又香又脆，特别好吃。

就在杨瑞狼吞虎咽的时候，她忽然留意到了角落里一个黑衣黑帽的男人。他的帽子压得很低，黑色风衣的领子拉得很高，所以根本看不清他的容貌。这个男人就坐在那儿，明亮的灯光似乎无法照到他的所在，他仿佛就是黑暗的一部分。

一种奇特的寒冷瞬间侵袭了她所有的感官。

“那个人，好像也是我们的同类。”叶幕朝着那个方向瞥了一眼。

“奇怪，我之前从没有见过他。”舒米特也打量了那个人几眼，“看起来似乎不是普通的血族，他的力量应该不在凯里斯特亲王之下。”

叶幕没有说话，目光又转回到了杨瑞面前的盘子上。

“吃得可真干净啊。”他忍不住笑出了声。

杨瑞不好意思地拿起餐巾纸盖在了那根被啃得干干净净的骨头上，还不合时宜地打了一个小小的饱嗝，又惹来了叶幕的一声讥笑。

酒馆里不时有身穿巴伐利亚民族服装的年轻女孩子出售着面包圈，她们个个金发碧眼，甜美动人，成为了酒馆里一道最特别的风景。

“舒米特！”其中一个女孩子忽然朝着他们招了招手，提着面包圈就跑了过来。两条浅金色的麻花辫子垂在了她的脸颊边，翡翠色的眼睛犹如国王湖的湖水般清澈见底，她浑身上下都透着一种纯真可爱的气质。

一看到那个女孩，舒米特的面色顿时变得温柔起来，唇边已经不知不觉露出了笑意。

“戈伊娜……”

“舒米特，好些天都没见到你了，你到哪里去了？”那个叫作戈伊娜的女孩关切地问了两句之后，才留意到了他身边的叶幕和杨瑞，连忙又笑着跟他们打了一个招呼。

“有朋友在这里，所以我这些天有点忙。”舒米特压低了声音，“等我忙完之后，就来约你。”

“嗯！舒米特，那到时我们去法国的尼斯好不好？听说那里的阳光非常灿烂呢。”戈伊娜兴高采烈地说道。

舒米特的脸上滑过一丝迟疑，“戈伊娜，我暂时不能离开慕尼黑，而且……我白天的工作很忙，只有……晚上有时间。”

“明白了。”戈伊娜失望地低下了头，眼眶有些泛红，“舒米特，假如有一天你已经对我厌倦的话，请不要最后一个才让我知道。”说完之后，她也不等舒米特回答就转身离开了他们的桌子。

杨瑞又是惊讶又是同情地望了舒米特一眼，她有点明白为什么他对人类会比较友好了，应该和这个叫作戈伊娜的女孩有关吧。

“难道这是你的初拥人选？”叶幕挑高了右边的眉毛，罕见地表现出了八卦的潜质。

舒米特沉默了几秒，“不过，她还不知道我的身份。”

“初拥？”杨瑞的面色微变，“可是万一她知道了你的身份，不愿意成为你的初拥对象又怎么办？难道你要强迫她也成为吸血鬼吗？”

“不，我不想强迫她。”舒米特摇了摇头。

“可是这样下去，终有一天她会知道你的身份。你打算怎么办？”杨瑞也不知道为什么自己会格外关心这件事。

舒米特犹豫了一下，又像是做了什么决定似的说道：“我会找个机会将真相告诉她。”

“什么？”杨瑞大吃一惊。

“我想赌一次。”他目光坚定地抬起了头，“我不想一直欺骗她，我更不想让她对我有什么误会，我想让她知道我不能在白天陪伴她的真正原因。”

“如果让我给你建议的话，我会劝你不要说出真相。”叶幕又插了一句。

“可是，叶幕大人你的母亲不也是个人类女子吗？她不是也接受了你的父亲吗？”虽说被迎头泼了一盆冷水，舒米特还是抱着一丝希望。

“你对我家的情况倒是很了解。”叶幕眯起了眼睛，“不过，像我母亲那样的女人毕竟不多见。大部分女人，或许还是被当作食物更加合适一些。”说这句话的时候，他还有意无意地瞥了杨瑞同学一眼，立刻换来了对方的一记眼刀。

“戈伊娜也是不一样的……”舒米特垂下了眼睑。

“舒米特，你爱上她了是吗？”杨瑞盯住了他的眼睛。

舒米特没有直接回答，他有些不自然地转了转手中的酒杯，里面棕黑色的啤酒随着杯子的摇动而波动着，他仿佛看见那深色的液体能倒映出自己忧郁的眼眸。

“那么，你就告诉她真相。”杨瑞望了一眼正在兜售面包圈的女孩，“如果你爱她，就给她自由选择的权利，并且尊重她的选择。如果她愿意接受你，那么你们就在一起。如果她不能接受，那就离开她，让她重新拥有属于自己的生活。不要让她和你一样，永远生活在黑暗中。”

叶幕扶了一下自己的墨镜，没有再说话。

舒米特抬起头来露出了一个感激的笑容，“我也不知道为什么今天会对你们说这么多。不过，还是谢谢你们。”

“舒米特，你也是个不一样的吸血鬼。”杨瑞的眼角染上了一层笑意，还朝着某人努了努嘴，“至少不像某些吸血鬼，明明身上流着人类的血液，还看不起人类。”

叶幕倒是不以为意地一笑，“哦，那么你会尊重刚才的猪肘吗？不要告诉我你因为看得起它，所以才把它啃得这么干净。”

“喂……那根本不一样好吧！”

“有什么不一样？你是我的食物，猪肘是你的食物，由此可以得出，你就等于猪肘。”叶幕眯着眼睛的样子带着几分狡黠，几分邪气。

“我懒得理你啊。”她说话的时候目光无意中一瞥，却发现之前那个奇怪的黑衣男人已经不见了。

出啤酒馆的时候，杨瑞看到了旁边已经打烊的手机店，心里不由微微一动：这两天妈妈不知怎么样了。虽然临走之前她拜托了叶晚转告妈妈她要出差很长一段时间，妈妈一定也会担心她吧。如果能抽空打个电话报个平安，那妈妈就会放心很多。

那么，就等明天开门再来吧。

第十五章

凯里斯特的前尘往事

回到林德霍夫宫的时候，已经是半夜了。

在经过后山的时候，杨瑞发现从那里的洞口透出了五彩斑斓的光线，在黑夜里构成了极其美丽的光景。

“这里是巴伐利亚国王路德维希二世修建的维纳斯石洞，是一个人工钟乳石洞。”舒米特立刻解释道，“不过当一百多年前我们搬到这座宫殿之后，凯里斯特大人又令人重新整修了这里。”

或许是因为喝了一些啤酒的关系，杨瑞忽然起了好奇之心，她指了指那个方向，“我能去看看吗？”

“当然可以。”舒米特点了点头。

“那你们去吧，我可要回去休息了。”叶幕面无表情地打了一个哈欠。

“这么快就累了？你们吸血鬼不应该是晚上最精神的吗？”杨瑞趁机挖苦了他一句。

叶幕不慌不忙地瞟了她一眼，“说起有精神，嗯嗯，奇怪，我好像有点饿了呢。”

这句话还真是有效，杨瑞打了个哈哈就抛弃了这个话题，笑容满面地欢送他离开。

跟着舒米特走进石洞的时候，杨瑞才发现这里别有洞天。造型各异的钟乳石充满了瑰丽的想象力，令人仿佛置身于神话世界，而最惊艳的是水中那一叶洛可可风格的金色贝壳小舟，闪耀着炫目的光彩。石洞背景上所描绘的图案细腻华丽，由最早的发动机传动的彩色玻璃片旋转产生出变幻的灯光效果，照射在那些壁画上，让人似乎体验到了如梦如幻的歌剧场景。

“真美啊……”杨瑞发出了由衷的赞叹。

"这里的确是非常美，凯里斯特大人平时也经常来这里的。"舒米特应了一句。

"他还算有点眼光，要不然也不会霸占这个好地方作为自己的住处了吧。"杨瑞笑了笑。

两人之间有片刻的沉默，似乎全都沉浸在了这美景之中。

"瑞，大部分人类都会觉得吸血鬼是非常可怕的怪物吧。"舒米特忽然问道。

杨瑞不动声色地抬起眼，对上他湛蓝的眸子。那平静温柔的神色中似乎带了一丝期待。

不知为什么，她忽然想起了自己失踪的父亲。还有，她和吸血鬼家族牵扯不清的关系。

她的身上流淌的也不是纯粹的人类的血啊，想到这里，她就感到前所未有的无力感席卷过全身，不知该如何回答舒米特这个问题。

父亲是吸血鬼猎人家族的继承人，他的失踪也和吸血鬼有关。她应该厌恶和憎恨吸血鬼才对。可是，到目前为止她所接触的这些吸血鬼，叶幕、弗朗西斯、小维，还有舒米特……他们也同样有感情，有自己的思想，有着只属于自己的灵魂。

"不过自从认识了戈伊娜之后，我就没有再伤害过人类。"他急忙又补充了一句。听到这句话，杨瑞的眼里滑过了一丝笑意："像舒米特你这样的吸血鬼就一点也不可怕，更不是什么怪物。"

他微微一愣之后就笑了起来。

杨瑞悄悄瞥了他一眼。说实话，舒米特的确算得上是个优雅的美男子。尤其是这样笑起来的样子，更让人对他产生了几分亲近之意。

"谢谢。"他发自内心地道了一声谢。

"对了舒米特，你碰到过吸血鬼猎人吗？"她趁机探听关于这方面的消息。

舒米特点了点头，"有一次我和凯里斯特大人在西班牙的时候，曾经和贝尔蒙特家的吸血鬼猎人交过手。"

"听说吸血鬼猎人不止贝尔蒙特一家吧。"她故作好奇地问道。

“对，西方有贝尔蒙特家族，东方有北宫家族。我从来没有接触过北宫家的猎人，不过听说北宫家的当家前不久死在了魔党首领伊瑟的手里。”他顿了顿，“其实很多吸血鬼猎人的身体里也流着血族的血液，命运的安排有时真的很残忍。”

那是因为有人选择了黑暗，有人选择了光明。杨瑞想起了北宫夫人所说的话，又忍不住问道：“那么那个魔党首领伊瑟的力量一定很强大了？”

“嗯，不过究竟有多强大，没有人知道。”

听了他的话，杨瑞的心里涌起了一丝失落感，对方是这么强大，那么即使知道他和父亲的失踪有关，她又能做些什么呢？

“舒米特，这画的是什么？”她随手指了指那幅壁画问道，想以此来转移自己的注意力。

“哦，这背景描绘的是瓦格纳的歌剧《唐怀瑟》，说的是男主人公唐怀瑟离开了情人维纳斯，回到了人间之后爱上了领主的侄女伊丽莎白小姐，随后又经历了一番磨难的故事。”

“舒米特你发现没有，这个唐怀瑟画得和凯里斯特倒有点像呢。”杨瑞忽然留意到了一个奇怪的巧合。

“这幅壁画是凯里斯特大人在重新修葺的时候亲手绘制的，所以有些相像也不奇怪吧。不过你不说，我倒还没有发现。”舒米特也没有多想。

直觉告诉杨瑞，这也许不是一个巧合。她又望向了画中的女子，在剧中本该是充满诱惑、体态丰满的维纳斯女神却被绘成了一个清秀瘦弱的年轻女子。

“这幅画有问题。”伴随着低沉富有磁性的声音，一个人影突然出现在他们的面前。那样优美的声音，不会再属于第二个人。

“叶幕，你不是去睡了吗？怎么又像个鬼似的跳出来？”杨瑞被吓了一跳。

叶幕也不搭理她，指了指那幅画又问道：“你说这是凯里斯特后来亲手绘制的？”

看到舒米特点了点头，他没有再说话，只是轻轻眨了眨双眼，浓密细长的睫毛划出了优美的弧度。

“那么我们也该出去了。”舒米特将他们带出了洞口之后就转身离开了。

望着舒米特的背影，杨瑞忍不住问了一句：“你是不是发现了什么？”

“发现什么关你什么事。别忘了你是等同于烤猪肘的。”叶幕拢了拢被风吹乱的银色长发，从口袋里摸出了一样东西，朝着她扔了过去，嘴里还低喊着，“接住了！要是掉到地上我立刻把你当夜宵。”

一听性命攸关，杨瑞连忙奋力一跳，用极其敏捷的动作接住了那个不明物体。当手指触摸到那样东西的时候，感觉似乎是件冷冰冰的金属物件。她低下头一看，那竟然是一款超薄手机！

“没事的时候可以和你家里通个电话。”他很随意地瞥了她一眼，露出了一抹促狭的笑意，“话费全免。”

杨瑞静静地站在那里，心里那种柔软的感觉如同湖水中的水纹般缓缓扩散，那冰冷的手机也仿佛变得格外温暖起来。她一时之间不知说些什么，过了半分钟才说了一声谢谢。

“谢谢就不用了，你让我咬你一口就行了。”

“啊？”杨瑞眉角剧烈一跳，抬起头来，正好看到他扬起了嘴角。

他的笑映在夜色中如同荡漾的水光，潋滟无比。

“你看，你已经证明了我和烤猪肘不是同类了，你可不会送手机给烤猪肘。”

说完这句话，她自己也笑了起来。奇怪，现在看这个家伙好像比之前顺眼了不少，难道这就是所谓的吃人嘴软、拿人手短？

第二天清晨，大家并没有在餐桌上看到凯里斯特的身影。舒米特也只是告诉他们凯里斯特亲王有些事情要办，过几天才能回来。就这样直到一个星期之后，凯里斯特才再次出现在他们的面前。

“什么？你去谈生意？你还是一家顶级画廊的老板？”杨瑞刚喝下去的一口草莓汁差点喷出来。

“有什么奇怪的？我们虽然身为血族，但为了在普通人类中隐藏身份，通常会有另外一份职业。”凯里斯特露出了一个请不要大惊小怪的神情，“现在不同于中世纪了，什么都在进步。吸血鬼今天已经世俗化，不再害怕大蒜或十字架，也丧失了大部分魔力，很多都已经混入现代化城市的人群中。在大部分时候，我们看上去和人类并没有太大的区别。”

“那舒米特难道也有另外一份工作？”杨瑞在提出疑问的同时很难想象自己身边的朋友或是同事中有吸血鬼的存在。

“舒米特是我签约的画家。”凯米斯特的回答更是让杨瑞吃了一惊。

紧挨着他的小维一言不发地用吸管吸食着细脚水晶杯里的鲜血，专心致志地听着自己的IPOD，好像已经沉浸在了音乐的世界里。

“舒米特在成为吸血鬼之前的那一世就是位意大利画家。他最擅长的就是人物肖像画。”凯里斯特提到舒米特的时候，后者正好上前将他面前的空杯子撤了下去。

“都记不得是哪一年了，舒米特，那时我去意大利的时候正好看到你画的那些肖像画。那些画，真的美极了，仿佛充满了生命力。当时我还让你为我画了一张，是不是？”凯里斯特微微合上了双眼，仿佛在回忆着什么。

“不会是因为这个原因，你才把他变成吸血鬼的吧？”杨瑞的心里蓦地冒出了这么一个念头。

凯里斯特慵懒地斜靠在椅子上，房间黯淡的光线遮掩住了他模糊不清的表情。

“对，就是因为这个原因，我才初拥了他。”

“那他遇到你还真是倒霉。”杨瑞用鄙视的眼神扫了凯里斯特一眼。

“瑞，你误会了。”舒米特抬起头看着她，“凯里斯特大人是欣赏我，才给予了我永生的机会。只有这样，才能让我永远发挥着自己的才能。”

“听到了没有？你以为我会随便初拥人类吗？”凯里斯特也同样用鄙视的眼神打量了她几眼，“像你这样完全没有特长的人类，是绝对没有资格进入我们一族的。”

“我的确是没什么特长，不过随随便便打掉别人的牙还是可以办到的。”杨瑞的反应倒也挺快，两句话就抓住了凯里斯特的把柄，噎得他再说不出话来。

在场的几人差不多全知道这件糗事。看着亲王大人想发作又要顾及自己仪态的扭曲表情，大家都忍不住想笑，叶幕的嘴角已经开始朝着一边倾斜了。偏偏在这个时候，刚刚关掉了IPOD的维忽然冒出了一句，“我记得啊，凯里斯特的牙不就是她打断的嘛。”

话音刚落，只见凯里斯特的头上已经冒出了两只恶魔之角！

杨瑞很诧异地看了看又打开IPOD的维，这个家伙平时健忘得要命，这种时候居然记得那么清楚！

“好了好了，凯里斯特，你怎么说也是一族之王，就别和小女孩一般见识了。还有维这个家伙，你也知道他有奇怪的失忆症。”弗朗西斯笑眯眯地打了圆场，将话题一转，“对了，后悔药的事，你考虑得怎么样了？”

“我没有做过什么后悔的事情，我也不需要什么后悔药。”凯里斯特的语气里还带着几分恼意。

“那么维纳斯石洞里的那个女人呢？”叶幕忽然开了口。

“你说什么？”凯里斯特显得有些惊讶。

“路德维希二世是在一百多年前建造这座宫殿的，但是那壁画上的男女衣着应该是14世纪，也就是六百多年前的打扮。所以，那个女人根本不是维纳斯。”叶幕微微一笑，“如果我没有猜错的话，那应该是六百多年前当你还是人类时所认识的某位女性吧。”

听他这么一说，杨瑞又赶紧回忆一下了那幅壁画。在她的印象里，人物衣着只有两大类而已——现代和古代。叶幕这个家伙居然还能分清每个时代的衣服有什么不同。

“那和后悔药有什么关系？”凯里斯特的声音低了几分，金红色的眼眸中涌动着和平静仅差一步的挣扎。

“尽管我不那么懂艺术，不过我在那幅画上只看到了一种情绪：悔恨。作为艺术家，你应该最清楚，作者本人的情绪是非常容易体现在他的作品上的。”叶幕的异色双瞳就这样直接而不动声色地注视着对方，任谁也猜不透他的想法。

就在这时，舒米特像往常一样，为凯里斯特换上了一杯英国红茶。

凯里斯特轻轻摸着杯子，很久之后终于露出了一个苦涩的笑容，“难道我们在这世上都不能走错一步吗？不管怎么样，我们总会有做错的时候。为什么，曾经的错误总是叩响我的心门？”

在茶杯上渐渐升腾起来的轻雾中，那双金红色双眸微微合起，仿佛沉浸在了过去的回忆中，透出一种悲伤的美丽。

回忆是令人怀念也是令人伤心的。

1347年的慕尼黑。

这座为依萨河所眷顾的美丽城市，曾是他的故乡。当他还是瑞特·冯·荷尔斯泰因男爵的时候。那年他正好过了二十岁生日，和绝大部分的贵族青年一样，他享受着家族所带来的富足生活，终日无所事事，闲暇时就去出席上流社会的舞会。他以为自己会这样平静地度过一生，就像他的先人一样。本该如此。

或许他要比别人更加幸运一些，因为除了那些以外，他还有一位甜美可人的未婚妻。那位叫作兰贝格的伯爵千金，是个娇小的、有着褐色卷发和温柔眼眸的可人儿，他非常爱她，两家门当户对，已经商订好了结婚的日期。

本该如此。

照耀过那个时代的月亮此刻还高悬在天幕之上，六百多年的岁月也有无法改变的东西。可是有很多东西，已经千疮百孔……

第十六章

时光倒流六百年

“一切都本该如此。”凯里斯特语气强硬，但失去了原有的沉稳。

“可就在我们准备举行婚礼的前夕，恐怖的黑死病开始在整个欧洲蔓延，这是欧洲历史上最具有毁灭性的瘟疫。”他顿了顿，“从1348年到1352年，它把欧洲变成了死亡陷阱，这条毁灭之路断送了欧洲三分之一的人口，当时差不多有2500万人死于这种疾病。”

“这段历史我也在书上看到过，这场灾难在当时被叫作黑死病，实际上就是鼠疫。”叶幕在一旁补充了几句，“这种病的最初症状是腹股沟或腋下出现淋巴肿块，然后胳膊上和大腿上以及身体其他部分会出现青黑色的疱疹，这也是黑死病得名的缘由。极少有人幸免，几乎所有的患者都会很快死去，通常还会有发热头痛的症状。”

“难道那位兰贝格小姐也感染上了这种病？”杨瑞忍不住小声问了一句。

凯里斯特并没有回答这个问题，而是低下了头，“你能想象当时的情形吗？病人突然跌倒在大街上死去，或者冷冷清清在自己的家中咽气，直到死者的尸体发出了腐烂的臭味，邻居们才知道隔壁发生的事情。外来的旅行者们见到的是荒芜的田园无人耕耘，洞开的酒窖无人问津，无主的奶牛在大街上闲逛，当地的居民却四处逃难。”说着，像是为了让自己的心情平静下来，他又喝了一口茶，继续说道，“当时的情形一片混乱，我让家人们先离开慕尼黑，然后自己去找兰贝格，准备带她一起离开。没想到当我到她们家里的时候，才发现她的家人都已经离开了，只将她一个人锁在了房间里。

“我打开了锁，想带她走，但是当我发现她还发着烧的时候，我非常害怕，心想她一定是感染了黑死病，所以才被家人抛弃了。”

“不用说，你一定是因为害怕也抛弃了那个可怜的女人吧。”杨瑞已经猜到了一个大概。

“如果只是这样，或许我还没有那样悔恨。”他双手交叠着抵在了自己的额头上。

“黑死病是没有药可救的。既然患上了这种病，就要认命。尽管我很爱她，但爱也是一种复杂的东西，爱里还有无奈和太多太多现实。即使是爱，也很难单纯成为爱。所以在这个时候，我选择了自己。”他轻叹了一口气，“就在我想逃离她的时候，她也不知从哪里来的力气，紧紧拉住我不放，说她并没有得病，哀求我救救她。我当时又惊又惧，生怕被感染上这种病，所以情急之下又重新将她锁在了那间房里之后就匆匆离开了。”

说到这里，他的手紧紧攥住了那只细瓷杯，指节上的青筋益发明显。

“既然她已经患了黑死病，那么也会很快死去。就算您后悔，也不能挽救她的生命。这就是她的宿命。”舒米特在说话的同时用复杂的眼神注视着自己的主人，带着几分怅然，几分同情。

“不，这不是宿命。”凯里斯特睁开双眼，又黯然地低下了头。

尽管已经过去了六百多年，但那一幕依然还是记忆犹新，一切都还历历在目，犹如一把淬了剧毒的刀子随时扎向他的心口。

那是在他离开慕尼黑两个月后，某一天在巴黎街头和过去的朋友偶然重逢。

“哎呀！瑞特男爵，原来您也来了巴黎，您的一家都还好吧？”

“上帝保佑，他们都还好。”他认得，那是安娜伯爵家的两位千金。

“听说您的未婚妻也遭遇了不幸，还真是可怜啊。哎，上帝啊，这都怪她的家人们，不然她也不会死得这么凄惨了。”

“这只能说是上帝的安排，我们所做的只有听从命运的安排而已，要怪就只能怪这场疾病。”他尽量保持着冷静的神情。

“咦？你还不知道吗？您的未婚妻并不是死于黑死病啊。”

他像被火灼般神经质地抖了一下，后退了一步，“您说什么？”

“她明明只是感冒发烧而已，却被反锁在了房间里，结果就这样被活活渴死饿死了。要不是盗贼去她家里偷东西的话，根本就没人知道她会死得那么惨。”

“对啊，多半是她的家人以为她得了黑死病才这么狠心的。听说她的尸体被发现的时候，已经变成了一具干尸。而且四周的墙壁上全都是她用血写的字，好像是很怨恨、很不甘心的意思。实在是太凄惨了……”

生命中的每一个选择，每一个决定，都会在不知不觉中改变将来的某些事情。但他从没有想过，他当初做出这个决定的后果会是这么惨烈。

就像整个人沉到湖底，四周没有空气，他根本无法呼吸。即使现在只是复述这件事的经过，他还是感到呼吸越来越困难，仿佛又体验到了身为人类时才有的……心一下子抽痛的感觉。

即使，只可能是错觉。

他讲完这个故事之后，四周的一切变得沉寂。

听到最后的时候，杨瑞只觉得背后渗出了一层密密的冷汗，心里不知是愤怒还是悲哀。这样的爱，这所谓的爱，在灾难面前是否太不堪一击了？

如今他成为了吸血鬼，不得不永生永世背负着这个沉重的枷锁，这也许是对他最严厉的惩罚了。

“那么，你愿意用你的信物来交换这后悔药了？”叶幕首先打破了沉寂。

“如果真的有效的话，也许我会想试试。”凯里斯特放软了语气，“我不想再继续背负着这个枷锁了。”

叶幕点了点头，摊开了手，一粒绿色的胶囊出现在了他的手心里。

“在子时用清水送服，你就会拥有再做一次决定的机会，记住，一次而已。而且，你的时间只有24个小时。还有，别忘了在那里任何魔法也施展不了。”

将胶囊交给了凯里斯特之后，叶幕站起身离开了房间。他的行动就好像是一个风向标，弗朗西斯也立即拖着小维和杨瑞跟了出去。

房间里只剩下了凯里斯特和舒米特，气氛似乎又重新陷入了一种寂静之中。

舒米特从未在这张熟悉的脸庞上见过那般悲伤的神色，就像是一笔浓重的水彩，掩去他之前所有的高傲。

“舒米特，你后悔吗？”凯里斯特的声音在此时听来没有任何情绪。

“什么？”

“成为永远生活在暗夜里的吸血鬼。”

“不，我不会后悔的，大人。您是因为欣赏我的画才这样做的，不是吗？”舒米特安慰似的轻轻将手放在了他的肩上。

恍然间，他似乎觉得对方的身体微微颤抖了一下。

“太好了，小幕。只要凯里斯特这里一切顺利的话，我们就能拿到信物了。”弗朗西斯一踏进房间就迫不及待地说道。

“嗯，只要收集齐信物，就能找到王被害的真相了。”小维很罕见地还记着这件事。

“小维……”弗朗西斯激动地握住了维的双手，差点又要飙泪，“想不到你对我的事这么在意，居然没有忘记啊！”

维神色冷淡地抬眼看了看他，“你又是谁？王和你有关系吗？”

“咣当”一声，弗朗西斯再次一头栽倒在了地上。

杨瑞在一旁无奈地摇了摇头，这三个家伙实在也太脆弱了，不是这个栽倒就是那个歇菜，看来他们身边需要配备一个急救员才行。

“对了，我可以提一个问题吗？”她看了看叶幕，将自己一直以来的疑问抛了出来，“为什么后悔药非要等到子夜的时候才能服用呢？”

“这个嘛……”叶幕耸了耸肩，“其实什么时间都是差不多的，不过你不觉得子夜时分听起来更加有感觉，更有神秘感吗？”

“这样也可以？”

“难道你不知道有个词叫作心理作用吗？”

“全是歪理。那我问你，万一他到时重复了自己的错误，回来之后死不认账，那又怎么办？”在杨瑞的心里，凯里斯特的信用度早就降到了负数。

“要不然你也跟去看看？”叶幕的唇边挽起了一抹讥笑，“不过，虽说我的魔法厉害，可穿越时空的本领我还是没有学会哦。”

“这种问题，当然要靠我来解决了。”温和清浅的声线在空气中忽然传来，一个模糊的人形从门口渐渐清晰呈现。

“师父，你怎么来了？”叶幕显然有些吃惊。

“这还用说，自然是来帮你们了。”瓦利弗微微一笑，“小瑞说得一点也没错，看起来还是你们也跟着去更加妥当些，不然他到时抵赖说药没发挥作用，那就说不清楚了。”

“那个，师父，我没听错吧，你说……我们？”叶幕挑高了右边的眉毛。

“Of course！难道你想让小瑞一个女孩子自己去吗？”瓦利弗摆出了一副理所当然的表情，“或者你觉得其他两位更加可靠？”

叶幕扫了一眼弗朗西斯和维，有些无奈地揉了揉自己的额头，“我可以一个人去。”

“不行，你一个人去师父怎么放心，一定要带着小瑞才行。”瓦利弗压低了声音，在他耳边悄悄道，“我刚才也听到了，那是个黑死病横行的时代，万一你断了粮怎么办，还是带着她更方便点。”

“师父，一共只能停留24个小时而已，不会饿着我的。”叶幕觉得有些好笑。“都说了以防万一了。”瓦利弗又提高了声音，“小瑞，你跟不跟他去？”

杨瑞的眼睛骨碌碌一转，在大脑里飞快地排出了各种组合形式。

1.叶幕和弗朗西斯去，她和维留下。NO！她随时会被那个没记性的家伙当成食物。

2.叶幕和维去，她和弗朗西斯留下。NO！叶幕那边会很麻烦不说，而且弗朗西斯的“热情”也让她吃不消。

看来看去，还是跟着叶幕这个半人半鬼最安全。不过，如果让杨瑞知道瓦利弗的真正用意的话，她非当场吐血不可。

“我去！”她赶紧举手，“我和叶幕去好了。”

瓦利弗对她主动配合的行为赞许地点了点头。

“不过师父，这穿越时空的魔法……”叶幕露出了一个似笑非笑的表情，“好像连您也不会吧。”

“不用担心，你难道忘了你的第二十九位师父亚斯塔路吗？”瓦利弗微微一笑，“他就有让人穿越时空的能力。”

“这个我也有听说，不过亚斯塔路师父的穿越时空好像从来没有成功过吧？”叶幕笑得有些僵硬。

瓦利弗摇了摇头，“以前的确是，不过现在他调整了一些方法后已经试验成功了。”

“真的？”叶幕还是半信半疑。

“当然是真的，我亲眼看到他把小玛丽送到了三千年前的古埃及。”瓦利弗信誓旦旦地保证道。

叶幕这才信了几分，嘴角微微一扬，“那我可要向亚斯塔路师父好好学学这招了。”

“那事不宜迟，你们俩就先过去吧，等事情一成你们就回来。”瓦利弗说完就开始念起了咒语。

杨瑞在一旁瞪大了眼睛，心里暗暗好奇，不知这回的魔王长什么模样？

房间里忽然冒起了一阵黑色的烟雾，一个人影渐渐从烟雾中变幻出来，越来越清晰，越来越清晰。与此同时，一股恶臭也在房间里迅速蔓延开来。

当杨瑞看清那位魔王的时候，不由吓了一跳。

只见那个男人嘴角濡血，全身漆黑并散出恶臭的毒气，右手还牵着一只非常奇怪的动物。

“亚斯塔路师父！”叶幕倒并不避忌地走上前去，还很亲热地给了那个男人一个拥抱。那个男人也只是呵呵笑着，并不说话。

“安德雷安富师父，你怎么也来了？”

听了叶幕的话，杨瑞又是一愣，这里还有别的魔王吗？她顺着叶幕的目光望了过去，才发现他居然是在对着那只动物说话。

“这是叶幕的第六十五位师父，喜欢以动物之貌示人，可以变成人的形状。能授予人类代数与几何的秘密，还可以把人变为各种动物。不过谁也不知道他到底长什么样子。”不知何时已经苏醒的弗朗西斯凑到了她的身边，热情地为她讲解着。

“他的师父都好奇怪。”杨瑞低低感叹了一句。

“小瑞，这里怎么破了？”弗朗西斯忽然指了指她的手。

杨瑞低头一看，发现自己的手指不知什么时候划破了一道小口子，一滴小血珠正从伤口处冒出来。她无所谓地笑了笑，“可能刚才不小心吧。”

说着，她一抬头，正好撞上了弗朗西斯的视线。他的眼神和平时完全不同，深沉的蓝色中隐隐透出一丝暗红，那种眼神，仿佛是捕捉到了猎物的眼神。

糟了，不会是因为这滴血诱发了他的兽性吧！杨瑞急忙擦掉了那滴血珠，将手指放进嘴里吮了吮。

“对不起……”他似乎也意识到了自己的失态，“这是我们血族的本性，当血族感到饥饿时，会对鲜血产生强烈的渴望，这种欲望的强烈程度，不是人类能够领会的。虽然人类也会有各种欲求，但和血族的饥渴比起来，那根本不算什么。血族对鲜血的饥渴欲望，凌驾于饮食、繁殖、野心等欲望之上，是一切欲望的总和。吸血会为血族带来美妙的感受，就像吸毒一样，我们会无法克制地上瘾。”

“嗯，我明白。”杨瑞僵硬地笑了笑，心里不由暗暗侥幸自己刚才明智的决定。

看来还是跟着叶大亲王会比较安全一些吧，好歹他的身体内还有一半人类的血液呢！

“亚斯塔路，你就开始你的魔法吧。”瓦利弗催促道。

亚斯塔路点了点头，将双手叠放在了那只动物师父的身上，口中念着古怪的咒语，有诡异的黑色光华从他指尖开始浮动弥漫，四周开始飘浮起了黑色的结界，像蛛网一样将他们笼罩在了其中。

杨瑞只觉得眼前一黑，整个人就不停地下坠，黑色的结界随着她的下坠不断延伸……

也不知道过了多久，她才渐渐有了知觉。然后，她隐约听到了叶幕的声音，“你醒了？”听到他的声音时，杨瑞好像觉得松了一口气。有些好奇、有些惊讶地睁开了眼睛，想看看自己是不是真的回到了六百年前的慕尼黑。

出现在她眼前的，是一片极其茂密的森林。这些森林似乎都非常古怪，那些树木的样子比较像是巨型的草，一眼望不到头，令她觉得自己格外渺小。不过比这一切更让她心惊胆战的是，她根本没有看到叶幕的身影。

“叶幕，你在哪里？”虽说她的胆子不小，但忽然被抛到六百年前的时空中，不害怕才奇怪呢。

很快，她又发现了一件更加恐怖的事情。

她的身体居然都变得毛茸茸的！老天！这，这根本就不是她的身体！

“啊……啊……这，这是怎么回事……”她完全被惊吓到了。

“难道你还看不出来，这个身体不是你的。”叶幕的声音又在她旁边响起。

她的心里一个激灵，再定睛一看，只见不远处居然站着一只银色的猫咪，它的一只眼眸如北极之冰般微蓝，而一只眼眸却如无边暗夜般漆黑。

这两种颜色怎么那么眼熟？

“啊？”她的头皮忽然一阵发麻，难以置信地看着那只银猫，提出了连自己也觉得荒唐的假设，“叶——幕？”

在看到那只猫咪郁闷地点了点头时，她的脑袋里轰的一声，低头看了看自己毛茸茸的手，不，应该是爪子，居然还挣扎着又问了一句：“难道我现在也是……”

猫咪翻了一个白眼，“你不是。”

“那我……”她的声音开始发抖。

“你成了一只田鼠。”当对方的眼中露出了你好像比我更惨的神色时，杨瑞再也承受不住这么强大的打击了，光荣地“咣当”一声栽倒在地。

这到底是怎么一回事啊！

第十七章

中世纪的黑死病

“叶幕，这到底是怎么回事？为什么我们两个都会变成动物！”杨瑞用爪子揉着被撞痛的额头一跃而起。

“原来是这样！”叶幕沉思了几秒，露出了恍然大悟的表情，“怪不得刚才我一直觉得小玛丽这个名字很耳熟，原来那是安德雷安富师父的宠物乌龟！”

“那……又怎么样？”她一时没有反应过来。

“之前亚斯塔路师父都是用人类做穿越时空实验的，现在瓦利弗师父不是说他调整了一些方法才成功的吗？既然能将小玛丽送过去，现场又有能任意变幻动物形体的安德雷安富师父在，看来八成是只能将我们变成动物的样子才能穿越时空。”叶幕亲王不愧是人类和吸血鬼的优秀结晶，立刻就理清了头绪。

“这样也行？”杨瑞郁闷地抬了一下自己的爪子，“那这个样子怎么办？”

“既来之，则安之。”叶幕倒是很快冷静了下来，“不过你要是害怕的话，大喊三声亚斯塔路的名字，应该就能回到现代去了。”

“真的吗？”她眼前一亮，但随即捕捉到了那对猫眼中的一丝讥笑，不由胸口一热，连忙摇了摇头，“我才不怕。”

“嗯，不愧是美杜莎小姐。”叶幕的目光轻轻一转，“那么我们就先去瑞特男爵家等着。”

“可是我们现在这个样子，怎么才能打探到男爵家呢？”她很快冒出了一个疑问，她可不认为以这样的外形对着人类开口会得到想要的答案。

“不用担心，这个世界上的生物又不是只有人类一种。”叶幕泰然自若地瞥了她一眼，嘴角又微微上提，“看来无论在哪里，你都是我的食物呢。”

当意识到这一点时，杨瑞的心里顿时变得哇凉哇凉的，真是的，变成动物就变好了，为什么非要变成天敌嘛！

“上帝啊！看！这里有只猫，还有只老鼠！”不远处忽然传来一声吼叫，紧跟着就是一阵杂乱的脚步声。

杨瑞抬起小小的脑袋，只见一群用布裹着口鼻的古代人正提着木棍、锄头等武器，气势汹汹地朝着它们扑来。

“还愣着干吗，还不快闪！”叶幕的话音刚落，身体已经“啪”的一下窜了出去。

杨瑞一看也急了，赶紧手脚并用地也跟着逃窜而去。唉，从出生以来，她好像还没这么丢人过吧。

后面那群人还一直穷追不舍，简直就有那种不打死它们不罢休的气势！

只见小银猫极其灵活地飞檐走壁、穿街走巷，很快就轻易摆脱了那群疯狂的人，从一户人家半开的窗户里窜了进去。接着，一只小田鼠也踉踉跄跄地跌了进去。

在暂时安全之后，杨瑞才稍微松了一口气。这是她第一次见识到叶幕的逃跑功——不得不叹一个服字！

看来这个家伙就算不用魔法也能在这里继续混下去。

“要命了，这可是鼠疫啊！你师父居然把我变成老鼠，也不知道是不是故意的！”她气冲冲地抗议道。

“我不也一样被追杀吗？“叶幕靠到了一旁的窗台边，观察着外面的动静，“当时很多人已经意识到可能是动物传播疾病，所以在黑死病蔓延的时候，人们也会杀死所有的家畜。”

杨瑞回想起刚才一路过来看到的无数尸体，以及空气里弥漫的臭味，不由微微叹了一口气，什么话也说不出来了。

回想起现代的慕尼黑，那犹如仙境的地方多么令人神往，华丽的城堡、积雪终年的阿尔卑斯山、巴伐利亚迷人的传说，一切都是那么美轮美奂。可是在此时的中世纪，这里和充满浪漫色彩的骑士、公主、童话似乎完全挂不上钩，而更像是一个人间地狱。

窗外忽然传来了乱糟糟的喧闹声，似乎还夹杂着许多骂声和鞭打声。

杨瑞小心翼翼地探出脑袋，又被街上的一幕吓到了。

破落脏乱的街道上，成千上百的人光着脚、身披麻衣、手持皮鞭，潮水般涌向教堂，一路之上他们还在不停地责骂自己，用镶有铁尖的鞭子彼此鞭打，口里还哼唱着："我最有罪，我最有罪……"

"当时的人们认为是《圣经》里所说的末日审判就要到了，所以都急着要赶快赎罪，他们以为这样彼此鞭打就可以抵销过去所犯下的罪行了。"叶幕不慌不忙地解释了一句。

"以前一说起中世纪，还觉得是个很浪漫的时代呢，没想到这么可怕。"她缩回了脑袋，再次庆幸自己生活在医学昌明的现代。

"1347年本来就是欧洲的多事之秋。在南欧，西班牙的两个王国忙着和摩洛哥苏丹较劲；在西欧，英法百年战争还打个没完；在东南欧，塞尔维亚和保加利亚为了巴尔干的霸权又打得不亦乐乎；在小亚细亚，奥斯曼土耳其人开始和拜占庭帝国较量。没有哪个词比'一盘散沙'更适合于描述此时的欧洲国家了。这是黑暗的中世纪最为黑暗的时刻。"叶幕倒背如流地解说着，这些历史对他来说根本就是小菜一碟，谁叫他家的私立图书馆里全是历史书呢。

杨瑞目瞪口呆地看着他，这个家伙的历史也未免太好了吧？简直就是一本人皮世界历史大全啊。

"这么说来中世纪真是恐怖……"

"那也不一定，之后的文艺复兴不就是人类历史上一个伟大的时期吗？"叶幕瞥了一眼窗外，"深夜已经降临，清晨也不会远了。要消灭一个寿命已久的旧事物，往往要付出比人们想象中大得多的代价。"

"咳咳……"就在这时，从他们的身后忽然传来了一阵轻微的咳嗽声。

杨瑞和叶幕对望了一眼，这才惊讶地发现这里原来是一间极其简陋的卧室，而靠近角落的那张床上明显还有活人。

现在变小的身体倒是灵活了不少，杨瑞轻轻一窜就轻易地跳到了那张破旧的床上。

只见床上躺着一个大约五六岁的女孩子，看样子似乎是生着病，骨瘦如柴，面色苍白憔悴，双颊却又透着一种不正常的红晕。

“你们是谁？”女孩子的声音听起来极其纤细。

“我们是……”杨瑞刚想回答，忽然发现女孩子的眼睛什么也看不见，就立刻改了口，“我们是不小心闯进来的人。”她特地还在“人”字上加重了语气。

“我还以为是妈妈回来了。”小女孩挣扎着坐了起来，或许是年龄小的缘故，她也没有怀疑两个大活人是怎么冒出来的。

“你妈妈去哪里了？”杨瑞边问边打量了一下空空如也的四周，这里看起来不像有其他人居住。

“不知道，妈妈早上离开的时候让我在这里等着，她说她很快就会回来的。”小女孩低声说道。

“小瑞，你先过来。”叶幕扫了那个女孩一眼后，示意杨瑞回到窗台上。

“叶幕，这个女孩……”

叶幕用那双异色眼眸冷冷瞅着她，压低了声音：“这个女孩是得了黑死病。你看看她的症状就知道，她很快就会发作，恐怕活不过今天了。”

“那她的妈妈……是扔下她跑了吗？”杨瑞心里一阵发凉，“就像兰贝格小姐的家人一样？”

“这在当时也很普遍。”叶幕的声音轻得只有杨瑞能听见，“人们因为害怕死亡，而不肯和自己得病的亲人接触，一旦发现与黑死病相符合的一点点症状，就把患者反锁在房间内，任由其渴饿而死。”

“怎么会……”杨瑞不敢相信地跳下了窗台，跑到了门边，想要确认门是否真的被锁。

也许知道了有人的缘故，小女孩好像有了几分精神，又开了口：“妈妈说，有个手持弓箭，骑着黑马的黑色死神在城市中穿行，看上谁了，便一箭射去，中箭的人一定会死。所以妈妈要我躲在家里哪里也不能去，这样才不会被死神的箭所射中。”她顿了顿，又露出了一个善意的笑容，“你们也在这里躲一会儿吧，不然被死神见到就糟了。”

“谢谢你，小朋友……”杨瑞盯着那扇被牢牢锁住的门，不知为什么眼眶里有点湿湿的。难道在灾难面前，人类的感情都是那么的脆弱吗？

“我们该走了。”叶幕用前爪拨开了窗户，又转头看了看杨瑞，“别忘了我们还有更要紧的事做。”

“可是我们就这样让她等死吗？”

“这就是她的命运，我们谁也不能改变。”叶幕面无表情地说完这句话，就从窗口跳了下去。

“我妈妈一定会回来的，对不对？”小女孩苍白的笑脸在她看来格外刺眼。

“会，她一定会回来的。”杨瑞点了点头，尽管知道对方什么也看不到，但似乎借助着这个动作能更增强肯定的意味，就能实现她的愿望。

“还不走？”叶幕在窗外又催促了一句。

她又回头望了小女孩一眼，这才跟着他跳了下去。

天色渐渐暗了下来，被死亡笼罩着的城内一片沉寂，就连夜晚的空气也弥漫着一种淡薄的冰凉，

“怎么一副垂头丧气的样子？”叶幕侧过脑袋看着她。

“没同情心的家伙，我懒得和你说话。”她没好气地回了一句。

“哦，那你有同情心的话，就留在这里别回去好了。”叶幕斜睨了她一眼，“光是嘴上说同情有什么用，你以为你是圣母吗？”

“我知道自己是无能为力，可是让我郁闷的不是这场疾病，而是那些连亲人爱人全都可以抛弃的人。”她小声道。

“那么我可以告诉你，有同情心的人只会死得最快。亲人朋友得了这种病，不采取措施就会同归于尽。在这场瘟疫中，有同情心的人死了，坚守岗位的人死了，奋不顾身的人死了，忠于亲友的人也死了。而那些毫不犹豫地抛弃父母兄弟、妻子儿女、朋友邻居，乃至于趁火打劫、落井下石的人，却不仅活了下来，而且比过去过得更加有滋有味。”

“难道在灾难面前，一切感情都是那么脆弱吗？善与恶完全没有了界限吗？”她停下了脚步。

叶幕轻轻哼了一声：“这也不能怪他们，人性的天生善恶，古今中外并无区别，只有人身安全有了保障之后，道德说教才是有意义的。否则的话，一味对他人求全责备，也只是一种虚伪的行为。”

“不，我不相信这些灾难能抹杀人类的一切情感，我绝对不信。”她抬起头直视着他，“母女之情、兄弟之情、夫妻之情、朋友之情……这些珍贵的感情绝不是那么容易抹杀的。”

“真是个幼稚的家伙。”叶幕眯了眯眼睛，“就像那个女孩的母亲，她不就扔下了她的女儿逃走了。”

“她母亲也许会因为后悔而回来的。”她辩解道。

“我说过了，这是欧洲历史上最为黑暗的一段时期，这不过是神给予人类的一次惩罚而已。”叶幕的目光微微一转，他异色的猫眼映射出奇异的光泽，流转着难以形容的深沉和冷漠。

看到这样的眼神，令杨瑞第一次觉得这个人是完全难以捉摸的，他将自己的某一面隐藏得很深很深。

尽管他拥有人类的血液，在内心深处却隐藏着对人类的不信任。

“就算是神的惩罚，神的初衷难道不该是为了让人变得更好，而不是变得更坏吗？更不是不许悔改，一味要永远地惩罚下去吗？人性中有善有恶，可是仅仅因为人性中的恶就要连善一起毁掉，这不是比人性之恶更残忍的行为吗？”她大声地反驳道。

叶幕微微一愣，有些惊讶地看着她，忽然又扯起了嘴角，露出了一个猫咪的笑容，“好了，我们停止这个无聊的话题吧。我看还是先打探一下瑞特男爵家的住址，凯里斯特那个家伙也应该快到了。”

“那我们该问谁？猫咪还是老鼠？这里周围就算有，也早被人们打死了吧。”杨瑞放眼望去，只能看到四下堆放的尸体，有人类的，也有动物的。

“那里不就有一只？”叶幕用爪子指了指不远处的一具尸体。

顺着叶幕指的方向望去，杨瑞抬起了头，只见那具死状恐怖的尸体上不知何时站了一只黑色的猫，那样纯粹的黑色，仿佛它随时就会融入这片黑暗之中。

“这只猫，感觉有些怪怪的。”她低声道。

“我也觉得有些奇怪，不过这里除了它，没有别的动物可以打听了。”叶幕打量了那只猫几眼，“我好像感觉到了一种熟悉又陌生的气息。”

“别说这种模棱两可的话了，要问你去问，你和它是同类。”杨瑞有些不耐烦了。

“可惜这里不能用魔法，不然就可以用艾尼师父的火玉来看清到底有什么古怪了。”叶幕一边说着，一边往那边挪了两步，朝着那只黑猫打了声招呼。

黑猫冷冷瞥了他们一眼，点了点头算是回应。

当接触到那只黑猫的眼神时，杨瑞忽然感到一种熟悉的寒冷瞬间侵袭了所有的感官，背上的毛居然触了静电一般微微竖立起来。

尽管黑猫看上去很酷，但在听了叶幕接下来提出的问题之后，它还是朝着一个方向示意了一下，算是给了个回答。

叶幕回过头和杨瑞说了一句话，再转过头来时，那只黑猫已经消失不见了。

两人虽然觉得十分古怪，但考虑到眼下的任务，也就没有多想，匆匆朝着男爵家赶去了。

到了男爵家时，他们借助着自己的小巧体形，并不费力地见到了凯里斯特的前世——瑞特·冯·荷尔斯泰因男爵。

他是个很年轻的男人，脸上的苍白神色掩饰不了他清秀的容貌。

“凯里斯特！”杨瑞在打招呼的同时显然忘记了重要的两点。

1.她现在是田鼠身。

2.还没有确定凯里斯特的灵魂是否附身。

果然，接下来的一幕让她很汗颜，那位男爵先是惨叫一声，随后就很干脆地“咣当”一声栽倒在地。

“看来凯里斯特还没到。”叶幕笑眯眯地用爪子拍了拍男爵的脑袋，“没想到这个家伙也有这么胆小的时候。如果让他们族里的那些吸血鬼知道就有意思了。”

“那……叶幕亲王你也不反对我把你变成猫的事说出去吧。”男爵蓦地睁开了眼睛，一掌拍开了叶幕的魔爪。

“哦，你到的真是时候啊，凯里斯特亲王。”叶幕甩了一下尾巴，正好“啪”的一声打在了对方的脸上。

“叶幕，你……”凯里斯特气恼地伸手想去抓他的尾巴。

“好了，凯里斯特，你是不是应该去兰贝格小姐家了？”杨瑞用小小的身体挡在了他们中间，制止了两位亲王的互殴。

“那当然，这就出发。”听到这个名字，凯里斯特的神情似乎凝重起来，点了点头就向外走去。

“奇怪，他怎么知道你变成猫了？”杨瑞随口问了一句，

“还用说，一定是出发前瓦利弗师父告诉他了。”叶幕气鼓鼓地吹起了猫胡须。

第十八章
最后的选择

兰贝格小姐的家，此时看起来已经是一片破败狼藉。从现场也看得出她的家人们收拾了东西之后就匆忙离开这里了。凯里斯特在客厅里默默站了一会儿，仿佛在回忆着什么，漂亮的眸子就像依萨河中倒映的月光一样缥缈。

“你怎么了，凯里斯特？”杨瑞跳到了一旁的椅子上。

凯里斯特将手放在了自己的胸口上，自嘲般地弯了弯唇，“我已经几百年没有感觉到自己的温度了。”说着，他轻车熟路地朝着里面走去，最后在一间棕色的房门前停了下来。

“只要你进去，然后带走她，那么一切就结束了。这件事从此不会再困扰你了。”叶幕在一旁轻轻提醒道。

“带她去哪里呢？”凯里斯特垂下了眼睑，“我始终是要回现代的。”

“那就按照原计划带她去和你家人回合，反正到了时间你就会回来，剩下的事就交给真正的瑞特·冯·荷尔斯泰因男爵好了。”

“那这样的话，瑞特·冯·荷尔斯泰因男爵不就会和兰贝格小姐结婚了？那他的命运不就改变了吗？这会不会影响到之后的命运？”杨瑞忍不住问道。

“命运是很奇怪的东西，有时或许可以改变过程，但却改变不了最终的结局。”叶幕意味深长地说道。

“那……凯里斯特，”她犹豫了一下，还是问了出来，“你还爱着兰贝格小姐吗？”

凯里斯特没有回答，只是在沉默了片刻之后，缓缓推开了房门。

床上果然躺着一位年轻姑娘。她有着一头棕色的卷发和甜美的容貌，只是脸色苍白，脸颊和之前那个小女孩一样透着一种奇怪的红色。不过比那个女孩更糟的是，她似乎发烧发得很厉害，紧闭着眼睛不知是睡了还是昏迷着。

“啊……”杨瑞轻呼了一声，这个女孩的长相居然和石洞里的维纳斯画像一模一样！

“兰贝格……”凯里斯特低低唤了一声，跪倒在了她的床前，紧紧握住了她的双手。

兰贝格似乎感应到了什么，也在迷迷糊糊中抓住了他的手。

“我曾经深爱过这个女人，”凯里斯特忽然开了口，似乎是在回答着杨瑞之前的问题，“但我的爱，已经随着那一世的结束而结束了。对于现在的我来说，爱情已经没有任何意义。之所以回到这里，只是为了解除我内心的枷锁，仅此而已。”

“瑞……瑞特……”兰贝格小姐忽然睁开了眼睛，难以置信地看着眼前的人，也不知从哪里来的力气，连声哀求道，“带我走，瑞特，带我走……我不是得了黑死病，我不是……”

“我知道，我知道。”他的眼中光影交替，流转着前所未有的坚定，“兰贝格，这一次，我一定不会再丢下你。”

说着，凯里斯特将她打横抱了起来，走向了等候在门外的马车。

在他们走出去的时候，杨瑞看到兰贝格小姐紧抓住了凯里斯特的衣领不放，像是生怕他会扔掉她似的，但她脸上的表情却又有几分说不出的古怪，或者说，有一点点不自然。

“看来一切比想象的还要顺利，我看我们也可以回去了。”叶幕看起来很是开心，总算不用再继续扮猫了，回去之后他一定要先找那几个师父算账。

“再等等吧。”凭着女人特有的直觉，杨瑞总觉得这件事还没完。

当凯里斯特将兰贝格抱上马车的时候，她忽然哭了起来，抽噎着说道：“瑞特，我家里人都已经放弃我了，只有你还相信我……只有你信我没有得那个病……”

凯里斯特的脑海里不受控制地想起了那时自己惊慌失措地从那个房子

里逃出来的情景，但他还是勉强地扯了扯嘴角，“因为，我是你的未婚夫啊，我当然会相信你。就算你真的得了那个病，我也不会离你而去。”

其实他自己也不知道，如果兰贝格得的真是黑死病，他是否还会重演之前的一幕。

兰贝格似乎不知该说些什么，反而哭得更加厉害了。

“女人就是这么容易被感动吗？”叶幕小声地嘀咕了一句。在他的印象里，老妈好像也经常会被老爸所做的事感动。在他看来，有些根本就是比芝麻还小的事。

“你这个流着人类血液却缺乏人类感情的家伙是不能理解的吧。”杨瑞不痛不痒地戳了他一下。不过在说完之后，她却忽然想起了他送给她的那个手机，心里又有一些微妙的情绪波动。

好吧，偶尔他还是有温柔的一面的。

“我的感情是有限的，不会施舍给任何人，哪怕他们再可怜。”叶幕冷冷回了一句，就不再理她了。

“别哭了，兰贝格，现在已经没事了。我会带你离开这里，然后开始新的生活。等到了巴黎，我们就结婚。”凯里斯特紧紧握着她的手，温柔地安慰着她。

“瑞特……我……”她刚说了几个字，就被一阵剧烈的咳嗽声所打断了。

“别说话了，我们这就出发了。”他轻而有力地搂住了她，又顺便飞了一眼待在角落里的猫鼠二人组，似乎示意它们该找一个更适合自己身份的位置，比如说——车顶上。

“不，瑞特，我不能和你结婚……”兰贝格也不知用哪里来的力气挣扎着坐了起来，拼命摇着头，“我不能……”

“为什么？”这下轮到凯里斯特吃惊了。

“我……我……”她蓦地捂住了嘴，侧过身子干呕了起来。

凯里斯特的目光落在了她的腹部，神情微微一变，迟疑地开了口：“兰贝格，难道你……怀孕了？可是我和你并没有……”

兰贝格的肩膀剧烈地颤抖了几下，愧疚的泪水不断从眼眶里滑落，“对不起，瑞特，对不起……我本该一直瞒着你的，可是……你不顾一切救了我们的命，我不能再瞒着你了，我不能怀着康拉德伯爵的孩子嫁给你，这对你是不公平的……对不起，我是很该死，可这个孩子是无辜的。所以……所以我才想活下来……”

凯里斯特看上去很平静，平静得就好像戴上了一个不属于他的面具。

“原来你早就背叛了我。”他缓缓放开了她的手，无情的声线和冷酷的眼神瞬间替换了不久前足以被称作是温柔的神情。

这么多年过去了，就算在不停的轮回之后，他还一直为当年的事而深深自责。但他怎么也没有想到，故事的结局居然是这样的。尽管想保持一贯的冷静，但心里仍然有一种感情在涌动，委屈、不甘，还有那几乎让人窒息的后悔。

或许，他根本就不该吃下那粒后悔药。

背叛了他的女人和那个带着耻辱的孩子，就让他们一起去死好了。

他现在所后悔的是——为什么要吃下那后悔药。

“对不起，瑞特……”兰贝格继续哭泣着，“我知道你一定后悔救了我，对不起，我会立刻消失在你面前……我会找一个没人认识我的地方把这孩子生下来，抚养长大……”或许是情绪太过激动的关系，她忽然身子一歪，晕了过去。

“现在事情似乎变得复杂了呢。”叶幕扫了一眼那位晕过去的小姐。

“那么……”凯里斯特抬起了头，漂亮的眼睛里闪动着一种残酷的神色，“假如我同样会交出信物的话，这场交易可以终止吗？”

叶幕点了点头，轻轻一笑，“如果是那样的话，当然可以。”

“那么，就请终止这场……”

“等一下，凯里斯特！”杨瑞急忙打断了他的话，“难道你忘了你愿意吃下后悔药的初衷了吗？你只是为了解除内心的枷锁而已。如果你今天终止这场交易的话，你身上的枷锁不但没有解除，反而还多加了一道！你能保证当你以后再回忆起来你明明可以救她，却又放弃了这个机会时，你一定不会再次后悔吗？在想清楚以前，请不要轻率地做出会让你再次后悔的决定！”

凯里斯特的眼波微动，缓缓转向杨瑞。杨瑞还以为他会反驳些什么，但在很长一段时间内，他却什么也没说，看起来似乎更像是无言以对。

也许在人生中，总是会有让人无言以对的时刻。

“下去。”他忽然开了口。

“啊？”杨瑞还没有反应过来。

“在我的灵魂离开这里之前，我会先将她安置在一个安全的地方。”他微微侧过了头，“你们还待在这里好像不大方便吧。”

“凯里斯特，你……”

“好不容易才解除了一道枷锁，我不想再加上另一道。”他伸出手摸了摸自己的脸，低声又叹了一句，“真是越来越不习惯自己的温度了。”

见他不再终止交易，杨瑞这才松了一口气，连忙将叶幕也一并拉了下来。

望着马车远去，杨瑞用爪子抓了抓叶幕，“这下应该没问题了吧。”

“凯里斯特是个聪明人，他会在灵魂回来之前安置好兰贝格。”叶幕的双眼在黑暗中散发着奇怪的光泽，“其实刚才他愿意拿出信物，终止交易也是可以的。”

“可是……”

“可是什么，要不是你刚才说了一堆废话，我们已经回到现代了。”他的猫脸上带了不满的神色。

“我可不像某些冷血鬼，只顾自己的信物，其他的什么也不管。”她轻轻哼了一声，“兰贝格和她的孩子都是我的同类，我是不会见死不救的。”

“行了，我们也该回去了。”叶幕往前走了一步，“时间不到，喊三声亚斯塔路师父的名字就可以回去。”

杨瑞往后退了一步，“那……你先回去好了。”

“什么？”叶幕有些惊讶地回过头来。

“在离开之前，我想再去一个地方。”她小声地说道。

“那个得了黑死病的小女孩？”不愧是叶幕亲王，一下子就看穿了她的心思。

“我只是不想让她那么凄凉地死去。至少想告诉她，她的妈妈正在赶回来。”

“她的妈妈是绝对不会回来的，这你也知道。”

“叶幕，不要太小看人类的爱。”

“爱？爱或许可以跨越性别，跨越种族，跨越时间，跨越空间，但是，那不代表有跨越一切的能力。你明白吗？”

“我不明白，也懒得和你说。”她不想再和他多废话，一个转身就嗖地窜了出去。

“杨瑞，你给我回来！”某猫身上的毛全都倒竖了起来，一向冷静的叶幕亲王确实很少有这样郁闷的时候。

尤其，当对象还是一块名义上的干粮时。

杨瑞凭着良好的记忆力，很快就找到了小女孩的家。

果然就像叶幕所说的那样，小女孩的病看起来已经发作了，她奄奄一息地躺在床上，还伴随着一阵阵的冷战。她神志恍惚，不停地呻吟着，烦躁不安地翻来滚去，反复抓扯着床单。

杨瑞尽管心里也有些发毛，但还是大着胆子跳到了她的床前，轻轻叫了她几声。

听到了呼唤自己的声音，小女孩似乎恢复了一些意识，喃喃说着：“妈妈，你回来了？玛丽亚好难受……”

“玛丽亚，你妈妈很快就回来了，她就在路上了。”杨瑞按捺住心头的酸涩，小声地安慰着她。原来这个女孩有着和圣母玛丽亚相同的名字。

“妈妈……妈妈，你抱抱我好不好……”玛丽亚的意识还是很模糊，神志不清中将杨瑞当成了自己的妈妈。

“玛丽亚……”杨瑞眼睁睁地看着她哀求着自己，却不知道该如何是好。现在的她，只是一只小田鼠，又怎么能像人类一样抱着她呢？

“妈妈……求求你……”玛丽亚伸出手在她的面前胡乱摆动，似乎是在期待着母亲最后的拥抱。没有这个拥抱，她无法平静地进入天国。

怎么办，我这个样子没办法做到，杨瑞纠结于自己的无能为力。

“你想帮她也不是没有办法。”叶幕的声音忽然从窗台那里冷冷传来，“师父的动物变形术有一个破绽，在每次魔法失效前的五分钟，被施法的生物就会恢复它的原形。”

“叶幕……“杨瑞虽然有些惊讶于他的到来，但也没有时间多想，只是细细琢磨了一遍他说的话，不由灵光一现，“那就是说在离开前的五分钟，我就会恢复人形？”

“应该是，不过别怪我不提醒你，就算是五分钟的接触，你也有可能患上黑……”

“五分钟足够了！”杨瑞毫不犹豫地打断了他的话，低低喊起了亚斯塔路的名字……

当喊到第三遍的时候，不可思议的事情发生了！

她的身体真的慢慢开始发生了变化，犹如一颗豌豆苗那样不停生长，生长……直到变回了原来的人形。

“记住了，你只有五分钟。”与此同时，叶幕也恢复了原状，银色的长发染上了月色的光华，轻轻一甩，犹如千万片细碎的钻石在闪着光。

“嗯！”她点点头，不假思索地将玛丽亚紧紧楼在了怀里。

“妈……妈……”玛丽亚颤抖着双手，围住了她的脖颈，“我知道，妈妈一定会回来的。”

“嗯，妈妈在这里，永远也不会离开你。”她微微叹了一口气，用最后的时间抱紧了这个即将离开人世的小女孩。

“妈妈……”小女孩的嘴角忽然绽放出了一个甜美的笑容。

“什么？”

“我看到长着翅膀的天使了……”

“玛丽亚，天使是来接你的……”

“真的……吗……”

“嗯，她们会接你去一个很美丽很美丽的地方。”

“……”

“她死了。”叶幕的声音听起来十分平静。

“我知道。”杨瑞小心翼翼放下了玛丽亚的尸体，站起了身。

“我还以为你会哭。”叶幕挑了挑右边的眉毛。

“我已经做了我认为应该做的事，没什么遗憾了。”她顺手将毯子盖在了玛丽亚的身上，“我从来就不是个喜欢哭的人。何况，哭也解决不了任何问题。”

“砰！”就在这时，房间的门忽然被撞开了！一个披头散发的少妇像疯了般冲了进来，也根本没有留意屋子里的另外两人，直接就扑到了玛丽亚的身边哭了起来。

“玛丽亚，我的女儿，对不起，真的对不起……我不该让你一个人孤零零地等死，上帝啊……请宽恕我……”

“叶幕，看！是玛丽亚的妈妈，她回来了！她真的回来了！我说了我们人类的感情是没有那么脆弱的！绝不是一场灾难可以毁灭的！”杨瑞那平静的面容显得有些激动，眼中闪烁着星辰般明亮的光芒。

叶幕只是抿了抿嘴，不置可否，直到杨瑞一把将少妇推到了门外，并利索地从里面锁上门时，他才露出了些许惊讶的神色。

“夫人，你的女儿已经死了，请赶快离开这里，玛丽亚走得很安详。”杨瑞朝着房门大声说完了这句话，又看了看叶幕，像是解释似的低声道，“虽然我很高兴她最后还是能回来，但我不希望她因此染上黑死病，逝者已逝，存者独存，活着的人应该带着她们的希望继续更好地生活下去。”

“你还真是个奇怪的家伙。”叶幕忽然笑了起来。

这是杨瑞第一次见到他这样温柔的笑容，就像湖面上浮动的薄冰在春日暖阳下渐渐融化，尽管……这个笑容转瞬即逝。

“时间到了。”他的话音刚落，一阵诡异的黑色光华就开始在他们周围浮动弥漫，就像之前一样，这种黑色的结界很快像蜘蛛网一样将他们笼罩其中。

在消失之前，杨瑞依稀在窗台后又看到了那只黑猫的踪影……

第十九章

悲伤的结局

回到现实世界之后，凯里斯特对杨瑞的态度明显改善了许多。在食物上不但没有再刁难她，还特地让手下买来了美味的中国菜为她打牙祭。杨瑞自己也没想到居然这么快和凯里斯特亲王化干戈为玉帛了，不过令她不解的是，一向泰山崩于前而不改色的叶幕同学，在餐桌上看到糖醋里脊和番茄炒蛋这两道菜时，立即就面色大变地冲了出去。

真是奇怪，吸血鬼也有害怕的食物吗？

在顺利地拿到了凯里斯特的信物之后，叶幕等人也准备离开慕尼黑，继续搜集其他信物。但在这之前，他们先要确定下一个目标。

趁着叶幕和弗朗西斯商量的时候，杨瑞溜出房间给自己的妈妈打了个电话。听到妈妈的身体状况还不错，她才放下了心。虽然叶幕之前也告诉她叶晚会帮忙照顾她妈妈，但没有亲耳听到妈妈的消息她还是不能完全放心。

现在的她，只想帮叶幕他们找齐信物，找出真相。这样她就能过回原来平静的生活，继续行侠仗义，再不和这些吸血鬼瞎掺和。

当她经过花园里那座海神喷泉的时候，忽然听到有人在喊自己的名字，“杨瑞！”她转过身，很惊讶地发现站在她身后的人居然是小维。

在淡淡的月光下，他那齐腰长的头发呈现出媚红的火色，仿佛随时都会燃烧起来一样。他的双手插在衣袋中，一副对所有事都毫不关心的样子，冷漠与妩媚，这两种截然不同的气质完美地结合在他的身上，散发出一种令人眩晕的美感。

不过因为太了解这位帅哥的间歇性记忆失调症，所以即使美色当前，杨瑞还是提高了十二分警惕。

"有什么事？"她适当地保持着和他的距离。

维从风衣口袋里拿出了一样东西，递到了她的面前，"这是你的吧？"

她低头一看，不由愣了一下，这不是她的手机吗？难道是刚才打完以后随手一放，忘记拿回来了？

"谢谢你，维！幸好你帮我捡到了，不然我就没法联系我妈妈了。"杨瑞连忙接过了手机，对他的好感度顿时飙升了几个百分点，她没想到原来这个家伙也有这么好心的一面。维的眼中似乎有什么轻轻一晃而过，随即点了点头，从口袋里掏出了他的IPOD，抖了一下缠绕在一起的耳塞。

杨瑞本来想道了谢就离开，却又莫名地涌起了一种想和他交谈的欲望。确切地说，她对这位平时话很少又健忘的亲王产生了一丝小小的好奇心。

"维，你平时都在听什么音乐？"

听到她的问题，维微微愣了一下，脸上掠过了一抹复杂的表情，"没什么，只是普通的音乐而已。"

看起来他并不想谈论这个话题，杨瑞立刻意识到了这一点，她识相地再次道谢之后就转身离开了。回想起维之前经常在昨夜玫瑰酒吧里弹奏的那些乐曲，她猜想他的IPOD里的音乐应该也是差不多风格的音乐吧。

"啊？"不远处的他忽然发出了一个奇怪的声音。

杨瑞侧过头，只见他的脸上露出了茫然的表情，喃喃地自言自语："这是哪里？我怎么会在这里？"

她忍不住轻笑出声，无奈地摇了摇头继续往前走，心里暗暗庆幸还好刚才维记得那是她的手机。

回到了自己的房里，她将手机小心地放在了一旁。叶幕的魔法果然好用，不但话费全免，而且还永远不需要充电，省钱又省电。

不知为什么，她的脑海里忽然浮现出了那个温柔的笑容，虽然只是一闪而过。

"咚咚……"门外忽然传来了一阵有节奏的敲门声。

杨瑞打开门，出现在她面前的人居然是舒米特。

"凯里斯特大人想请你尝尝这些红茶。"他微微一笑，走进了房间。杨瑞这才看到他手里端着一个盛放着茶具的银盘。

“谢谢，可是这些事不用你亲自来了吧。”一想到这位为她服务的男子是位才华横溢的画家，她倒有些不好意思起来。

舒米特放下了银盘，不紧不慢地说道：“自从这次事情之后，凯里斯特大人似乎对你的态度大为改观。这些红茶是大人的珍藏，一般是不会用来招待客人的。”

杨瑞也不知该说什么，只好打了个哈哈，并没有接他的话。

“对了，还有这件东西，是凯里斯特大人让我交给你的。”舒米特从怀里拿出了一个盒子，轻轻地打了开来。

杨瑞愣了一下，咦，这不是上次她用来打断某人牙齿的东西吗？难怪她一直都找不到这个镯子，原来被凯里斯特藏了起来。

将镯子套在手腕上的时候，她留意到舒米特似乎有话想说。

“怎么了，舒米特，还有什么事吗？”

“瑞，明天晚上，我会去找戈伊娜。”月色下，他的侧面精致到无以描摹，“我会把一切真相告诉她，我也会尊重她的选择。”

“舒米特……”杨瑞神色复杂地看着他，“你真的决定了吗？”

“我……已经决定了。”他的声音坚定而有力。

“你的决定没有错。”杨瑞笑了起来，“一定可以的，舒米特。不管是彼此多么无法理解的身份，不管是多么难以启齿的真相，只要愿意付出自己的真心，只要抱着同样坚定的信念，不要害怕被伤害，不要害怕踏出最先的一步，一定可以，一定可以获得来自那个人的谅解。”

听到杨瑞的回答时，舒米特侧过脸来，不由微微一愣。他从没有见过这样的笑容，充满着纯净与友善、温暖和美好，令人仿佛置身于充满阳光的草地上，虽然已经很久不曾感受到阳光的温度，但此时此刻他觉得那就是。

他脸上的神情也随之变得温和起来，眼中闪烁着淡淡的光芒：“谢谢你，瑞。”

杨瑞冲他眨了眨眼：“那我明天等你的好消息。”

“嗯，不管结果如何，我都会接受。”他笑了笑，“这件事解决之后。我还要回来继续工作。”

阿尔卑斯山北麓，魔党的城堡。

夜深人静，月色如水。阿黛拉侧身伏在桌子上，衬衣的扣子随随便便地解了几粒，衣襟半张，露出了一小截腰，脚上的袜子脱了一半，桌子上还散乱放着几个酒瓶。

伊瑟走进房间的时候，看到的就是这样乱七八糟的一幕。

仿佛是感觉到了什么，阿黛拉微微睁开了眼，带了一丝迷离的薄荷色眼眸，竟有说不出的润泽媚人，又有辨不明的高深莫测。

“我可不认为吸血鬼会喝醉酒。”伊瑟摘下了面具，嘴角勾起了一丝笑意。

阿黛拉漫不经心地抬起半闭的眼看着他，露出了一脸标准的阿黛拉式的坏笑。

“要是真喝醉，你可要小心了，说不定我会借醉非礼你哦。”

伊瑟不以为意地笑了起来，“哦？我倒不介意。”

阿黛拉挑挑细长的眉梢，“对了，变成动物的滋味怎么样？”

“还算有趣。”伊瑟将面具随手放在了一旁，“不过你一定不喜欢那个地方，到处都是尸体。”

“我真是不明白，为什么你要去凑这个热闹，难道只是因为那个北宫家的继承人？”阿黛拉顿了顿，“还是因为她的父亲是……”

伊瑟没有说话，只是唇边泛起了一丝令人捉摸不透的神色。在这抹神色一闪即逝后，他又淡淡说了一句：“那个女孩，和她的父亲很像。”

阿黛拉的目光一敛，似乎掩饰着什么，随即又在唇边绽放了一个笑容，“我能否把这理解为你开始对她感兴趣了？”

伊瑟轻轻地笑了笑，漫不经心地抚弄自己湛蓝的长发，柔软的发丝在他修长有力的手指间顺滑地流淌。

“那么我能否把这理解为你在忌妒？”

阿黛拉娇笑出声，刀刃一般的寒光在薄荷色眼波中一现而过，“你说呢？我忌妒起来可是很恐怖的哦。”

“我当然知道，当你还是人类的时候我就知道。”伊瑟侧过了头，似乎回想起了什么。

虽然已经间隔了几百年，但他还是清楚地记得那个即将被送上绞刑架的孩子。一个只有十岁的小孩子，仅仅因为嫉妒父母只给自己的姐姐买了礼物，竟然残忍地毒死了她全部的亲人，甚至连她姐姐养的小鸟都没有放过。这样的孩子，难道不恐怖吗？

但是这个连亲人都可以随意杀掉的孩子，却非常符合他的口味。

阿黛拉笑得更加迷人，“如果不是因为这样，你也不会救下我，又将我抚养成人之后再初拥了我。不，是你让前维也纳亲王初拥了我，这样那一族也就尽在你的掌控之中了。”她又顿了顿，“正因为我们都一样的有罪，你才会选择我。”

伊瑟笑了笑，没有说话。

“你怎么会有穿越时空的能力？以前没听你提过。”阿黛拉漫不经心地又问了一句。

“我似乎没有必要和你解释吧。”他扫了她一眼。

阿黛拉耸了耸肩，站起了身来，“好了，我也该出去觅食了。”说着，她拿过一件外套披上，回头对伊瑟风情万种地一笑。

只有她在自己身边，才觉得自己并不是那么孤单。

第二天的慕尼黑显然迎来了一个坏天气，天空的阴霾让人喘不过气来，乌云铺天盖地，看起来随时随地都会下一场暴雨。

杨瑞因为惦记着舒米特的事，再加上夜晚时分正是吸血鬼的活动时间，不时有脚步声在门外响起，所以整个晚上她也没有睡踏实。过了很久，就在她渐渐进入梦乡的时候，却被一阵急促的敲门声吵醒了。

她被吓了一大跳，随便披了件衣服就去开门了。

出乎她的意料，站在门外的人居然是凯里斯特亲王。

凯里斯特脸上的神情依旧，但那双总是荡漾着笑意的金红色眼眸里似乎隐隐有一丝担忧。

“凯里斯特，发生什么事了？”她一头雾水。

“昨天有人看到舒米特在你的房里逗留了一段时间，他有没有对你说过什么？”他开门见山地问道。

杨瑞微微一愣，心想这毕竟是舒米特的私事，于是摇了摇头，直接否认了。

“两个小时前他本来应该出现在我为他准备的画室里，但到现在为止他也没有出现。”凯里斯特盯着她。

“那他可能有事吧。”杨瑞觉得这位亲王有点大惊小怪，多半是舒米特在戈伊娜那里耽误了些时间吧。

“就算有再重要的事，舒米特也从来不会迟到，更不会失约。唯一的可能就是……”凯里斯特垂下了眼睑，“他出了什么事。”

这件事解决之后我还要回来继续工作——杨瑞的脑海里忽然响起了舒米特之前说的话，这倒令她的心里有点不确定了。她犹豫了一下，还是将晚上的谈话内容告诉了凯里斯特。

听完之后，凯里斯特的脸色微变，脱口说了两个字：“糟了。”

杨瑞一愣，“不就是向那个女孩说出真相吗，怎么可能有事？”

“这个女孩三天前刚刚加入了天主教，舒米特并不知道这件事，你说如果他说自己是吸血鬼的话，对方会有什么反应？”凯里斯特显然不想再继续浪费时间，转身就要离开。杨瑞的心里一凛，本来她还以为女孩拒绝他会是最糟的结局，但现在不知为什么，她忽然觉得或许还有更糟的结局。

“或许是把戈伊娜吓到了，所以需要时间冷静一下吧。”她低低说了一句，如果是这样的结局可能也不算太差。

“希望是这样。”凯里斯特的语气里并无把握。

“就算不能初拥，舒米特也不会伤害她。”

“这才最令人担心。”

“那么你准备去哪里找他？”杨瑞也追了出去。

“他在慕尼黑的西郊有一座别墅，我看多半是在那里。”凯里斯特回了她一句。

“那我也去！”她低喊了一声，“我也很担心。”

凯里斯特想了一下，点了点头，“也好。”

两人下楼的时候，正好看到叶幕咬着一个苹果上楼。

“天都还没亮怎么都起来了？”叶幕同学可能是半夜醒来口渴，所以下来找了个水果吃。或许是还没完全睡醒的关系，这位亲王大人的脑部目前还处于缺氧状态，居然根本没有想到动用他的魔法，不过杨瑞可是不会忽略这一点的。她眼珠一转，立刻拉住了他，“叶幕，你来得正好，用你的瞬间移动帮下忙！”

“哎？？”叶幕刚咬到嘴里的一口苹果差点卡在喉咙里。

当他们站在舒米特的别墅前的时候，杨瑞看了看手表，秒针才刚刚走完一圈。叶幕的瞬间移动可真是非一般厉害。

只是……她有些惊讶地看着那个手拿苹果的帅哥，“叶幕，你怎么也一起来了？”

叶幕郁闷地咬了一口苹果，“谁叫你让我在非清醒状态下使用魔法，我一不小心把自己也弄来了。”

“啊……那你可以先回去。”杨瑞忽然觉得叶幕那睡眼惺忪的样子颇为可爱，没想到他也有这么不为人知的一面呢。

“我还没有补充血液，再使用瞬间移动的能量不够了。”叶幕三两口吃完了苹果，“既然来了，那就一起进去看看吧。”

凯里斯特瞥了他一眼，虽说让其他氏族的亲王介入这件事并不是他乐意见到的，但是既然对方这么说，他一时也不便拒绝，再加上担心舒米特，也就没说什么，直接朝着别墅走去。

“小瑞，还不跟上。”叶幕将手一摆，那个苹果核眨眼间变成了一片树叶飘落在了地上。

在他转身的一瞬间，杨瑞发现他的唇边掠过了一丝捉摸不透的笑意，转瞬即逝。

她的心里立刻警觉起来，难道叶幕这个家伙是故意的？

眼看着凯里斯特已经走进了别墅，她也没有再多想，匆匆跟了上去。刚踏进别墅，她就看到凯里斯特一动不动地站在卧室的门口，整个身体仿佛石化了一般，只有双肩在轻微地抖动着。他那金红色的长发在风中飞舞着，使他看上去是这样的可怕。

杨瑞的心里一紧，立刻推开了凯里斯特僵直的身体。

她也仿佛瞬间被定在那里，过度的震惊使她做不出任何反应。

那个温柔又优雅的男人，那个美丽的蓝发男子正躺在地板上，胸口插着一把锐利的银匕首，鲜血冒着扑哧扑哧的气泡疯狂奔涌而出，在地板上汇成触目惊心的血泊。在他的身边，扔着一个教堂里盛放圣水的瓶子，瓶子已经空了。

而那个叫作戈伊娜的少女，似乎已经被吓傻了，抱着膝无声无息地坐在地上。脸色灰白，像得了重病一样发着抖，就算蜷缩成一团，牙齿还咯咯地打战，不能自已。

杨瑞一个箭步冲到了舒米特的面前，将他轻轻扶了起来，想要说话却是如鲠在喉，动了动嘴唇却是什么也说不出来。

舒米特剧烈地喘息着，他依然能感觉到胸腔里的圣水如毒药般腐蚀着他的内脏。

“舒米特，你会没事的！”凯里斯特也从震惊中回过神来，从杨瑞手里接过了舒米特的身体，将手放在了舒米特正在流血的胸口上，低低念起了咒语，一团红色的光芒瞬间笼罩住了他的全身。

“凯里斯特大人……”他挣扎着睁开了眼睛，一把抓住了他的手，“没有用了，银匕首刺中了我的心脏，不要再浪费您的魔力了……”

凯里斯特心里一沉，对于吸血鬼来说，尤其是对于还不是非常强大的吸血鬼来说，这一下无疑是致命的。手中的红光渐渐变得微弱起来，他只觉得一种前所未有的愤怒排山倒海地扑来，一切仿佛都在迅速崩溃。

金红色的瞳孔闪着阴郁的光，冷酷的眼神投向了那个罪魁祸首——戈伊娜。

“凯里斯特大人！不要伤害她！”舒米特挣扎着喊了一句。

“这个女人害了你，你居然还要我饶了她！”凯里斯特的眼睛呈现出一种恐怖的血红色，“我不会饶恕她，绝不会！”

“求你了！”舒米特也不知哪里来的力气，用力挣脱了他的双手，直起了身子，紧紧拉住了开启窗帘的链子，“如果您不饶恕她的话，我立即就拉开窗帘，太阳……就快升起了来吧。”

“舒米特！值得吗？为了这个女人值得吗！”凯里斯特的身体微微颤抖着。

杨瑞的心里也是一片混乱，看着满眼的鲜血，她忽然想起了叶幕的晕血症，转过头才发现他居然已经戴上了墨镜。这个家伙，难道连睡觉时都随身揣着墨镜？简直就是有备而来。

“叶幕，你还有没有办法？舒米特他……”她抱着最后一丝希望看着他。

叶幕的神情还是那样淡定从容，“办法也不是没有。如果他后悔爱上这个女孩的话，一切就可以重来，他还有一次改变命运的机会。”

杨瑞的眼前豁然开朗，欣喜地点头道：“对啊，我怎么没想到，只要让他服下后悔药补救可以了！那你快把后悔药拿出来……”

“你们都是吸血鬼，你们都是有罪的！”谁也没料到，在一旁呆坐的戈伊娜忽然大叫了一声跳了起来，死命拉起了另一边窗帘的链子，厚重的双层天鹅绒窗帘张开的瞬间，窗外初升的阳光正好落在垂死的舒米特身上。

凯里斯特面色大变，一道红光从他的指间射出，那个女孩被击退了好几步，重重跌落在地上，窗帘又“哗”的一声滑落了下来。

即使只有一点点阳光，也足以令舒米特痛苦地蜷缩成一团。

“舒米特，吃下这颗后悔药！只要你后悔爱上她，或是后悔将真相告诉她，一切就可以重来！”杨瑞将绿色的胶囊用力往他的嘴里塞，因为手指颤抖的关系，好几次都没能塞进去。

“舒米特，吃下去！”凯里斯特上前了两步，打算亲自动手。

舒米特微微睁开了双眼，示意杨瑞把胶囊交到他的手里，然后在大家惊诧的目光中，他居然用力将胶囊丢出了窗外！

“你疯了！舒米特！”杨瑞大吃一惊。

“我不需要后悔药，我从来不后悔爱上她，也不后悔对她说出真相。”舒米特勉强支起了身子，用那双晴空一样蓝色的双眸深深凝视着她。

“谢谢你，小瑞。”

他突然这么说，杨瑞心里不禁一懔。

“谢谢你对我的鼓励。我的心里很轻松……这样的结局我并不……后悔……就算灰飞烟灭，我也不会后悔爱上她。因为，至少……我已经勇敢地去尝试了……”舒米特的唇边泛起了一丝解脱的笑容，用极轻的声音又说了一句，“请帮我……保护她……”他刚说完这句话，浑身剧烈抽搐起来，头发就像烧焦了似的迅速卷曲收缩；皮肤噼里啪啦地冒起了脓疮般的水泡，逐一爆破；指甲与嘴唇同时裂开……

除了日行者，被阳光照射到的吸血鬼的结局只有一个——灰飞烟灭。

杨瑞整个人像石膏雕像般凝固在那里，她的内心从未这样震撼过。

眼眶很干涩，却终究没落下一滴泪水。

凯里斯特的瞳孔剧烈收缩着，他暗藏至深的记忆不停翻涌而至，直到定格在了许多年前的一个秋日黄昏。

他记得那一天佛罗伦萨的夕阳十分美好。

那个优雅有礼的青年的笑容比夕阳更美好。

“先生，我就是舒米特。您真的愿意买下我全部的画吗？”

“你的画……充满了生命力。”

“真的？谢谢您的评价！”

薄薄的阳光洒在青年的身上，勾勒出清晰的明暗交界线，就像一幅永不褪色的油画。

他忽然“扑通”一声跪倒在了舒米特的面前，一脸内疚地望着他，“对不起，舒米特，我一直都没有告诉你，我把你变成吸血鬼，并不是欣赏你的能力，而是憎恨你画里的那种生命力。我嫉妒这样充满朝气的生命力，我想扼杀它，我想让它消失……所以才……对不起……”

舒米特扯出了最后一个笑容，断断续续地说出了生命中最后一句话：“大人，能够追随您，我……不后悔……”

他的身体，他的声音，他的笑容，一切的一切，就这样逐一消失在了空气中，化作了淡淡的细尘落在地上，被风一吹更是消失得无影无踪。

就好像这个世界根本没有他存在过的痕迹。

凯里斯特还在低声说着什么，最后几乎变成了只有自己听得清的喃喃低语。那双金红色的眼睛沉浸在深深的哀愁之中。大约过了半分钟，他又蓦地抬起了眼睛，死死盯着戈伊娜，眼中涌动着冷酷的杀意。

杨瑞心里一惊，一个闪身挡在了戈伊娜的身前。

“让开，不然我连你一起杀。”他恶狠狠地说道。

“我不会让你伤害她的。”她抬起了头，毫不畏惧地直视着他。

“是她害死了舒米特！”

“她也是舒米特死都要守护的人。”她一字一句地说着，“我答应了舒米特要保护她，我不会食言。”

“就凭你吗！那别怪我不客气了！”凯里斯特冷笑一声，伸手一指，几十道血红色的长剑直冲她们而去！

杨瑞大惊，想都没想就拉起戈伊娜滚落到一旁，那些长剑在中途却忽然转了方向，齐刷刷地都扎在了屋顶的一块大吸铁石上！她侧过头一看，只见叶幕的手指微微动了一下。

“叶幕，你别多管闲事！”凯里斯特吼了一声。

叶幕却不慌不忙地笑了笑，“本来是不关我的事，不过她是我的食物，我不管也不行啊。”

“你……”凯里斯特的脸上掠过一丝怒意。

“凯里斯特，你真的了解舒米特的心意吗？”杨瑞想要站起身，从脚踝处却传来了一阵剧痛。她猜测是刚才躲避的时候不小心扭了脚，只得继续保持原来的姿势，“并不是所有人都了解什么才叫真正的爱情，说实话我也不明白。但我们会相信，许多事情就是因为爱情而衍生的，所以当爱消失的时候，我们就会受伤。但也因为如此，我们才不会放弃去寻找自己的真爱，勇敢地去追求的真爱。无论是人类还是吸血鬼，无论最后的结果是受伤还是完满。只要努力过，那都是值得的。舒米特不正是那样想的吗？他那么勇敢地去努力，去尝试了。结果，他失败了，可是他却从来没有为此后悔过。他并不后悔自己所做的一切，也不后悔你将他变成吸血鬼，难道你还不明白吗？”

凯里斯特一言不发地看着她，许久许久。突然他有些悲哀的领悟，世界上的事，真的很多都无法说为什么。

譬如说，为什么会再一次听从她的劝说。

“凯里斯特……”杨瑞试探地问道。

“不要让她再出现在我的面前。”他冷冷甩下了一句话，转身就出了别墅。

“没瞧出来你还真够啰唆的，乱七八糟说了这么一大堆。”叶幕挑了挑眉毛，“一个女孩子满脑袋也不知装了些什么奇怪的想法。”

“我只是想救她。”杨瑞瞥了一眼那个女孩，“虽然我并不喜欢她。”

“那么如果舒米特没有拜托你，你还会救她吗？”

“会。”她没有半点迟疑。

“哦？”他的眉毛挑得更高了。

“因为她是我的同类。就算要接受惩罚，也不关你们吸血鬼的事。”

“就这么简单？”

“就这么简单。”

叶幕轻轻地笑了起来，“行了，我们也该回去吧。”

杨瑞应了一声，可是因为脚扭得厉害，只好忍着痛站了起来，一瘸一拐往前挪去。

“这样子的乌龟速度会拖累我。”他忽然转过了身，顺手将她抱了起来。

“我不需要一直被人抱着！”她微微一惊，挣扎着想要下来，却始终没办法改变靠在他怀里的境地。尽管他的怀抱比冬日的寒风还要冰冷，但不知为什么，她脸上的热气却奇异地迅速扩散到耳廓，脑袋里有些莫名的眩晕。

无奈之下，她只好飞快地低下了头，不再言语。

“谁说要一直抱着你走了？”他似笑非笑的声音钻进了她的耳膜里，杨瑞睁开眼睛，心里一个激灵，居然已经在林德霍夫城堡的房间里了！

对了，怎么忘了这个家伙会用瞬间移动！

“你就休息一下吧，两天后我们出发去威尼斯。”他将她轻轻放在了床上，“别胡思乱想了，你看到过别人去买水果时抱着西瓜的样子吗？我抱着你，就等于他们抱着西瓜而已。”

“那你就是猪八戒！”杨瑞一时气结，这个家伙的比喻也太可恶了吧。

叶幕哈哈一笑，转身出了房间。

杨瑞转头望向了窗外。明媚的阳光从窗帘的缝隙里漏进了房间，又是新的一天了。黑夜之后是黎明，今天之后是明天。时间永远都在不停向前走，无论是人是物，过去的一切也会随着人们的淡忘而成为历史。

但是，舒米特，她会永远记住他。

第二十章

西西里的闪电

两天后的黄昏，杨瑞和叶幕他们已经坐在威尼斯的圣马可广场上喝着咖啡了。这座广场曾经被拿破仑誉为“世界上最美丽的会客厅”，来到这里的游客，通常会找一个露天座位，点上一份CAPPUCCINO，一份玛齐朵，再配一份提拉米苏，在水城浪漫温暖的阳光下慢条斯理地享受着美味，听着贡多拉船夫悠扬的意大利民歌，真是说不出的惬意。

夕阳西下，威尼斯那些随处可见的遗留着历史痕迹的中世纪建筑，在浅金色光线的映衬下，散发着迷人的神采，就仿佛一位优雅美丽却又年华逝去的贵妇人，带着一种红颜已逝的忧伤，一种充满遗憾的残缺美。

杨瑞边看着风景边用精致的小勺子搅拌着咖啡上的泡沫，对叶幕他们的谈话并没有太在意，她的神思还停留在慕尼黑和那个叫作舒米特的吸血鬼身上。

不知为什么，脑海里总是不断浮现舒米特在阳光下灰飞烟灭的情景，那样震撼的场景令她整整两个晚上没有睡好觉。虽然当时在凯里斯特面前说了一大堆道理，但事后她在心里却还是忍不住责问自己：如果没有她的鼓励，他是不是就不会遭遇到那样悲惨的下场？

“乔的身份是杀手，恐怕不像凯里斯特那么容易被找到。”弗朗西斯口中的这个人名忽然将她从纷乱的思绪中拉了回来。

乔，就是他们此行的目标人物。

之前，杨瑞也零星听到了一些关于这位亲王的事情，他有一个非常拉风的绰号——西西里的闪电，意思是他就像闪电一样来去自如，无人能够阻挡，谁要是成为他的目标就绝无活路，难得他极其敬业，而且只采用最迅速的方式结束受害者的生命，基本上受害者还没有明白怎么回事就去见上帝了。

“他所在的HELLS-ANGELS杀手组织的分部就在威尼斯，再加上这里也是他的大本营，乔一定会在这里出现。”叶幕漫不经心地喝了一口咖啡，“听说他的下一个目标是即将到这里访问的M国政要，那么我们只要在威尼斯守株待兔好了。”

“HELLS-ANGELS一直以来都是让国际警察颇为头疼的杀手组织，不知和狼人一族中的杀手相比，哪个更厉害。”弗朗西斯一边说着，一边还不忘朝着从身边经过的美女们抛着媚眼。

“听说谁也没见过HELLS-ANGELS的首领。”维也在一旁插了一句。

“但是论残忍，可能还是比不上HELLS-ANGELS的杀手升级测试。”叶幕放下了杯子，扫了一眼露出好奇表情的杨瑞，“据说在进行考试的时候，杀手们两人一组进入一个完全封闭的黑暗房间进行枪战，能活下来的一方才可以升上一级。在测试结束之前，双方都不会知道对方的身份。因此，有很多杀手在这一关亲手杀了自己的至爱，挚友，甚至手足。”

至爱，挚友，手足……连生命中如此重要的存在都可以亲手毁掉，还能有什么东西能令经历了这场洗礼的杀手动摇？他们中的每一个人都可以冷酷无情地杀掉任何对象，即使那是自己的亲人。

“那位政要什么时候到这里？”杨瑞低声问了一句，这些天她接触到了太多从前根本不会涉足的事情，一切的一切，实在是给了她太多震撼。

“过些天就是威尼斯狂欢节，那位政要也会出现在现场。到时一定会见到乔。”叶幕轻眨双眼，浓密纤长的睫毛划出一弧完美的银线。

“既然这样，我们也只能在这里先住上一阵子了。”弗朗西斯满眼发光地看着不停经过广场的美女们，还很过分地咽了一口口水，“这里的食物看起来很丰富呢。”

“喂喂喂，难道你们非要伤害人类不可吗？除了杀人，应该还有许多方法填饱肚子吧？”杨瑞忍不住瞪了他一眼。之前在慕尼黑她并没有注意那些血液的来源，但经弗朗西斯这么一提醒，她实在忍不住了，尽管她在某人眼里也不过是个烤猪蹄而已。

“哇，你可冤枉我了哦。”弗朗西斯睁大了无辜的蓝色眼睛，“那些女人都是自愿的，而且我也没有要她们的命。只要取用的适量，那些人是不会死的。”

“嗯，现在也有不少血族专门蓄养人类，每次适量吸取，和魔党每次致人于死地不同，我们密党的大部分血族还是有分寸的。”小维也解释了一句，看来他这次的失忆症倒还没发作。

“好了好了，听着就想吐。”杨瑞丢给了他们一个卫生球，站起了身。

“真少见啊，你们有没有见过一盘食物对着主人生气？”叶幕笑吟吟地摸着自己的下巴，“既然这样的话，不如今晚干脆就由你代替好了。”

杨瑞哼了一声，不作回答。这样的威胁她已经听得麻木了。

“我不想吸她的血。”维忽然说了一句让大家惊讶的话。

杨瑞还没来得及投去惊诧的目光，又听见他再次开了口，“她看上去还蛮面熟的样子，我是不是在哪里见过她？”

唰唰唰——杨瑞的额上出现了三道黑线，她是不是应该感动一下？在间歇失忆的时候，维居然对她还有那么一丁点的印象。

叶幕和弗朗西斯也同时露出了“哇，好神奇啊好神奇”的表情。

杨瑞低下了头，目光落在了桌子上的一角，不由眼珠一转，“啪”的一声将手拍了上去。就在叶幕朝这边看过来的时候，她又忽然放开了手，只见一只丑陋的甲虫被打成了肉饼，还沾着一点血迹。

“咣当！”还没来得及戴墨镜的叶幕同学顿时一头栽倒在地。

眼看奸计得逞，杨瑞的唇边勾起了一丝坏笑，哼哼，谁叫这个家伙总是动不动威胁她，掌握他的弱点真是太爽了！

维在威尼斯拥有一幢豪华公寓，几人暂时就在那里先住了下来。因为这里是Gangrel族的地盘，所以几位亲王大人除了出去觅食以外，其他时间基本都在公寓里窝着。

杨瑞也不管他们，每天从超市买一堆东西回来自己做。这几位亲王中，只有叶幕具有人类的味觉，所以有时还会捧个场。

维的公寓就在圣马可教堂附近，一般来说，吸血鬼是不会居住在离教堂如此之近的地方的，但血族亲王就另当别论了。一般的十字架和圣水之类的东西根本对付不了他们，况且血族并不都是厌恶上帝的，教会人员也不是猎人，他们每天做的只有信奉上帝，而不是调查血族。在维的公寓外，甚至还有一个圣母的祭坛。

杨瑞喜欢一边做菜，一边欣赏窗外的风景。远方是灰蓝色的亚德里亚海，耳畔是嗡嗡的鸽哨声。

恍惚间，仿佛那悠远的历史正从亚里亚德海飘来……

“再继续发呆的话菜就糊了。”叶幕斜倚在厨房门边咬着苹果看着她。

杨瑞赶紧将目光从远处的景致中收了回来，鼻端已经闻到了一股焦味，再低头一看，她做的青椒鸡丝快变成黑椒鸡丝了。

“算了，反正弗朗西斯和小维也不在，不如就出去吃吧。”叶幕将苹果核顺手抛到了垃圾桶里。

“出去吃什么？”杨瑞看了他一眼，上次小小地摆了他一道后，他好像表现得完全不介意，真是出乎她的意料。

“当然是尝尝威尼斯的特产了。”叶幕从怀里拿出了墨镜戴上，“去不去？”

杨瑞再次瞄了一眼自己的杰作，再没犹豫，放下勺子就跟了出去。

漫步在这座水城中，随时都可以看到那些狭小却又别有一番韵味的河道，以及曲曲折折的幽静小巷。或许和想象中有点不一样，威尼斯很多建筑的墙皮因为年代久远都严重剥落，很多房子看起来简直就是名副其实的危房，但令人惊讶的是，这些建筑虽然残破，但却不惹人生厌，在阳光的照射下反倒折射出一种沧桑的美。

抛头露面的叶幕亲王自然又成了众人目光的焦点，到了餐馆门口时，侍应生更是对他笑成了一朵花，看来叶大亲王的魅力也是男女通吃呢。

看叶幕点菜的样子十分熟练，杨瑞忍不住问了他一句：“你以前来过这里吗？”

“是啊。”叶幕微微一笑，“不过第一次还是跟着我家人一起过来的，当时还是我老爸点的菜。”

“那……你爸爸好像是纯正的血族，他是没有味觉的吧。”这些天一直和他们混在一起，杨瑞对血族已经有了相当多的了解。

“我老爸只要看到妈妈开心的笑脸，就算没有味觉也乐于奉陪。不过我和我姐还是很羡慕他，因为只有他不必忍受我妈那道番茄炒蛋的折磨。”叶幕说着说着又笑了起来。

此时此刻的叶幕亲王，看上去倒像是一个单纯的孩子。

杨瑞的心里微微一动，仿佛一不小心就会掉进那明净纯洁的微笑里。

用明净纯洁来形容这位令人捉摸不透的亲王或许有些不妥，但那时他给她的感觉的确如此。

“来尝尝这里的墨鱼面。”叶幕指了指刚刚端上来的一盘菜。

她低头一看，只见盘子里装着黑乎乎一团面，就和她刚才烧糊了的菜差不多。虽然样子是丑了点，不过不管白面、黑面，能让人流口水的就是好面！再加上她的肚子已经开始咕咕叫了，于是也不再研究面条的品相问题，迫不及待地拿起叉子卷起面，呼噜噜吸了一大口，墨鱼的鲜味一瞬间弥漫在了口腔里，渗透到了每一个味蕾之中，真是很好吃呢。

没多少工夫，她就吃完了盘子里的面条，又一口喝完了佐餐的红酒，舒舒服服地打了一个小小的饱嗝，这才发现坐在对面的叶幕居然什么也没吃，就喝了一杯免费的冰水。

“你怎么不吃？”她惊讶地问道。

“我不饿，你把账付了就走吧。”他边说边站了起来。

杨瑞应了一声，将侍应生叫了过来。之前小维从家里翻出了好大一叠欧元，干脆就全给了她，所以叶幕也就懒得花精力使用魔法了。

“我在门口等你。”在走向门口的时候，他还朝她笑了笑，嘴角的弧度狡黠邪魅，异色的双瞳在刚刚点起来的烛光下流转着金色的剔透。

当那抹邪恶的笑意撞入眼帘，杨瑞心里暗叫一声不好，赶紧去摸钱包，结果居然摸出了一只——臭，袜，子！

侍应生当场石化，周围的食客们也纷纷掩鼻怒视。

她的头皮轰的一下子炸开了！不用说，一定是叶幕这个家伙的欠扁魔法！好啊！原来他一直都对上次的事情耿耿于怀，一直都在找机会报复。

“小姐，您消费了50欧，再加上10%的小费，一共是55欧。”侍应生不愧具有良好的职业素质，很快回过神将账单展示在了她的面前。

“我……”杨瑞的小脸憋成了猪肝色，现在她身无分文，根本付不出来，只能在心里把叶幕骂了个狗血淋头。这个家伙实在是太缺德啦！

“唉，小瑞，和你说了多少次，吃霸王餐是不对的。”叶幕不知何时又回来了，不慌不忙地从怀里摸出了一样东西。

听到他这么说，侍应生的脸色更加绿了。

杨瑞一眼瞥到他拿出来的东西，更是气得头顶冒烟，这不是她的钱包吗！

走出餐馆的时候，天色已经很暗了。

杨瑞气鼓鼓地跟在叶幕身边，无论对方说什么，她都以一个白眼相待。虽说他最后还是帮她付了账，可是她从小到大都从来没这么丢脸过哦。

“没想到你这么容易生气，肚量也未免太小了吧。”他笑眯眯地看着她。

“喂，肚量小的人明明是你好不好？”她很不满地轻哼了一声，走到了桥旁，眺望着那些来来往往的贡多拉。忽然她像是发现了什么，轻轻“啊”了一声，居然脸红了。

叶幕顺着她的目光望去，不由好笑地扬了扬唇角，原来在对面的桥下，有一对乘坐着贡多拉的年轻恋人正在亲密地接吻。

“据说相爱的恋人在日落桥下一吻，就可以永不分离，长相厮守。”叶幕挑了挑右边的眉毛，“人类总是相信这些毫无根据的传说。”

杨瑞毕竟也是个喜欢浪漫的女孩子，听了他的话之后不由多看了几眼这座带有巴洛克风格的小桥。

“不过我倒是更喜欢它的另一个名字。”叶幕的脸上透着一种慵懒的味道。

“叹息桥？”杨瑞忽然想起了在明信片上曾经见过这座桥。

叶幕笑了笑，正要说话，却蓦地像是察觉到了什么似的眯起了眼睛，“想不到这么早就有人来觅食了。”

第二十一章
威尼斯狂欢节

他的话音刚落，杨瑞就听到了一阵古怪的声音传入了耳中，接着就响起了一片“吱吱”的杂音。

“好难听的声音。”她赶紧捂住了耳朵。

“你也听到这个声音了？”叶幕似乎有点惊讶，“这是只有我们血族才能感应到的声音，人类是根本不可能听到的。”

“我也不知道是怎么回事。”杨瑞慢慢放开了手，迟疑了几秒，“现在又什么都听不见了。”

叶幕用一种奇怪的眼神瞟了她一眼，没有再问下去。

这时只见那艘贡多拉上的船夫忽然扔下手中的撑杆，一把抓住了那对正在亲吻的恋人，将那个男孩拖到了自己的面前，恶狠狠地一口咬在了他的脖子上！

杨瑞大吃一惊连忙看了看周围，那些游客根本没有留意到这里发生的一切。

“这里已经被设下了结界，所以其他人都看不到这一切。”叶幕稍稍侧了侧脸，“不过我不明白为什么你也能看到。”

那个船夫又将牙从那个男孩脖子上拔了出来，但似乎并不急于弄死他，还用半死不活的男孩威胁着那个女孩自残，在这对小恋人惊慌失措的哭喊中，他却显得兴奋异常。

杨瑞只觉得一团怒气从心底窜了起来，目光一转正好看到凯里斯特还给她的银手镯，想都没想就摘了下来，准备给那个家伙狠狠来一下！

“梆！”还没等她出手，一个黑乎乎的东西已经击中了那个船夫的脑袋，船夫显然大吃一惊，扔下了手里的男孩，搜寻着袭击者的方向。

就在这时，一个轻巧的身影落在了那艘贡多拉上，碎银般的月色溅上了他的栗色头发，朦朦胧胧晕染上了一层高贵华美的色泽。

弗朗西斯！杨瑞在认出来者是何人时不由瞪大了眼睛。第一个反应就是：难道他是来抢食的？那船夫恼怒地抬起头，盯着弗朗西斯，“这里是我们族的地盘，你想多管闲事吗？”

到现在为止，杨瑞才看清这个船夫的容貌，这应该是她所见过的最丑陋的一张脸，鹰钩鼻子，颧骨高耸，眼睛暴突。最让人触目惊心的是他那一嘴牙——歪七扭八，跟一群分不清东西南北的向日葵一样，没一个朝着正确方向开花的。要么两牙之间有很大的缝隙，要么有的牙不乐意像普通人那样肩并肩、手拉手，于是来个前后排排坐分果果。怎么看怎么觉得他的嘴里曾经暴发过泥石流，把一嘴牙冲得东倒西歪。

如果被这么恐怖的牙啃上一口……杨瑞的背后冒起了一股寒气，能长成这样还真不是一件容易的事。

“这个闲事我管定了。因为，你太给我们血族丢脸了。”弗朗西斯一脸轻蔑地看着他，“我最讨厌的就是你这种玩弄食物的家伙。我们吸血的目的不是为了杀生，更不是蔑视生命，只是为了活下去而已。吸血的时候不能贪得无厌，通常情况下更不该杀害人类，除非那人应该去死或者主动要求去死。即使是这样，在带走他们的灵魂时也一定要让他们快乐。”

他那阴暗又深邃的眼神，脸上游移的轻笑，以及刚才的一字一句，都使杨瑞无比吃惊。或许自己应该重新认识眼前这个人了。

船夫虽然恼怒，但毕竟不是傻瓜，也早就看到了自己和对方的实力差距，只得心有不甘地跳上了岸，转眼就消失在了夜色之中。

“接下来就让弗朗西斯善后吧。”叶幕收回了目光，“明天就是狂欢节，我们要等的人也该来了。”

在每年的这个时候，都会有许多游客从四面八方赶到威尼斯，来参加这里别具特色的狂欢节。威尼斯狂欢节起源于公元12世纪，到18世纪盛极一时。当时欧洲各国贵族都特地赶到威尼斯参加这个节日，由于他们不想暴露自己的身份，所以戴面具和乔装打扮就成了一直延续的传统。面具掩盖了人们的真实身份，使大家能随心所欲地发挥自己的想象力，无所顾忌地融入狂欢节中。

因为早就收到消息，那位政要会在晚上8点出现在圣马可广场，所以杨瑞和叶幕他们到了黄昏时分才出门。为了让自己看起来不那么显眼，他们也入乡随俗，每人都戴上了一个色彩诡异的面具，而让杨瑞有些惊讶的是，叶幕为她准备的居然是一个蛇妖美杜莎的面具，和她曾经用过的那个还有几分相像。

一行人浩浩荡荡来到圣马可广场上的时候，这里已经是人山人海，人们装扮得华丽又奢华，虚幻又迷离。在人群中穿梭，一个不留神就会与传说中的历史人物擦肩而过。在这里，不但可以看到拜占庭帝国的第一任总督阿纳费斯托，也可以见到在中国游历多年的马可波罗，甚至还能看到文艺复兴时期的各位大师。各国的君王自然也不逊色，法兰西皇帝拿破仑孤独地游走在小巷里，还没有上断头台的玛丽皇后将奢侈之风也同样带到了威尼斯……

杨瑞兴奋地看着眼前的一切，每一个面具都是那样巧夺天工，每一件华服都是那样别出心裁。众人在炫耀展示自己的同时，也各怀心思地打量着其他人的装扮，就如这面具下隐藏的面容一般，看谁也看不真切，甚至连自己也看不清。

教堂的钟楼里响起了沉重而幽远的钟声，杨瑞低头一看手表，时针正好指在了8点。她小心翼翼地观察着四周，心里暗暗疑惑那位杀手亲王是否也隐藏在其中。虽然叶幕说了这个氏族并不擅长魔法，但杀人这样的事对他们来说还是小菜一碟吧。

在一阵喧闹声中，威尼斯市长和那位M国政要终于出现在了圣马可教堂门口，他们的身边自然是密密麻麻围了一大圈保镖。

就在这个时候，只见一个青色的身影居然从教堂的穹顶上跳下来，犹如闪电一般劈开了那个包围圈！大家都还没看清是怎么回事，只听一声枪响过后，那个青色的身影已经消失了在了众人眼前。

在保镖们惊恐地散开之后，杨瑞清楚地看到了那位政要的心脏部位血如泉涌，就像一罐被打翻了的草莓果酱。

她面色微变，转头一看，叶幕他们也已经不知所终……

他们一定是去追那个乔了……这是她能想到的唯一可能。

广场上乱作一团，那些达官贵人、文人术士纷纷东奔西走，惊慌地逃回了他们所在的历史角落。杨瑞也随着人群慢慢撤出了广场，沿着海边继续往前走。在面具下，她觉得有一种平时所没有的安全感。

“嘿，美杜莎小姐，要去兜一圈吗？”偶尔有一艘贡多拉在她身边的水面上经过，船夫还不忘向她招揽生意。

“好啊，如果能把我送到爱琴海的话。”她面具下的脸露出一个淡淡的微笑，“那里才是美杜莎的家。”

身旁的贡多拉轻巧地从桥底下滑过，狂欢节的喧嚣仿佛在渐渐远离，不知穿过了多少条巷子后，她才发现自己好像迷了路。

“嗖”一股强劲的冷风忽然从她的耳边擦过，还没等杨瑞反应过来，又一股更强劲的冷风接踵而至。她微微侧了侧脸，只觉得脸上一凉，仿佛被什么割了一下，一丝疼痛立即传递到了大脑的感知神经。

糟糕，遇袭了！这是她产生的第一个念头。

嗖嗖嗖！在她的面前如鬼魅般出现了三个人影，他们的身上穿着各不相同，但手上却都戴着一模一样的黑色手套。

BLACKHAND！！杨瑞蓦地想起了弗朗西斯曾经告诉她的话，这是狼人中负责暗杀的一群精英分子，他们最擅长的本领就是把血液变成锋利的物体发动攻击。

想到这里，她的心念一转，难道这是苏特雇用的杀手？

可是就算是要杀她，也不至于动用这样精锐的杀手吧？

为首那人的手上正在流血，但他似乎毫不在意，而是任由鲜血在半空中滴落，然后这些鲜血在一轮惨白的光芒中又化为一把血刃直冲她的面门而去！

幸好杨瑞的身手还算灵活，一个转身避过了这把血刃，又刷地抽出了一把银匕首！这是她在舒米特消失后带走作为纪念的，没想到现在正好派上了用场。

那几人似乎对她避过了攻击有些意外，很快又准备再次发动攻击。杨瑞心里知道不妙，但现在已经没有更多的时间考虑了。俗话说得好：擒贼先擒王。这三个狼人，看起来为首的那个是主要进攻者，与其坐以待毙，不如奋起一博！

在对方又一次发起攻击时，她瞅准了一个空当，一个闪身冲到了为首那人面前，以最快的速度将手里的银匕首狠狠扎进了那人的胸口里。

只见一道银光闪过，那人惨叫一声，顿时浑身剧烈抽搐起来。

其余两个狼人显然大吃一惊，正要使用别的招数，却忽然看到四周忽然升起了一层黑色的浓雾。那两人蓦地停住了脚步，似乎是感知到了什么东西，竟拉着那个受伤的狼人一起匆匆离开了。

杨瑞在惊讶之余又稍稍松了一口气，她不解地望了望周围，难道这些浓雾有什么古怪，还是自己运气好逃过一劫？

她再次抬起头的时候，一个人影出现在了她的视线中。

他穿着狂欢节最为普通的装束，一顶宽边黑色丝绸帽、一件天鹅绒的斗篷和一个白色的面具。在中世纪，这身装束通常代表着死者的灵魂。高高的礼帽和白色面具遮住了他的大半个面孔，那件斗篷似乎带着暗夜的气息，就像一个穿越时光的幽灵。

杨瑞忽然又感觉到一种熟悉的寒冷瞬间侵袭了所有的感官，她的身子也微微地向后退了一步。

“北宫瑞？”他的声音并不令人害怕，但从他嘴里说出的这个名字却犹如一声惊雷在杨瑞的头顶炸开。

这个人……怎么会知道她和北宫家的关系？

就在她微微一愣神的工夫，那个人已经站在了她的正对面，她几乎能感觉到自己浑身的汗毛都竖了起来，无人知晓他是如何在一瞬间移动到这里的。

“你是谁？”她虽然保持了相当的冷静，却还是忍不住后又退了一步，背后已经是坚硬的树干，她只能到此为止。

“不愧是北宫家的后人，连BLACKHAND都伤在你的手里。”他边说边上前了一步。

杨瑞立即伸出右手挡在了他和自己之间，做出了一个防御的姿势。

他忽然面色微微一变，一下子抓住了她的手，沉声道：“这个手镯……怎么会在你这里？”

杨瑞只觉得自己的手腕仿佛被瞬间冻结起来，一股寒意迅速从她的手腕处蔓延到了四肢百骸。

“这是我从小就戴着的！”她用力挣扎着，却无法让对方的手有丝毫松动。

“快说，这是谁给你的？是北宫亦飞？”

听到这个名字的杨瑞一瞬间瞪大了眼睛，露出一副不可置信的神情。从她的这个角度，可以清楚地看到面具下露出那双死神般冰冷的双瞳，仿佛深海一般没有边界。

“你怎么知道……”

“没想到这个手镯落在了他的手里，难道你就是……”他忽然像是想到了什么，毫不客气地伸出另一只手掀开了她的衣领。在迅速扫了一眼她的胸口后，他似乎松了一口气，但还是有怀疑的神色在眼底稍纵即逝。

直到他放开了手，杨瑞还像一根木头似的杵在那里。这一下实在是太出乎她的意料，饶是她平时反应奇快也一下子完全蒙了，这……这个男人居然非礼她！等她回过神，她的小脸再次涨成了猪肝色，伸出手狠狠朝那个男人的脸抽去！

那男人微微偏了一下头，高高的帽子被打落在地，夜风轻轻吹起他那海蓝色的发丝，在银色的月光下肆意飞舞，闪烁着宝石般的迷离光泽。

“你到底是谁？”她又惊又怒地看着他，“为什么会知道我爸爸的名字？又怎么会知道我的身份？”

他的嘴角再次扬起了一个诡异的弧度，“这次我没有时间和你玩了，下次，我们很快又会见面。”

最后一个字还没说完，他的身影就已经消失在了这片黑暗之中。

杨瑞的心里一片混乱，这个犹如死神一般的男人到底是什么人？他到底知道多少关于父亲的消息？

不……从刚才手腕处传来的彻骨寒意来看，他……或许并不是人类。

“小瑞，你怎么在这里？”弗朗西斯的声音忽然在半空中响起，他的话音刚落，就有三个身影从天而降。看到那几张熟悉的面孔出现在自己的面前，杨瑞居然有一种看到同伴的亲切感，就连心情也不知不觉轻松了一些。

“刚刚有BLACKHAND袭击我……”她刚说了半句，几人的面色就同时微微一变。

“有没有受伤？”弗朗西斯立刻走上前去，想去查看她是否受了伤。维虽然没有动，眼中却飞快掠过了一丝关心的神色。

“被BLACKHAND袭击居然还能活下来，你的运气不是一般的好。”叶幕扫视了一眼四周的环境，忽然皱了皱眉，“刚才有人使用了黑暗之雾。”

“什么，黑暗之雾？”弗朗西斯显然有些惊讶，“这种魔法能使任何非人类的视觉和听觉在一瞬间都变成无用之物，听说只有魔党的高层才会这种魔法。

杨瑞回想起刚才那些杀手的反应，心里也是暗暗一惊，难道是那个男人使用了黑暗之雾，那些杀手才会离开？这么说来，那个男人难道和魔党有关系？

看到大家的目光都集中到了她的身上，杨瑞揉了揉额头低声道：“刚才太混乱了，我什么也没看清。”不知为什么，她并不想对他们说出刚才的事情。或许是潜意识里觉得那个男人和自己的父亲可能会有某种联系的关系吧。

“可是……”弗朗西斯像是想问什么，却被叶幕打断了。

“没看清就算了。”叶幕瞥了她一眼，“没受伤就好，不然中了BLACKHAND的血刃，伤口也很难愈合。”

“我……刚才脸上被划了一下。”杨瑞边说边摸摸自己的脸，忽然轻轻地“咦”了一声，受了伤的地方竟然已经愈合了！

“脸上什么伤痕也没有啊。”弗朗西斯仔细看了看她的脸。

“哦，我……我可能记错了。”她支吾了一声，心里也是困惑不已，刚才自己明明是受了伤啊。

“没事就好。”弗朗西斯的眼中似乎有些歉意，“都怪刚才我们都急着去追乔了，差点让你遇到危险。”

被他一提醒，杨瑞也赶紧问道：“那么结果呢？乔怎么说？”

“乔对密党的将来并不关心，也不愿意交出信物。还说再骚扰他就别怪他不客气。”小维在一旁开了口，“真是个冷淡的家伙。”

“那提到了后悔药吗？”她有些失望。

“他说根本没兴趣。”小维答得很快。

“那怎么办？或许我们可以再试试啊，当初凯里斯特不也是这样说的吗？”杨瑞有些着急起来，“我就不信他从没做过后悔的事。”

“他有。”叶幕弯了弯唇，“在说到后悔药的时候，他的眼神有轻微的变化。不过和凯里斯特不同，他经常行踪不定，所以要搞定他会比较麻烦。”

“那倒也是。”杨瑞也有些犯愁了。之前在德国的时候，他们整日里和凯里斯特住在一起，自然机会也比较多一些。现在碰到这个独行侠，的确相当难办。

“不过……办法也不是没有。”叶幕眯起了眼睛，“如果我们也能进入HELLS-ANGELS杀手组织的话，和乔接触的机会就大多了。”

“这倒是个好办法！”杨瑞立即表示赞成。

“你也觉得是个好办法？”叶幕的脸上扬起了一抹狡谲的笑容。

在杨瑞再次重重点头之后，他笑得更加迷人，“既然你也赞成，那么接下来进入杀手组织的事情就拜托你了。”

“啊？？”

第二十二章
神秘的杀手组织

杨瑞这才发现对方好像给她下了一个套，她还傻傻地一脚踩了进去。

“为什么是我？你们都是血族的亲王，本领好像都比我厉害不知多少倍吧。”某人立刻提出了抗议，切，她杨瑞才不是包子呢。

“是啊，小幕，让小瑞一个女孩子做这么危险的事，似乎不大好吧。”弗朗西斯对这个安排也提出了异议。杨瑞朝他投去了感激的一瞥，从刚才到现在，弗朗西斯一直都在关心着她，让她的心里感到有点暖暖的。

“就让我去好了。”小维居然也举了下手。

“小维……”杨瑞又是惊讶又是感动，不过她很快听到了他的后半句补充说明，“不过……我去那里做什么呢？”

“咣当！”杨瑞一头栽倒在地，小维亲王的间歇失忆症还是雷得她那么销魂。

“你们觉得维这个样子能去吗？”叶幕戏谑地挑了挑右边的眉毛，“而且我们几个的身份已经在乔面前暴露过了，现在只有杨瑞才不会让他起疑心。”

叶幕亲王的理由让大家无话可说，杨瑞的头皮一阵发麻，看来这次好像真的非自己出马不可了。

“可是，我怕自己做不来。”她对自己是否有成为杀手的能力实在是没有把握。

“怕什么，在BLACKHAND的手下你都能死里逃生，难道还怕那些人吗？”叶幕倒是对她充满了信心，还安慰似的拍了拍她的肩。

杨瑞干笑了一声：“老大你真看得起我。”

“小幕，你是不是已经有了计划？”弗朗西斯看了一眼还在继续思考要去做什么的小维，无奈地转过了头。

叶幕轻轻一笑，“弗朗西斯，你帮我查探一下HELLS-ANGELS的分部首领J这几天的行程，我们要上演一场暗杀好戏。”

“暗杀？你是说去暗杀杀手组织的头目？”杨瑞的额上噌地冒出了三道黑线，这算不算是鲁班门前耍木匠活？

“不错，这个任务就由我亲自动手，到时就轮到你上场了。”叶幕的目光微闪，“凭你的身手，一定会引起对方的注意。如果一切顺利的话，这就是你进入杀手组织的好机会。”

“好……吧。”杨瑞勉强地应了一声，虽说她偶尔会教训个把坏蛋，但还从来没想过有一天居然要混杀手组织！

过了几天，在弗朗西斯打探出那位J的行程后，叶幕特别选了一个对方防备最为松懈的时刻下手。而接下来的一切正如叶幕所安排的那样进行着，当J和情妇约会的时候，叶幕同学很不合时宜地出现在宾馆里，打搅了别人的欢乐时光，而正当J以为自己要命丧于此的时候，在此充当了好几天清洁妹的杨瑞同学华丽登场，出其不意地击退了该死的暗杀者，当然为了更加逼真，杨瑞同学也不可避免地受了一点小伤。

“这次是你救了我，如果你有什么需要尽管和我说。”J看起来是个十分普通的中年男人，如果把他扔到大街上的话，那和一般的上班族完全没有区别。

“我没有任何需要，只是顺手帮一个忙而已。”杨瑞摇了摇头，再没说半句废话，径直朝门外走去。转过身的她并没有看到J眼中闪过的一抹精光。当她的手就要碰到门把手的时候，身后传来了J的声音，“那么，你有没有兴趣为我工作？”

杨瑞闭上了眼睛，轻轻吁了一口气——成，功，了！叶幕预料的一点也没错，身为HELLS-ANGELS的分部首领，此人的疑心一定不小，所以比起直接提出要加入组织的要求，反其道行之的间接效果可能会更好。

在转过身时，她已经换上了一副似笑非笑的表情，“我可以考虑一下，如果那份工作比较有趣的话……”

“我保证，一定会很有趣。”

“那么我试试也无妨。”她装作并不在意地耸了耸肩。

J笑了笑，“不过在这之前，先把你手里的枪给我。”

杨瑞微微一惊，他自己的枪刚才在对付叶幕的时候已经用完了子弹，现在……不知他打的什么主意。

如果他怀疑自己的话……算了，就赌一把吧。

她心里虽然有些紧张，但还是面神镇定地将枪交给了J。对方接过枪，面色一沉，隔着枕头对着情妇开了一枪！这几个动作干净利落，杨瑞完全没有反应过来，她怎么也没想到J居然会杀了自己的情妇！

“我会在这里被袭击，多半是她告的密。”J漫不经心地擦去了枪上的指纹，将它扔在了一旁，站起身看了看她，“跟我走吧。”

杨瑞只觉得自己的心跳得极快，但她又不能表现出太过震惊的表情，只能低着头跟他走了出去。在跨出门口前，她又神色复杂地朝里面望了一眼，白色枕头里的鹅毛洋洋洒洒四处飘飞，那情妇额头中央的血洞里的血正不断地涌出来。

如果不是因为她的关系，那个女人也不会死于非命。

HELLS-ANGELS的分部就位于罗马广场附近的一栋旧别墅内，就这样看起来的话，这里和其他的别墅没有任何区别。但杨瑞已经明白，这种没有区别才是最可怕的区别。进了别墅后，J直接带着她进了一个偏僻的房间，示意她坐下之后就顺手拨打了一个电话，似乎是让什么人过来。

没过多久，有人轻轻推开了门。

杨瑞有些好奇地抬起头，在看清那个人的面容时不由微微一愣。

那是个面相十分清秀的男人，浅绿的发色典雅又高贵，神情淡漠又疏离，恍如看透一切红尘，又好似对世上万物都漠不关心，他就那样静静地站在门口，仿佛一枝被主人遗忘在了角落里的茑尾兰。

这样的人……居然也是杀手？

“听说你遇袭了？我还以为你已经挂了呢。”男人走到了办公桌前，对着J不冷不热地说道。J并不介意地笑了笑，“是这样的。我要你为我带一个新手，让她可以尽快熟悉我们这一行的规矩。”

男人似乎有点惊讶，“J，你怎么也会让没有经验的新人加入？难道她有什么特别之处？”

“这次遇袭，幸亏有她救了我。”J指了指杨瑞，“她很有天分，好好调教之后，或许会比玛莎更出色。”

从进门开始，那个男人一直都把杨瑞当作空气，直到J说了那句话，他的目光才往杨瑞的方向略略扫了一眼，嘴角微微一撇，“她救了你？”

J又是不置可否地笑了笑。

男人收回了目光，淡淡道：“那么，我可以拒绝吗？”

“不能。”J笑得像个亲切的大叔。

“我知道了，那么没别的事我先走了。”不等首领答话，他就站起身向门口走去。

“等一下。”首领将一个U盘扔给了他，漫不经心地抬起了头，眼神渐渐变得凌厉起来，“这是你下次的目标，乔。”

听到乔这个名字的时候，杨瑞惊得差点连下巴也掉了下来，这个男人居然就是乔！她也太好运了吧！眼看着乔接过了U盘就踏出了房门，她也赶紧跟了上去，还不忘做自我介绍，“你好啊，师父，那我以后就跟着你混了，你就叫我小瑞好了。”

“别叫我师父。”他面无表情地瞥了她一眼，“不是每个人都有资格叫我师父的。”

杨瑞吐了吐舌头，虽说这么快就碰了一鼻子灰，但是一想到自己的任务，她还是不得不继续厚着脸皮纠缠他。

经过别墅外的花园时，杨瑞看到了花园的暖房中居然种着许多玫瑰，尽管天气已经十分寒冷，但这些玫瑰在暖房里还是开得十分娇艳。一个年轻女孩在花丛中若隐若现，墨黑色的长发在一片绯红中格外引人注目。

“乔！”那女孩忽然探出了身子喊了他一声，一溜烟从暖房里冲出来跑到了他的面前。乔停下了脚步，眼中掠过一丝令人看不懂的神色。杨瑞立刻意识到这个女孩和他的关系应该不一般。

“乔，她是谁？”女孩的目光落在了杨瑞身上。

“J让我带她一段时间。”乔的话音刚落，杨瑞连忙扯出一个灿烂的笑容朝那个女孩打了个招呼，“你好，我叫杨瑞。”

女孩打量了她几眼，忽然笑了起来，“杨瑞，你是中国人对不对？我的外公也是中国人呢。我叫玛莎，很高兴认识你。”

一听原来人家还是自己的半个老乡，又想起刚才J口中的那个名字，杨瑞有点吃惊。只见玛莎那黑色的长发犹如瀑布倾泻而下，散乱的发丝随风扬起了一个优雅的弧度，一双翡翠般透亮的绿眼睛笑意盈盈，柔软的嘴唇带着淡淡的蔷薇色，就像是一朵盛开在阳光下的粉色玫瑰。唯一有些不协调的就是她耳垂上暗红色的钻石耳饰，仿佛一滴凝固的鲜血，在阳光下闪耀着凌厉冷艳的光泽。

“这样，今晚就由我请你吃饭吧。乔，你也一起去？”玛莎望着乔的眼神中隐隐带了一丝期望。

“我没空。”乔很干脆地拒绝了她，又看了看杨瑞，“你，晚上8点到我房里。”说完这几句话，他就面无表情地离开了。

“那么，改天再约好了。”玛莎用甜美的笑容掩饰了眼中掠过的失望。

“要不然明晚我先请你吧。我初来乍到，对这里一点也不了解。”杨瑞不失时机地提出了建议，说不定可以从这个女孩身上套出些什么呢。

“听说你救了J？”她抿了抿唇，并没有接杨瑞的话。

“其实我也只是运气好……”杨瑞刚说了一句，忽然敏锐地留意到玛莎的眼底仿佛有一丝寒光闪动，几乎是同时，她就感觉到对方的身形微微一动，瞬间做出了个快如闪电的动作，下一秒，一把小巧的黑色手枪已经迅速地抵在了她的胸口上。

“果然只是运气好而已。”玛莎笑起来的样子比玫瑰还要迷人，“你说，如果我扣下扳机的话，J应该也不会感到可惜吧？”

杨瑞牢牢盯着她，嘴角也慢慢漾起了一丝笑容，“我只知道，如果你扣下扳机，J一定会对你陪我一起死感到可惜。”

玛莎脸上的笑容顿时微微一滞，这才察觉到有点不对劲——她的脖子旁居然也架着一把银色的匕首！

杨瑞还是笑吟吟地看着她，尽管之前她不清楚对方会出什么招，但她的反应可不慢，怎么说她曾经也是令人闻风丧胆的美杜莎。就在玛莎拿出枪的同时，她也拔出了匕首，两人的动作几乎是同一时刻完成的。

玛莎先将枪慢慢撤了回去，放进了自己的口袋里，随即又轻轻一笑，

“看来不止是运气。”

杨瑞也将匕首收了回来，笑了笑，“下次想试我的话最好先打个招呼，我胆子小，很容易被吓到的。”

玛莎“扑哧”一下笑出了声，“我的确是想看看你究竟有没有那个本事进入组织。对不起，我对刚才的行为表示歉意。”

“如果想要表示歉意的话，那么明天就由你请客好了。”杨瑞眨了眨眼。

玛莎弯了弯嘴角，挑出了几丝明亮的笑意，“好，不过我还有一个问题。”

“什么问题？”

“如果你刚才反应不够快的话，你说……我到底会不会扣下扳机？”她脸上的表情似笑非笑，令人捉摸不透。

杨瑞沉默了几秒，只说了一个字：“会。”

“呵呵……”玛莎眯起了眼睛，“小瑞，我好像开始有点喜欢你了。”

不知是不是因为这个小插曲的关系，玛莎之后就对她热情了许多，不但带她四处转了转，还特别提醒她哪些地方可以去，哪些地方不可以去。

“对了，那里是什么地方？”杨瑞指了指一个类似厂房的地方问道。

玛莎瞥了一眼那个方向，眼中露出了一抹复杂的神色，“这是组织里每个杀手都要接受洗礼的地方。”

“每个杀手？也包括你和我吗？”杨瑞好奇地问道。

“小瑞，你听过HELLS-ANGELS的杀手测试吗？”她忽然问道。

杨瑞想起了叶幕曾经说过的话，心里不由微微一动，“我听过一点。”

“那里就是举行杀手测试的地方。”她的声音仿佛丝绸般轻软，“今年的测试就在下个月举行，我和乔到时都会参加。”

杨瑞微微一惊，又装作并不在意的样子，“其实你和乔……”

“在执行多人暗杀任务的时候，乔和我是最合拍的搭档。”她猜到了杨瑞的疑问。

“那如果在杀手测试中你和他分在一组……”

“今年总部和其他分部的杀手都会到威尼斯来参加测试，所以应该没那么凑巧和乔分在一组。”她的眼中流转着和血红钻石一样凌厉的光泽，

"不过，就算分在同一组……"

杨瑞没有再说什么，就算她直觉上认为玛莎对乔的感情稍微特别些，但那又能说明什么呢？乔，还有玛莎，他们的身份都不过是冷血无情的杀手。

在和玛莎分开之后，有专门的管家将杨瑞带到了属于她的房间。她刚在洗手间洗了个脸，就发现一只灰不溜丢的蝙蝠从窗口飞进了她的房间。

咦，这不是叶幕之前所说的用来保持联系的通信器吗？她赶紧朝着蝙蝠做了个一切顺利的手势，蝙蝠扑了扑翅膀又飞走了。

大约到了8点的时候，杨瑞准时敲响了乔的房门，可是却没有听到里面有任何回应。她在门外等了一会儿之后，忍不住轻轻推开了房门。因为考虑到对方毕竟是吸血鬼，所以她还特地换了一件高领毛衣，这样会让她觉得更有安全感。

乔就那样懒懒地躺在沙发上，看上去倒像一只刚刚捕食完毕正在休息的猫科动物。在沙发前的茶几上放着一台银色的手提电脑，桌面上有一张清晰的照片。照片里的男人正在悠闲地打着高尔夫，全然不知死神即将降临。

"啊！！"当杨瑞认出了照片上的男人时不禁大吃一惊，这男人不是经常在报纸杂志上出现的L集团总裁吗？

"这就是我们的目标人物。"乔边说边玩着一把铁灰色的手枪，"也是你的第一次行动。"

"要暗杀他的人难道是他的商业对手？"她随口问了一句。

他冷冷地瞥了她一眼，"身为杀手要遵守的最重要的原则，就是不可以有任何多余的问题。别人给钱，我们办事，就是这么简单。"

"好吧，那么有什么需要我做的吗？"她干脆在他的对面坐了下来。既来之，则安之，她就不信这位亲王会那么难搞定。

乔指了指那台电脑，"你花十五分钟看完U盘里的资料，然后告诉我如果是你的话，会选择什么时候、什么场合去暗杀这个目标。"

杨瑞将电脑移到了自己的面前，仔细地看了起来。同时，还不忘观察一下对方的举动。只见乔从沙发上坐了起来，居然从怀里抽出了一根烟点上了火。

吸血鬼也抽烟？杨瑞心存疑惑地将目光收了回来，继续研究起那位总裁的行程……

“实在想不出的话你也可以明天回答我。”他随手掐灭了烟头。

“三天后。”杨瑞抬起头来，说出了一个简洁清晰的答案。

乔的目光落在了她所指的行程表上：26日晚7点，总裁将会参加在圣乔治教堂举行的婚礼。

“很好，和我想的一样。”他不动声色地取出了U盘，“啪”的一声将它折成了两半，又淡淡道，“或许，你有成为杀手的天赋。”

杨瑞笑得有几分勉强，她可不认为这是一句夸奖她的话。

“还有，”他将手里的枪抛给了她，“这把产自奥地利的Steyr M9，以后就是你最忠实的伙伴。”

握着那把冰冷的手枪，杨瑞的心里一阵发凉，难道这回真的要去杀人？

杀人……她是根本做不到的吧。

都怪叶幕这个家伙！

第二十三章

他和她的秘密

威尼斯的狂欢节还在继续，这个节日通常会持续到圣灰瞻礼日的到来。

在河道的一个偏僻角落里，一艘黑色贡多拉正静静地漂浮在水面上。在这明净的夜晚，水面平静似镜，仿佛一切都在这个时空中凝固了。

“伊瑟，要不是我来找你，你打算在威尼斯待到什么时候？”此刻正在贡多拉上充当船夫的阿黛拉亲王十分难得地露出了不悦的神色，那微微鼓起的脸令她呈现出了罕见的可爱的一面。她今天的打扮十分简洁，一件深紫色的细格衬衣配紧身牛仔裤。似乎很少有人能将挑剔的紫色穿得这样冷艳脱俗。

“你越来越像个管家婆了。”伊瑟微微抬了抬头，他还是穿着狂欢节时最常见的服装，一顶宽边黑色丝绸帽、一件天鹅绒的斗篷和一个白色的面具。高高的礼帽和白色面具遮住了他的大半个面孔。

“谁叫我在乎你嘛。”阿黛拉立刻换上了一副笑嘻嘻的表情，“人家故意装生气还不是想让你知道我有多在乎你。”

伊瑟对她的这一套早就见怪不怪，沉默了几秒后低声说了一句：“北宫瑞，她带着那个手镯。”

阿黛拉一愣，收起了嬉皮笑脸的表情，“你是说，那个手镯在北宫瑞手里？那么当初果然是北宫亦飞拿了这个手镯。等等，难道北宫瑞就是……”

“不，应该不是。”他垂下了眼睑，“她的胸前并没有那个印记。不过，我还是不能完全放心。”

“那我去把她杀了不是更省事？”

“现在还不是时候。”

“那你接下去打算怎么做？继续和他们玩下去吗？”

“本来我只是想看看密党到底在玩什么花样，没想到居然发现了手镯。”伊瑟的眼眸里闪动着诡异的光泽，“事情好像变得更加有趣了。”

“伊瑟，这么多年过去了，你还是不能忘记那件事……”

“我怎么可能会忘记。”伊瑟的脸上没有表情的变化，可那从内心深处散发出的杀气却令阿黛拉为之暗暗一惊。

月色温柔地洒落在了平静的河面上，将所有的一切都晕染成了清冷又缥缈的色调，如梦似幻。

这银白色的月夜，美得诡异。

三天之后，杨瑞开始了她人生中的第一次杀手经历。

当天到达圣乔治教堂的时候，那里已经是宾客如云。乔和她也打扮成了观礼的客人混进了场。教堂的两侧放满了从法国巴黎空运而来的香槟玫瑰，光影交错的殿堂，面目慈祥的雕像，悠扬纯净的管风琴声，在这个神圣的地方，新娘将会在祝福中与爱她的人定下永恒的契约。一切都美得那么不真实，恍若只要一眨眼，所有的美好就会像泡沫般瞬间破碎消失。

杨瑞的心情忽然变得低落起来——为什么，她会选一个这样的时间？

婚礼即将开始，却还是没有看到那位总裁出现。杨瑞虽然有些疑惑，心里却是松了一口气，看来大名鼎鼎的HELLS-ANGELS也会有情报出错的时候，也好也好，总算不用开杀戒了。

“他是不是不会来了？”她小声地问道。

乔并没有回答她，浅绿色双眸之中忽然闪过一抹杀气。

就在这时，专业的乐队忽然奏起了悠扬的婚礼进行曲，在英俊挺拔的新郎的期盼中，娇美无比的新娘由她的父亲牵着手推开了教堂左侧的门，缓缓向前走去。这个世上最爱她也为她所爱的男人会将她的手交付给另一个为她所爱也最爱她的人，那是每个女孩梦想中甜蜜爱情之路的漫漫终点，那是每个女人人生中最为美丽灿烂的刹那。

杨瑞不知该用什么语言来形容此时的心情，无奈，感伤，或是震惊？她无论如何也没有想到，原来那位总裁就是新娘的父亲！

“砰！”就在她微一愣神的工夫，乔已经出手了。

玫瑰色花窗伴随着一声刺耳的响声炸裂开来。玻璃碎片四处乱溅，眨眼间就变成了伤人的利器。那位总裁捂住了胸口，面色苍白地倒了下去，鲜血如同泉水般不停地从他的指缝里流出来。

“爸爸！！”新娘惨叫着扑了过去，现场顿时乱作一团，人们纷纷惊慌失措地朝教堂外涌去，想要逃离这里。

“还不走。”乔话音刚落，他的身影已经消失在了人群中。

杨瑞还呆呆站在那里望着那位悲恸万分的新娘，新娘的白色婚纱上沾满了她父亲的鲜血，美丽的香槟玫瑰被踩得一片狼藉，血迹斑斑，触目惊心。四周一片混乱，只有圣母玛利亚温柔的面容怜悯地看着这一切。

离开了教堂之后，杨瑞继续往前走，但每一步仿佛都踩在了棉花上，使不出什么力气。也不知走了多久，她才停了下来，这才发现原来自己走到了小维的公寓楼下。而最让人觉得不可思议的是，那位人见人爱、花见花开的叶幕亲王居然拎着一袋垃圾出现在了楼梯口。

“小瑞？”他对于她的忽然现身似乎也有些小小的意外。

“嗯……不知不觉就走到这里了。”她扯出了一个笑容，“你呢？别告诉我你正准备倒垃圾，这好像用魔法就可以办到吧。”

“经常使用魔法也会消耗自己的能量，我们平时也和人类一样生活。”叶幕习惯性地眯起了眼睛，“那么你呢，这么快就混不下去了？”

“才不是……”她身体微微往后，靠着墙壁，“今天我跟着乔去教堂执行任务，我真的不知道目标就是新娘的父亲，而且那个地点、那个时间，还是我选的……”

“那就算不是你所选的，乔一定也会做出这个选择。”叶幕顺手将扎紧的垃圾袋放在了一旁，“婚礼上总是有让人相对容易放松警惕的时候。”

“我也不知道……总之我的心里乱糟糟的。下一次，我怕自己会忍不住出手阻拦他。才三天，我就好像觉得自己的心也变得冷酷起来了。”她低声说着，脸上的表情在月色下模糊不清。

叶幕的脸上敛了惯常那种玩世不恭的微笑，异色的眸子里闪动着微妙的波光，“或许是我没有考虑到你的承受力，我很抱歉。你今晚可以留在这里，明天也不用再回那个杀手组织。”

“我不是这个意思，既然我已经答应做这件事，就不会半途而废。我……先走了。”杨瑞看了看他，转身打算离开。

“既然来了，请你吃点东西吧。”叶幕忽然喊住了她。

她斜睨了他一眼，“才不要，我可不想付账的时候又掏出一只臭袜子。”

叶幕微微一笑，“记性还真不错啊。你说你想吃什么？我这次一定不捉弄你。”

她轻轻哼了一声，“我想吃冰淇淋，现在，就在这里，你能办到吗？”

叶幕很是好笑地挑了挑眉毛，这也太容易搞定了吧。他在口中默念了几句咒语，伸手朝空中一指，“看！”

杨瑞半信半疑地抬起了头，顿时愣在了那里。只见眼前真的飘浮着上百个口味不同的蛋卷冰淇淋，有密瓜味、巧克力味、菠萝味、草莓味……仿佛跳舞一般上下飘动着，多么华丽的情景啊。这种致命的诱惑对于女孩子来说绝不亚于上百个帅哥同时出现在面前……

“这下你不用担心付账了吧。”他浅浅地笑着，仿佛那笑容一沾水就会溶化。

“这个魔法可真不错。”她由衷地赞了一句，小心翼翼地拿下了其中一个草莓味的冰淇淋，刚往嘴里送了一口，忽然听到冰淇淋大叫一声，“好疼！”

这下可把杨瑞吓得不轻，双手一抖将冰淇淋甩在了地上，只听那个冰淇淋还在继续叫着：“哎哟……好疼好疼……”

“叶幕！”她立刻恶狠狠地瞪向了正在偷笑的某人，不用说，又是这个家伙的恶趣味魔法！见他笑得双肩直抖，她更是气不打一处来，伸手抓起了一个香蕉味的冰淇淋就直接扔到了他的脸上！

叶幕亲王实在笑得太得意了，居然没有躲过这次偷袭，那张俊美的脸顿时变成了一张大花脸！不过他也不是好惹的，立刻也抓起了一个扔到了杨瑞的脸上！杨瑞当然也不甘示弱，两人就这样在夜色中展开了冰淇淋投掷赛。比赛中，还不时听到那些可怜的冰淇淋不停发出“哎哟……好疼好疼……”这样的声音。

一直到弹尽粮绝，两人才停了手。杨瑞还是第一次看到叶大亲王这副糗样，忍不住先咯咯笑了起来，叶幕也立刻跟着笑出了声。杨瑞笑了一阵子，忽然又发现有点不对劲，怎么一转眼的工夫，叶幕的身上已经变得干干净净了。

“喂，这不公平哦，你用魔法……”她不服气地看着他。

“如果真用魔法的话，我刚才就指挥上千个冰淇淋攻击你了。”叶幕目光一转，眼角的笑意随即舒展开来。

“阿嚏！”她赶紧揉了揉自己的鼻子。刚才战斗的时候不觉得，现在倒开始觉得有点冷了。

“还不回去换身衣服洗个澡？不然会感冒的哦。”叶幕笑眯眯地看着她。

“那你难道不能顺便用一下你的魔法吗？”

“哎呀，不是告诉你随便乱用魔法会消耗我们的能量吗？你就自己看着办吧。”他边笑边挥一挥手就转身上了楼。

“叶幕你这个家伙……”杨瑞恼怒地跺了跺脚，想去擦脸上的冰淇淋，这才发现自己的身上原来已经变干净了，而且还隐隐带了一股草莓的清香。

她的心里仿佛又被什么轻轻触动了一下，叶幕他……其实也是个嘴硬心软的家伙呢。

那些郁闷的心情，好像不知不觉都消失了。

“小瑞已经走了。”弗朗西斯倚在窗口望着杨瑞离开的身影，“小幕你也是的，怎么不让她进来坐一下呢？三天没见我都开始想她了呢。”

“她在杀手组织里一定不适应吧。”小维端着刚刚从冰箱里拿出来的新鲜血液，这次他倒长了记性，将血液都存放在了黑色不透明的茶壶里。

弗朗西斯侧过了身子，蓝色的眼眸像天边的星星一般闪烁不定。“其实让她一个女孩子去那里，是不是有点冒险了？毕竟，那里是个充满危险的地方，那些杀手恐怕比我们血族还要冷血。”

“弗朗西斯，你有没有发现，越是黑暗的地方，光明就愈加珍贵。”叶幕侧过脸望着天上的星星，“我有一种预感，她会比我们任何一个人都适合去做这件事。她的身上有一种说不出的……特殊的力量。“

杨瑞回到分部的时候，这里已经是一片安静。她通过识别指纹的机器开了门，直接就往自己的房间走去。

别墅的第三层只有三个房间。乔，玛莎和她的。

在经过玛莎的房间时，她忽然听到从房里传来了奇怪的声音。房门居然并没有关紧，还漏着一道缝隙。也许是好奇心的驱使，她蹑手蹑脚走了过去，探头朝里面望了过去。

房间里没有开灯，但今晚的月色却将窗前的两个身影映照得清清楚楚。紧紧靠在墙上的那个女人是玛莎，她身上的衣服已经褪去了一半，白净的肤色犹如最名贵的瓷器，在月光下散发着迷人的光泽，长长的发丝在半空中狂乱飞舞着，仿佛无数溺水的人同时绝望地伸出了手，寻求着那根本就不存在的帮助。

而在她面前的那个男人居然是乔。那个冷漠美丽的血族亲王此刻正拨弄着她的发丝，随后无声无息地吻上了她的唇。

杨瑞大吃一惊，这两人……到底是什么关系？

“乔……”玛莎发出了一声低低的呻吟，“如果……有一天我们能离开这里……你想去哪里……”

“玛莎，你又不遵守游戏规则了。”他冷冷地打断了她的话，“我们的关系，仅此而已。你难道还不明白？”

玛莎也似乎有点清醒过来，神情黯淡地看着他，“我知道，我们只是执行任务时的搭档。我不该要求太多。”

“你明白就好。”乔的眼中闪动着别人无法看清的神色，又伸出修长的手指轻抚着她的脸颊，“威尼斯就是我的家，我哪里也不会去。”

“那么……我也哪里都不去。”她似乎是低低叹了一口气，握住了他的手指，将美丽的身体再次投入了他的怀里。

“为什么你的身体每次都这么冷……乔……抱紧我……”

“别说这么多话了……”

两人的对话声渐渐低了下来，取而代之的是另一种暧昧的声音。杨瑞早就听得面红耳赤，哪里还敢多逗留，赶紧脚底抹油溜走了。

回到房里，她一时半会儿也睡不着，翻来覆去地回忆着那两人的对话。

难道这两人真的只是身体上的关系而已吗？至少看上去玛莎并不是真的这样认为，那么……乔呢？

第二十四章

难以射出的子弹

杨瑞没想到这么快就接到了第二次任务。

这是个棘手的任务。因为目标人物原来是组织的高层，但最近因为向警方透露了组织的相关资料，所以只能在众多保镖保护下携带家眷出逃，期望能得到梵蒂冈教皇的庇护。HELLS-ANGELS组织并不想和梵蒂冈有正面的冲突，所以J下了命令，必须在他们一家赶到梵蒂冈之前解决掉他们。

本来她以为这么重要的任务应该没她的份，谁知道乔一定要拉上她，还说这是一次最好的实践。

一个都不留——她一想起这句话就开始头皮发麻，原来杀手界真的不是那么好混的。但已经上了这艘贼船，她也只能硬着头皮继续了。还能怎么办呢？只能尽量保证不杀死别人，自己也不被别人杀死。

因为时间紧迫，当天晚上乔和她就出发前往罗马。凭借着组织查探到的消息，他们在距离罗马几十公里的郊外终于追上了那位高层的一家。在一片混战之中，杨瑞根本都不用出手，乔已经闪电般击倒了一大片保镖，那位高层连呼救声都来不及发出，就被乔一枪击中心脏。

短短十几分钟，这么一大群保镖居然全都被乔一个人解决了！

四周忽然变得一片安静，这不是让人心安的静谧，而是让人恐慌到无法呼吸的窒息。到处都是鲜血淋淋的尸体，唯一活着的只有……

那是一对看上去只有七八岁左右的兄妹。此时他们正紧紧地拥抱在一起，哥哥的表情虽然害怕但还算镇定，而年幼的妹妹已经忍不住哭了起来。

“只剩两个了。”乔转动了一下手中的沙漠之鹰，熟练地瞄准了那两个孩子。

杨瑞神色复杂地望着那对兄妹，只觉得握着枪的手在微微发抖，模糊不清的声音从她的喉咙里发了出来："乔，他们只是孩子。"

"在组织里长大的孩子也是危险的。"他冷漠地侧过了头，"而且你没有听清J下的命令吗？这次的行动是——全灭。"

杨瑞动了动嘴唇，却没有说出话来。

"对了，"他的嘴角忽然扬起了一抹冷酷的笑容，"到现在为止你好像还没动手过，这两个孩子就干脆交给你解决了。"

"我？"她的心剧烈颤抖了一下，清晰地感觉到了从手心里沁出来的冷汗所带来的湿腻。

"这是一个难得的实践机会。"他面无表情地说道。

她捏紧了手中的枪，指节渐渐发白，仿佛此时握在她手里的并不是一把枪，而是无法承受的千斤之钧。

"怎么，因为对方是孩子就下不了手？"他的嘴角扯起了一个轻蔑的弧度，重新将枪瞄准了那对兄妹，淡淡地道，"看来你还要多学学。"

"等一下！"就在杨瑞不知该如何应对的时候，那个男孩忽然将他的妹妹推到了一旁，用还带着稚气的声音一字一句说道，"我妹妹什么都不知道，请放了她吧。要杀就杀我！"

乔的目光微微一动，随即又恢复了原先的冷漠。

"求求你了，我妹妹只有八岁，只要你放了她，我愿意立刻死！"小男孩"扑通"一声跪了下来，右手还紧紧牵着他妹妹的手。

"听到了。"他冷冷地回了一句，同时扣下了手中的扳机。

西西里的闪电从来就没有失手的时候。这次也是一样。小男孩捂住了自己的胸口，倒在了妹妹的身旁，小小的脸上，还带着一丝欣慰的笑意。

小女孩显然已经惊呆了，愣愣地看着哥哥的尸体，居然连哭都哭不出来了。

"还剩一个。"乔再次举起了手中的沙漠之鹰，这次他瞄准的是那个小女孩。

"乔，你不是答应了她哥哥放过她吗！"杨瑞在他身后低声喊道，她的声音在风中听起来有些轻微的战栗。

“我有吗？”他的声线依旧那么平静，“我只是说，我听到了。”

沙漠之鹰在月下透出了诡异惨白的光泽，即将夺去别人生命的罪恶在枪膛里冷笑，热切渴望着人类鲜血的祭奠。

“砰！”枪声响了。

小女孩似乎是被枪声吓了一跳，但她的身体却还是完好如初。

乔有些讶异地盯着自己右手腕上那朵绽放的血花，缓缓转过了头。

杨瑞手上的Steyr M9还在冒着淡淡的轻烟，浓烈的硝烟味让她微微皱起了眉。不知为什么，她此时却并不慌张，尽管对方极有可能给她一颗致命的子弹。在组织里，对于阻碍任务的人，他绝对有权力这样做。

她清楚这个规则，但是，她无法再继续忍耐下去。就算之前的努力前功尽弃，就算今天命丧于此，她也不允许自己再忍耐下去。

乔只是站在那里静静地看着她，那双绿色的眼睛平静如镜。然后，他慢慢放下了枪，仿佛陷入了某种遥远的回忆中，低声道：“这是第二次有人开枪打伤我。”

“他们只是孩子。”杨瑞再一次重复了那句话。

“就连对话也一样。”他摸着自己的伤口，露出了一种复杂难辨的神色，“三年前，当我和玛莎第一次搭档的时候，她也朝我同样的部位射了一枪。说的恰巧也是你刚才所说的那句话。”

“那你现在打算怎么做，杀了我？”杨瑞心里有些惊讶，想不到玛莎也曾经有过恻隐之心。

“我打算原谅你。”他瞥了她一眼，“就像原谅玛莎一样。三年前的她，可以为了一个孩子朝我开枪，但是三年后的她却可以面带笑容地杀死一个婴儿，你也一样。尤其在杀手测试之后，你可以毫不费力地杀死任何一个人。”

“那我是否要谢谢你的原谅？”杨瑞往后退了一步，目光又落在了他的手腕上，忽然发出了一声低呼——他的伤口居然正在慢慢自动愈合！

对了，他是吸血鬼！吸血鬼不是都有修复伤口的特殊能力吗？

乔似乎也意识到了自己的秘密在不经意中被暴露，脸上的神情更加复杂，随即又飞快地举起了枪，冷声道：“对不起，恐怕这次不能让你活着回去了。”

“等一下，我早知道你是吸血鬼！”杨瑞连忙喊了一句，她可见识过这位亲王的速度，只怕再不招认就真的要被解决掉了！

他果然微微一愣，“你早知道？”

“其实，我和叶幕他们是一起的。”她定了定神。

乔习惯性地抿紧了唇，略微收缩的嘴角显示了他心里的微讶，“原来你就是王被杀死时在现场的人类女孩。那么你混入组织，也是为了我们族的信物？”

“难道你真的相信王是被叶幕所杀？”杨瑞盯着他。

他将手枪一转，“凭叶幕的本事以及他和王之间的亲密关系，这也不是不可能的事。不过，谁会成为密党将来的领导者，这并不关我的事。在之前的圣战中，因为领导者的指挥失误，作为主要战斗力的我们一族损伤无数，所以从那以后，我族的历任亲王都不会再多管闲事。”

“可是你们不联合在一起的话，又怎么能对抗魔党呢？如果你们没有一个新的领导者，你们就会像一盘散沙。一天不查出真相，血族之间的猜忌就会越来越大，说不定就中了别人设下的陷阱。”

乔的目光淡淡一扫，“你是人类，为什么会管这么多闲事？”

“因为我也想早点找出真相，省得被那些杀手继续追杀。我想过回正常生活啊。”杨瑞无奈地看着他。

“我还是那句话——没兴趣。我也不需要后悔药来交换信物。”他忽然又举起了枪，低喝了一声，“趴下！”

杨瑞几乎是条件反射地往下一蹲。只听“砰”的一声枪响，她急忙回过头去，惊诧地看到那个小女孩胸口已经中弹，手中还握着一把手枪。

“看到了吗？在组织里，即使只是一个孩子，也会要你的命。”乔吹了吹枪口冒出的青烟，转身往停靠在一旁的车子走去。

杨瑞倒抽了一口冷气，如果刚才不是乔发现得早，恐怕现在她已经被打中了。

“还不过来？”乔打开了车门，转头看了看她。

“你……不打算把真相告诉J吗？”杨瑞还以为和他之间的关系会到此为止。

“我不管你是什么目的进来的，一个有天赋成为杀手的人，我是不会让她埋没的。”乔垂下了眼帘，“就像……玛莎一样。”

上了车之后，杨瑞又忍不住问了一句，“那玛莎打伤你的时候，她为什么没有发现你是吸血鬼？”

他沉默了几秒，“那天她打伤我就离开了。”

车子渐渐远去，从一旁的树下闪出了两个人影。

“小幕，和你猜的一样，小瑞的身份果然这么快就暴露了。”弗朗西斯低低地开了口，“只可惜乔还是不愿意交换信物。”

“她那样的性子不暴露才奇怪，不过也许这样会使事情进展得更加顺利。”叶幕漫不经心地咬了一口手中的苹果，“至少乔没有杀她，甚至还救了她，这起码是个好的开始。”

“要知道乔不会杀她的话，你也不用那么早就拉着我在这里等了。”

“我那是怕计划有失……”

“真的？你刚才明明挺担心她的。”

“好了，该回去了！”

杨瑞和乔一回到威尼斯分部，就被J召到了他的办公室。

“这次做得很好。”J边说边将一只盛放着红酒的水晶杯递给了他，深红色的液体在杯子里轻轻荡漾，散发着如鲜血般的色泽。

“谢谢。”乔接过了水晶杯，扫了一眼酒瓶上的标签，“又是你最喜欢的ROMANEE-CONTI。”

“它简直就是我心爱的情人啊。这是我刚刚拍卖回来的，当然是用来和你一起庆祝了。”J亲切地笑着，品尝了一口在自己手中的红酒，喃喃道，“有人将它形容为带有即将凋零之玫瑰花的幽香，真是一点也不错。我所享受的，就是这种难以把握的感觉。其实，人也是一样。在我看来，每个人在死亡到来之前的那一瞬间是最具有美感的。乔，你觉得呢？”

乔抿了一口红酒，淡淡道：“我喜欢这种颜色。”

杨瑞忽然觉得有点好笑，身为吸血鬼的乔可是什么味道都尝不出来呢。

J这才留意到了杨瑞的存在，目光却是望向了乔，“这次她的表现怎么样？”

乔还是淡淡地回答：“很好。”

J脸上的表情明显更加舒展，又倒了一杯红酒递给了杨瑞，“我果然没有看错人。好好加油，也许过两年你就有资格参加杀手测试了。”

杨瑞支吾着应了一声，赶紧接过了杯子。

这位大叔也太看得起自己了。

这时，从门外忽然走进一个年轻男子，只见他在J的耳边低声说了一句话又匆匆离开了。J颇有意味地看了乔一眼，“玛莎在执行任务的时候受伤了。”

听到这个消息，杨瑞抬头望了乔一眼，只见他的神色还是依旧如常，但杯子里的红酒似乎轻轻晃了一下，那脸上一闪而过的担忧更是快得让人无法察觉。

“做我们这一行，受伤是难免。”他面不改色地回答道。

J的眼中掠过了一丝令人捉摸不透的神情，随即又很快露出了那种亲切的笑容，“好了，你们先出去吧。”

“那么我先走了。”不等J答话，乔站起身向门口走去。

“我不喜欢这个J。”杨瑞一出了门就小声地说道。

“哦？其实我也不喜欢。”乔将手插进了牛仔裤袋里，“那么，你的理由？”

“我觉得他特别狡猾又虚伪。你呢？”她倒也不客气地评价着。

“理由一样。”

杨瑞有些惊讶地看着他，他的睫毛下流泻出一抹几乎不可察觉的笑意，令他冷漠的五官有了那么一点生动感。

“去看看玛莎的伤势吧，她一定很高兴你去看她。”她装作不经意地说道。

“她受了伤关我什么事。”他揉了揉太阳穴，往楼上走去，“我有点累了，先回房了。”杨瑞轻轻一笑，也悄悄地跟了上去，看他究竟去哪里。不出她所料，乔并没有回到自己的房间，而是在稍稍迟疑了一下之后拐进了玛莎的房间。

玛莎似乎还没有醒来，她的左手上包扎着绷带，看起来伤得并不是太严重。乔安静地坐在了她身边，默默地看着她的脸。即使是在沉睡中，她还是微微蹙着眉，似乎一旦有任何风吹草动就能让她惊醒。保持最高的警觉性，这是身为组织杀手的本能。

他微叹了一口气，轻轻将手覆在了她的手上，从手心处传来的冰凉让他感到胸口的某处有些细微的疼痛。

这不会是心疼。他很确定，因为他的心已经几百年没有跳动过了。

她那蝶翼般的睫毛扇动了几下，慢慢睁开了眼睛，当看清眼前人时，玛莎的脸上掠过了一抹难以置信的惊喜，低低唤了一声："师父……"

他像是意识到了什么，急忙将手收了回来，用一贯的冷淡语气问道："好些了吗？"

她并不回答，却露出了一个温柔的笑容，"师父，你来看我了。"

看着她的微笑，他忽然觉得那个地方疼痛得更加强烈了。不知为什么，这样美好的笑容，却让他觉得有种绝望的悲伤。

"现在你早就青出于蓝了，这个称呼也不该再用了。"他的脸色稍稍温和了一些，"我们已经是搭档了，无论是在工作上，还是在其他方面。"

玛莎的眼眸微光闪动，像光华流转的绿宝石，"可是，我还是更怀念你做我师父的时光呢。"

"那些……已经过去了。"他的目光有些迷离。

"师父，你还是担心我的对不对？师父，我……"

"我只是关心你的伤势能不能按时参加杀手测试，仅此而已。"他霍然起身，冷冷地抛下了那句话，毫不犹豫地走出了房门。

玛莎呆呆地望着他的背影，又将目光落在了自己的手上。刚刚的一切，难道只是一场虚无缥缈的梦吗？

乔下了楼之后走到花园里的一排雕花铁架椅旁坐下。他靠在坚硬冰冷的椅背上，抬头望着天上的夜空，忽然感到很疲倦，很无力。

"血族在晚上精神会特别好吧。"一个轻巧的声音从他身边传来。他还是保持着原来的姿势一动不动，低低道："难道你也被叶幕他们影响了，所以不想睡觉？"

"叶幕他好像晚上睡得比谁都早。"杨瑞笑了笑，在他身边坐了下来，"这个家伙有时还真不像个吸血鬼呢。"

他的眼皮微微一动，"难道你喜欢上他了？"

“哇，原来你也这么八卦，哪里有的事。”杨瑞脸微微一红，“怎么可能。”

“这样就最好。如果人类和血族彼此相爱的话，那会是令双方都痛苦的事情。”他似乎是有感而发，“人类会在自己的爱人面前渐渐衰老，由此变得恐慌自卑，一直被折磨到生命终结。而血族，就要用漫长的生命来承受这一切悲伤和怀念。”

“这难道就是你一直对玛莎那么冷淡的原因吗？你明明是关心她，在意她的。”她忽然问道。

他有一瞬间的失神，随后又睁开了眼睛，并没有否认。

“那你就是承认你是在意她，关心她，甚至是……”她犹豫了一下，没有把那个字说出口。

“就算是那又怎么样？”他打断了她的话，“这对于人类来说也许要耗尽全部的生命，但是对于我来说，却只是永恒生命中一个小小的插曲。相爱之后又能怎样？以后会演变成什么结局，谁也不知道。我不愿意用永恒的时光来承担这一未知的后果。”

“乔……”她怔怔看着他，同样身为血族，舒米特为了爱可以抛弃永恒的生命，可眼前的这个男人，却为自己铸造了一座阻断爱的堡垒。

她站起了身，“好吧，就算你是在逃避，但是你在逃避的同时又经受不住她的吸引，对她总是若即若离，时好时坏，这样不是更加过分吗？如果真要逃避的话，那就应该更彻底、更干脆一些。”

他抬起了头，“你的意思是……”

“当你杀人的时候为什么总是喜欢一枪解决？就是这个道理。”如果对方是舒米特，她一定会鼓励他，但是眼前的这个男人……并没有那份追求爱的勇气，更没有勇气来承担。那么，就逃得远远的吧，逃到不能再伤害他所爱的人为止。

他并没有再说什么，只是黯然垂下了眼睑。微微颤动的睫毛掩住了他所有不为人知的情绪。

第二十五章

最终的宿命

日子就这样一天天过去，很快就到了杀手测试的日子。在这段时间里，杨瑞也抓住一切时机劝乔交换信物，但看起来似乎成效不大。她和叶幕也时有联系，叶亲王让她坚持到杀手测试结束，如果到时乔还没有改变主意，他们再改用别的计划。

杀手测试的前三天，正好是玛莎的生日。当她惴惴不安地向乔提出一起去吃饭时，想不到对方居然答应了。

漫步在海边的时候，玛莎试探着牵了乔的手，让她又惊又喜的是，他居然没有像以前在公众场合那样甩开她的手。两人绝口不提即将举行的杀手测试，只是聊着一些很普通的家常。这样一对出色的人儿，无论走在哪里都是十分吸引人眼球的，时不时有艳羡的目光投向这对年轻的恋人。

夕阳的余晖从树枝间淡淡洒落，在他们身上勾勒出了明暗交替的光与影。威尼斯的黄昏，更透着一种让人惆怅的沧桑美。

圣马可广场上人流如织，小贩们正在眉飞色舞地向游客们推销着自己的商品。顺着广场一直走，能看到桥边站着许多兜售假冒名牌包的黑人，三五成群，边大声吆喝边警惕地注意着周围的动静，似乎随时准备和警察玩场猫捉老鼠的游戏。

“乔，你看！”玛莎忽然指着角落低喊了一声。

乔顺着她指的方向望去，只见在巷子里不知何时开了一家小小的花店，虽然店面很简朴，但那些堆放在店门前的红色玫瑰却好似风情万种的西班牙女郎，令人不由自主地为她的迷人魅力所吸引。

“这些玫瑰比我种的那些更漂亮呢。”玛莎兴奋地欣赏着那些花朵。

乔微微扯了一下嘴角，他知道，这是她最喜欢的花。

“先生，买束玫瑰花给你的女朋友吧，红玫瑰代表着爱情，是最合适的礼物。”店主是个衣着朴素的老太太，说话时带着浓浓的那不勒斯口音，笑起来的样子十分亲切。

“说起来今天是你的生日，是该买束花送你。”他微微一笑，走进了店里。

听了他的话，玛莎的脸上居然泛起了一丝淡淡的红晕，像个小女孩似的低下了头，喜悦的眼神中带了一丝期待。

“给你的，生日快乐。”随着他的声音低低在耳边响起，一大束娇艳欲滴的玫瑰被递到了她的眼皮底下。

“谢……”当她的目光落在了那束花上时，还没来得及说出的话却好像被卡在了喉咙里。

那一团浓烈的黄色，比阳光还要刺眼，深深灼伤了她的双眼，胸口好像有个地方被这团黄色堵得透不过气来。

“这些爱斯梅尔黄金是新到的品种，比红玫瑰更漂亮，不是吗？”他将花束塞到了她的手中，“还不走，我已经在罗马餐厅订了座位了。”

她捏紧了手中的玫瑰花梗，清晰地感觉到那锐利的刺扎入手指的痛楚。

对于友情，黄玫瑰表达的是美好的祝福。

可是，对于爱情，它表达的意思只有一个——拒绝的爱。

远处灰蓝色的亚里亚德海在静静地流淌着，仿佛在无声地注视着这一切。

夜，很安静。天上的星辰也不复往日的璀璨，仿佛全部隐入了深蓝色的天幕之中。

杨瑞在快要进入梦乡时被一阵敲门声吵醒了。

“玛莎，今天不是你的生日吗？怎么跑到我这里来了？”她对于这个时候出现的不速之客显然感到有些惊讶。

玛莎笑着晃了晃手中的酒瓶，“小瑞，来陪我喝酒，我今天很高兴。”

杨瑞赶紧把她让进了房间，顺手关上了房门。

“玛莎，你已经醉了，先喝一杯水吧。”杨瑞将她扶到了自己的床上，顺手给她倒了一杯温水。

"小瑞，你也陪我喝……"她推开了那杯水，忽然将脑袋埋在了膝盖之中，然后用双手紧紧围着自己的膝盖，就保持着那样的姿势一动也不动。沉默了许久许久，她才抬起头来。

"其实第一次见到乔，我只有十岁。"她记得，那一天的那不勒斯下着大雨，在偏僻的小巷里，她亲眼目睹了乔如何杀死了当地的黑手党首领。当时她以为自己会被灭口，但令人出乎意料的是，他却只是将手里的雨伞递给了她。他那修长的身影很快消失在了她的眼前，但那双冷漠的浅绿色眼眸却从此牢牢印在了她的心中。

"再一次见到乔就是在J的办公室。"她的眼中闪动着淡淡的光芒，"当时我是经历了许多考验才能正式进入这个杀手组织的。我从来没有想过，引领我进入杀手这一行的人会是乔。

"后来，我们一直维持着这样的关系，偶尔他也会有温柔的时候，但更多的是冷漠。不过……我也不在乎。只要还和他在一起，我就满足了……"她的眼神变得有些空洞，"可是，他连这个机会也不给我了。今天他告诉我，再也不会继续和我维持这种关系，连床伴也不是了，他要远远地离开我了。"

听到这里，杨瑞才明白为什么今天玛莎会表现得这么失态。乔忽然做出这样的决定，难道是和她那天所说的话有关？

玛莎再次将脑袋埋入了膝盖之中，从杨瑞的角度望去，只能看到她的双肩在轻微地颤动。杨瑞面带感伤地望着她，不知该说些什么安慰的话。此时此刻，无论说什么都是没有用的，这样忧伤细微的感情只能由她自己去慢慢体会。

人的一生，本来就是一场转瞬即逝的梦。无论是绚丽多姿，痛苦不堪，或是悲伤沉郁，总会有醒来的时候。

只是在这一场梦中，有人到了梦醒时分还是不愿睁开眼睛。

玛莎，你的生命有多长呢？短则十几年，长则几十年，可就算是上百年，也不过是弹指间一挥而过。作为人类，你的一生只是他漫长生命中的一段短暂插曲，永恒时光中的一丝轻微悸动。如果要他不顾一切地接受你，告诉你所有的真相，得到的可能也只是双方都难以承受的伤痛和绝望。

并不是任何人都愿意承担这一切未知的后果，更何况，那还是没有期限的。

作为拥有永恒生命的吸血鬼的他，是明白的，但是玛莎你，明白吗？

你明白吗？

“来，我陪你喝酒。”她冲着对方露出了一个笑容，“喝完之后就什么也不记得了。我也不会记得你所说过的话。”

玛莎从膝盖中抬起了脸，含着泪光重重点了点头。

两人你一口我一口，很快就喝光了瓶子里的酒，玛莎到最后已经完全喝糊涂了。杨瑞在将她送回房间后也觉得头晕眼花，跌跌撞撞地扶墙回到了自己的房间。

“喝酒了？”一个不知从哪里冒出来的熟悉声音顿时令杨瑞的酒意醒了几分，她半睁着眼睛，口齿不清地指着窗边那个人影道：“叶……叶幕，你怎么会来？”

“不来怎么会看到你这么糗的一面？”叶幕捋了一下自己那头比月色还要动人的银发，脸上带着一抹似有似无的慵懒笑意，更为他增添了几分危险的美。

“乔这里真的……很难搞定……”她揉着额头坐到了床上，“或许……还是用别的方法更好……”

“喝醉了都在操心，小瑞你真是敬业。”叶幕戏谑地挑了挑眉。

她顺手抱起了枕头，闭上了眼睛，似乎是在自言自语：“为什么呢……”

叶幕好笑地看着她，顺着她的话问道：“什么为什么？”

“为什么血族和人类会这样纠缠不清呢？舒米特是这样……乔也是这样……勇敢地去追求没有换来好结局，懦弱地逃避也一样不行。”

“如果他们都只把人类当成食物不就好办了。”他笑着答了一句，却没有听到对方的反驳，抬眼望去，原来这个家伙居然抱着枕头睡着了。

“看来真是醉得不轻。”叶幕走过去将一旁的毯子盖在了她的身上。她的脸颊因为醉酒而染上了一层淡淡的玫瑰色，细小的舌尖无意识地舔着同样呈现出玫瑰色的嘴唇。

这一刻，房间里似乎弥漫了一种暧昧的气氛。

不知为什么，叶幕的心里涌起了一丝淡淡的惆怅。

毕竟还是个女孩子哪，她还不能明白，其实，有时候……

残忍，也是一种温柔，而绝望，同样也是一种希望。

当一件事看起来没有希望的时候，很快就会有新的转机出现。

三天后，HELLS-ANGELS的杀手升级测试准时进行了。

乔并不担心对手是谁。因为无论对手是谁，能从这个考场走出去的人——只有他。虽然身为血族亲王，要解决对手易如反掌，但他更愿意用普通人的身份来赢得这场比赛，尽管今天的对手并不容易对付。

有好几次，他都差点被对方的子弹射中。而他所射出的每一粒子弹，也几乎都被对方轻松躲过。

之前就听说这次总部来了不少优秀的杀手，而这个成为他对手的杀手，更是其中的佼佼者。想到对方的生命即将结束在他的手里，他倒也觉得有几分可惜。

如果这个人的对手是玛莎呢？他的脑海里忽然冒出了这样一个念头。或许是很久没有一起搭档的缘故，他对她现在的实力并不太确定。再加上不久前她还受过伤，这样的她，能应付强大的对手吗？能从这个房间死里逃生吗？

“砰！”一颗子弹忽然擦着他的脸颊而过，他微微一惊，连忙朝旁边闪避了一下，深吸了一口气，尽量让自己的心情平静下来。他到底是怎么了？在这种时候居然还想着她。

在继续纠缠了几十个回合之后，双方似乎都想尽快结束这场测试，渐渐缩短了彼此之间的距离。经过了几次惊险的错位袭击，两人最后的位置居然正好是面对面！出于职业杀手的本能，下一秒，两人几乎是同时将枪抵在了对方的胸口上。

就连乔也没想到事情会发展成这样，这名对手的厉害程度似乎超乎了他的想象。但让他感到奇怪的是，在这生死关头，对方却好像有一秒的犹豫，那抵在他胸膛的枪口竟微微抖动了一下。

一秒钟就够了。他在心里冷笑了一声，毫不犹豫地扣下了扳机。

“砰！”一阵沉闷的枪响过后，房间里的灯亮了。

当看清楚倒在血泊里的人那一瞬间，他的瞳孔骤然紧缩，手里的枪无力地滑落在地上，从喉咙里发出的干涩微颤的声音仿佛不是他自己的。

“玛莎……怎么会是你？”

玛莎已经说不出话来，殷红的血正从她的嘴角涌出，但她那苍白的脸上却扯出了一丝惨淡的笑容。刚才将枪抵在他胸口的一瞬间，她就已经认出了对手是谁，所以才会有那一秒的犹豫。

但对于顶尖的杀手来说，一秒钟的犹豫就足以致命。

虽然清楚自己的生命正在一点一点流失，但不知为什么，她却并不觉得那么悲伤。

这是他，第一次在她面前脱下了那张冷漠的面具。

这是他，第一次在脸上流露出那样真切的心痛。

这是他，第一次为了她而这样失态……

这也是她，第一次感觉到彼此是这么接近，近得没有任何距离。

即使在暗夜中紧紧结合在一起时，也从来不曾这样接近过。

即使是用死亡作为代价。

“乔，谢谢。”这是她用尽力气说出的最后一句话。

是的，乔，谢谢。

先开枪的人是你，所以，以后的后悔伤痛都要由你一个人去承受。

看着她缓缓闭上了眼睛，乔忽然觉得胸口的某个地方剧烈疼痛起来。

这明明是身为人类时才具有的心痛，为什么他现在却能如此清晰地感受到？

尽管彼此近在咫尺，可为什么，他觉得和她的距离是那么远，那么远。

世界上最遥远的距离，

不是——生与死，

不是——我就站在你面前，你却不知道我爱你。

而是，用自己冷漠的心，给爱你的人掘了一条永远无法跨越的沟渠。

在灯亮的同时，看清了对战双方的杨瑞也在监控室倒抽了一口冷气。

“这样的结局真是出乎意料，我还以为活下来的是玛莎。”J露出了一个残忍的笑容，“看来还是猜错了。”

杨瑞的心里一个激灵，转过头盯着他，“难道你是故意把他们安排在一起的？”

J无所谓地耸了耸肩，“这样不是更有趣吗？只有抛弃了一切感情的杀手才有资格升级，所以在这个考试里，玛莎被淘汰也是理所当然的。”

“你早就看出他们之间的关系对不对？”杨瑞深深吸了一口气，“怪不得上次玛莎受伤，你故意当面告诉乔，其实就是想要趁机确定他们的关系吧。”

“这么短时间内就能发现这些，证明你的观察力很不错。”他亲切地笑了笑，“不过要记住，千万不能犯玛莎那样的错误，不然只有死路一条。我很看好你，瑞。”

“你这个人渣真该死。”杨瑞忽然冷冷地迸出了一句话。

他似乎有些惊讶，“你说什么？”

“我说你这个人渣真该死。”杨瑞忽然举起了那把Steyr M9抵住了他的额头。她也不知自己为什么会这样愤怒，是为了玛莎，是为了乔，还是为了他们那被利用的爱情……她真的有一种扣下扳机的冲动！

“你疯了，瑞？杀了我你也必死无疑。”J虽然有些吃惊，但身为首领还是保持着他应该具的冷静。

杨瑞牢牢握着手中的枪，脑袋里瞬间转了好几个念头，她也不敢相信自己会这样冲动，如果此时外面的杀手冲进来的话，那她就算有九条命也跑不掉。幸好今天J只带了她一个人进了这间监控房，而且这里的隔音效果也非常不错。

就在这个时候，门“咣”的一声被打开了……

谁也没有看清乔是怎样进来的，只知道在短短一瞬间，乔已经站在了J的面前，他平常惯用的沙漠之鹰再一次抵在了J的胸前。

J对于他的出现虽然十分意外，但不愧是组织里混出来的，他倒是很快冷静下来，不动声色地抬起眼，“乔，我已经向上面推荐了你成为下一任分部首领，难道你要为了一个女人自毁前程？”

乔只是这样平静地看着他，什么也没有说，然后……毫不犹豫地扣下了扳机。

没有人能避过他的子弹，这次也是一样。

“乔，你还是快点离开这里吧。虽然你是血族，但如果被外面的那些杀手发现的话，你也会很麻烦。”杨瑞担心地看着他。

乔望了她一眼，“外面那些人已经全被我解决了。”说完，他转身走出了监控室。杨瑞心里一凛，也赶紧追了出去。

在看到眼前的情景时，她差点呕了出来。考场外的每具尸体无一不是胸口中弹，乔的手法向来干净又利落。只见他转了一下手中的沙漠之鹰，毫不留恋地扔到了尸体之中。然后，不紧不慢地走到考场门口，再次进入了那间弥漫着血腥味的房间。

不多时，他就抱着玛莎的尸体走了出来。

“乔，你打算去哪里？”杨瑞一个箭步冲了进去，拦在了他的面前。

乔冷冷扫了他一眼，“那不关你的事。”

“等等，乔，或许这个时候我提起这个很失礼，但是，我只是想告诉你，如果你愿意用后悔药的话，一切还是可以挽回的！”

不等乔回答，从他们的身后忽然传来了一声轻笑，那个熟悉的声音里带着揶揄的口吻，“小瑞果然很敬业呢。”

听到这个声音，杨瑞有些无奈地转过头去，果然，出现在她身后的人就是以叶大亲王为首的吸血鬼三人组。叶亲王显然是有备而来，鼻梁上早就架上了他的墨镜。

“不过，她说得没错。”叶幕的眼神落在了乔的身上，“只要你吃下后悔药，一切都可以重来。你可以拥有一个改变命运的机会，这样的话，你所爱的人也会再次复活。乔，你不考虑一下吗？”

“后悔药吗？”乔的嗓音沙哑又空洞，好像灵魂已经离开了他的身体。

“这里……怎么回事？”杨瑞忽然指着玛莎的尸体低喊了一声。

大家顺着她的目光望去，只见玛莎的脖子上竟然出现了一圈浅紫色的伤痕，看上去倒有几分像是勒痕。

这是怎么回事？如果说是尸斑的话，也未免也诡异了吧。

乔一言不发地盯着那个伤痕，那浅绿双瞳里呈现出一种无法形容的情绪。

“乔？？”杨瑞试探着喊了一声他的名字。

“我做这笔交易。”乔蓦地抬起头，一字一句道，“用我族的信物来换后悔药。”

“好。”叶幕微微一笑，“那么……你是想回到杀手测试前的一刻吧？”

“不。”乔回答得十分干脆，“我要回到1750年的威尼斯。”

第二十六章

威尼斯的花花公子

乔的回答令在场所有人都吃了一惊。就连叶幕也忍不住重复了一遍，“你是说1750年？”

“对。”他很坚决地点了点头。

“可是，为什么不回到杀手考试前？你难道不想救她吗？两百多年前的事情和现在又有什么关系？”杨瑞完全搞不懂他在想什么。

“因为，一切宿命的根源，都是从那时开始的。”乔闭上双眼，记忆深处的那件事仿佛就清晰地在眼前回放，每一个片段都掺杂着他不愿去再次体会的伤感，就连空气似乎也因为这些回忆而变得忧伤起来了。

“那一年，我刚满25岁。当时如果在威尼斯提起我卡萨诺瓦的名字，那几乎是无人不知的。”

“卡萨诺瓦？”叶幕露出了惊讶的表情，“难道就是18世纪有‘威尼斯的唐·璜’之称的花花公子卡萨诺瓦？”

“他很有名吗？”弗朗西斯的脸上打了一个大大的问号。

“这位卡萨诺瓦在当时的欧洲可是个传奇人物，按现在的话来说，他是个多面手。无论是间谍、外交家、作家……他都做得有声有色。不过，这之中最为响亮的，应该还是他历史上的另一个名号——情场上屡战屡胜的花花公子。”叶幕很快就为大家解答了这个疑问，这些资料对于他来说都是小菜一碟。

情场上屡战屡胜的花花公子，杨瑞听到这句话时竖起了耳朵，小小被雷了一下。想不到乔的前世还那么多姿多彩。

“这些都已经过去了。”乔似乎并不愿意多谈及这方面的回忆，“尽管那时我行为荒唐，身边围绕的都是形形色色的女人，但我也有一个关系十分亲密的同性朋友。他叫阿尔托，是和我一起长大的邻居，我们之间的感情比亲兄弟还要深厚。”

“不过历史上好像有你订过婚的记载。”叶幕插了一句。

乔看了看他，“你知道的还真不少。的确，当时我遇到了自己的心上人克蕾齐亚，她虽然不是我认识的最美丽的女孩，但却是最有个性的女孩。也许就是这一点深深吸引了我吧，所以我放弃了单身的生活，和她订婚了。”

难道是后悔这个？不会吧！杨瑞在一旁猜测着，她瞄了一眼那几位亲王，他们似乎也都各有所思。

“但这个决定也激怒了其他女人，蒙巴特伯爵夫人就是因为嫉妒而故意陷害了我，以一个莫须有的罪名将我投入威尼斯的监狱。事情就是这样阴差阳错，等待我的不再是婚礼，而是带来死亡的绞刑。”

“难道你是想要改变自己的命运？”杨瑞的心里泛起了一丝说不清的滋味。

“当时我的确以为自己必死无疑，可是就在行刑的前一天，阿尔托来探望我的时候带来了一个坏消息——克蕾齐亚得了重病。当听到这个消息时，我心急如焚，可是又苦于身陷牢狱不能去看她。”他的语气失去了惯有的沉稳，“于是阿尔托就买通了狱卒，暂时和我交换了身份，这样我才能溜出监狱去探望克蕾齐亚。在出发前我向他发誓，一定会在行刑前回来。他是如此信任着我，丝毫没有怀疑。”

他轻叹了一口气，闭上了眼睛，“只可惜，我辜负了他的信任。我做了一件令我后悔终身，不，永生永世都在后悔的事。”

“在历史上卡萨诺瓦活到了七十多岁，想来当时被绞死的那个人不是你吧。”叶幕露出了早已预料到这个结果的神情。

“是……我没有回去。”他缓缓睁开了眼睛，眼底深处流动着深深的悔恨，“我背叛了我们的友情。”

“现在说什么都没用了，但是这和玛莎有关系吗？”杨瑞的心情有些复杂，虽然有些鄙视他，可同时又觉得他很可悲。他一定也是和凯里斯特一样吧，在永恒的生命里被痛苦的往事所折磨着。

“我成为了吸血鬼之后就一直寻找着他的转世，想为自己赎罪。但人海茫茫，又岂是那么容易找到他？而且命运似乎也在和我作对，我所知道的唯一线索，就是他的转世之人死了之后，脖颈上会呈现出当年被绞死时留下的伤痕，我想因为当初他是含冤而死，所以对于那一世临死前的记忆尤其清晰吧。”

“什么！”听到这里，杨瑞终于跳了起来，“难道，难道玛莎就是……”

“是，我终于找到了他，可没想到是这样的场合。”他苦笑了一下，“所以，我想要改变她的命运，如果当初阿尔托没有被绞死的话，他应该会有不同的人生吧。”

“但是这样的话，玛莎也就会不记得你了。而且，如果你被绞死的话，你的命运不就被改变了吗？这样就算你吃下后悔药，你和玛莎还是不能在一起！”杨瑞的情绪有些激动。

“我和她本来就不可能在一起。”他目光温柔地望着玛莎，“我只要她的命运重新改写，这一世，不必再过这些打打杀杀的生活就好。”

“可是你凭什么确定改变了过去，就一定能改变她的命运？”

“因为若是无罪的人被冤杀，在他们死后，体内会自动滋生一种怨气，这股怨气会跟随他们轮回转世，对他们有所影响，导致每一世的职业基本都会和危险打交道。杀手、士兵、犯罪分子，这些都有可能。”叶幕在一旁解释了两句。

“那么如果能救到阿尔托的话，玛莎这一世就可能不会做杀手了？”杨瑞很快就明白过来。

“是，她不再会是。”乔转头望向叶幕，“别浪费时间了。”

“既然是这样，那就由你决定。”叶幕从怀里拿出了一颗绿色的胶囊，“在子夜12点的时候服下它，你就能回到1750年行刑前的那一天。不过，不要怪我没有提醒你，假如死的是你，那么你的命运就会改变。也就是说，你在现代的这个形体可能会消失，你有可能不再是血族亲王，而成为了一个普通人，失去属于你的一切。”

“我知道。”他毫不犹豫地接过了后悔药，“我好不容易才找到了他，这是我唯一能赎罪的机会。”

“那么，祝你好运。”叶幕的话音刚落，一行人包括杨瑞都消失在了乔的面前。

乔微微叹了一口气，有淡淡微风轻拂过他的面颊，令他的神思稍稍清醒了一些。脑海里模糊地浮现出那个熟悉又陌生的身影，可同样是离他那么远，那么远，远得他根本无法触及。

此时，叶幕他们已经身处小维的公寓里了。

小维摸着自己的脑袋，完全忘记了这是谁的家。叶幕趁机哄他交出房租，不然就赶他出去，可怜的维同学只好无奈地翻起了自己的口袋。而弗朗西斯则发挥了绅士的温柔本色，及时为杨瑞送上了一杯热巧克力。

“谢谢你，弗朗西斯。”她伸手接过了热乎乎的杯子，心里也有些热乎乎的。

“不用谢，为女士服务是男士的荣耀。”他边说边从怀里抽出了一支护手霜，小心翼翼地挤出一点擦在了自己的手背上，“小瑞，这款护手霜很不错，要不要试试？”

杨瑞哑然失笑，这位亲王大人的爱美之心真是令人敬佩呢，如果去他的房间，可以看到桌子上摆放的全是他的瓶瓶罐罐。由此可见，美人果然都是保养出来的。

“好，我也试试。”她毕竟也是个女孩子，爱美之心人皆有之。

“小瑞，你的手镯很漂亮，是在威尼斯买的吗？”小维的注意力不知什么时候转移到了她这里，指着她露出的那只银手镯忽然迸出了一句。

杨瑞很无奈地揉了揉额头，“这是我老爸给我的。”救命啊，在小维间歇失忆期间，这个问题她已经回答了N遍了。

“是很漂亮，不过我们血族对银一向很敏感。”弗朗西斯笑了笑，“所以吸血鬼猎人喜欢用银做武器来对付我们。像北宫家族的银针和贝尔蒙特家族的银子弹都是非常厉害的武器。”

听到北宫两个字，杨瑞不自然地笑了一下，抬头望了望叶幕想要转换话题，“那这次我们不用像上次一样再穿越时空了吧？”

“怎么不要，当然要！”不等叶幕回答，一个温和清浅的声线从门边蓦地冒了出来。杨瑞头皮一麻，转身一看——果然，以瓦利弗师父为首的魔王三人组从天降。

“师父，就知道你们一定会来。”叶幕仿佛意料中般的笑起来，“怎么，这回又想送我们去古代威尼斯两日游？”

"你了解师父们的苦心就好，你知道亚斯塔路和安德雷安富平时多忙啊，还特地被我拉来帮你们。"瓦利弗走上前来，"这次当然也要靠他们穿越时空了。"

"那我可真要谢谢各位师父了，不知这回又想把我变成什么动物呢？"叶幕笑得极为灿烂，却又让人觉得心里发寒。

瓦利弗干笑了一声，"这次一定会有所改进。不管怎么样，有你们在一旁帮忙，事情一定会进展得更加顺利，信物一定也会顺利到手。"他又转向了杨瑞，"这次还是你们一起去。"

"啥，为什么？"杨瑞一听又要变成动物穿越，又再次跳了起来，"叶幕一个人也完全能搞定吧！而且，就算我们不去，乔也会照自己的想法去做吧。"

"可是你们上次配合得很不错啊，这次还是你们两个，别找理由推脱了，就这么决定了。"瓦利弗笑眯眯地说道。

杨瑞刚要反驳，忽然想到了一件事，忙将叶幕拉到了一边，"对了，你之前不是说如果改变了命运的话，乔就可能不再是亲王，失去属于他的一切，那如果这样的话，我们不就拿不到信物了吗？"

叶幕面带笑意地看着她，"好像是呢，那你说怎么办呢？"

"我现在是在问你啊……"

"那看起来，我们非参加这次的威尼斯两日游不可了。"他挑了挑右边的眉毛，"如果卡萨诺瓦实现了他的誓言，我会考虑一下救他的。"

"其实你早就想到了吧。"杨瑞眨了眨眼，"你一开始就打算救他，对不对？"

"我……只是不希望命运被改变得太多。"他笑了笑，"别把我想得太好心。"

杨瑞没有反驳他，只是轻轻笑了起来。

叶幕这个家伙，总是嘴硬心软，不过这样的他……也很可爱。

在两位师父施展了神奇的魔法之后，叶幕和杨瑞一起踏上了古代威尼斯的两日游行程。当然，还是以动物的身份。

这次总该比上次好一点了吧，两人几乎是同时这么想的。

不过这样的愿望，当他们再次恢复意识的时候完全破灭了。

杨瑞一直定定地盯着天花板，她保持这样的姿势已经半个小时了，在第一眼看到叶幕同学的变身之后，她就死活不敢看自己到底变成了什么样子。

“小瑞，你打算躺到什么时候呢？”叶幕的声音听起来平静无澜，显然已经接受了这个无法改变的事实。

她缓缓将目光转向了不远处一只正在打理羽毛的红嘴绿鹦鹉身上，眼前有些发晕。对！没错！千真万确！！刚刚的声音就是从这只鹦鹉口中发出来的，叶幕变成了鹦鹉，那么她呢？莫名地，她的脑袋里很诡异地冒出了一句话：没有最惨，只有更惨。

“你这个样子……”她边说边举起了自己的手……咦？怎么一下子举起了好几只手，不……确切地说，应该是某种肢节……

“叶幕，我到底变成什么了？”她惊恐地看着自己胡乱挥舞的肢节大叫了起来。

“小瑞，你要有思想准备哦。”叶幕拍打着翅膀飞到了她的面前，虽然变成了鸟类，但那双异色眼眸倒还是没有改变。

“总不会比田鼠更糟了吧。”她的声音有点轻微地颤抖。

叶幕眨巴了几下眼睛，很同情地看着她，“其实蜘蛛这种动物也是常见的。”

杨瑞的大脑在休克了三秒之后瞬间复活，差点从地上蹦了起来，结结巴巴道：“你，你说什么？我变成了一只蜘蛛！”

叶幕忙安慰她，“你要这样想，幸好没有变成蟑螂臭虫之类的动物，好歹你还能织个网什么的，也算有一技之长。”

“喂，你这算是安慰我吗？”杨瑞现在很想揍人，可能是她情绪过于激动，身体的某个部位忽然喷射出了一根长长的丝状物。

啊啊啊！居然是蜘蛛丝！天哪，她不活了！

“嗯，挺厉害的，还随身携带武器。”叶幕的鹦鹉脸上虽然看不出任何表情，但那双异色眼眸中促狭的笑意还是出卖了他。

杨瑞瞪了他一眼，“要是有第三个人知道这件事，那么你的晕血症……哼哼……”

鹦鹉的眼中微光一闪，立刻拍了拍自己的翅膀，非常有义气地开了口，

“我刚才什么都没看到。”

看来掌握他的弱点还是很爽，杨瑞在心里偷笑了一声，忽然想起了一件事，又忍不住问道：“对了，为什么你变成动物就没有晕血症了？”之前在古代慕尼黑的时候，她已经察觉到了这件事，但一直都没有想起来问他。

“我也不知道。”叶幕甩了甩漂亮的羽毛。

“好吧，那我们现在是在哪里？”她也不得不接受了眼前的事实，既然已经这样了，还是想想怎样才能帮到乔吧。

“你来看看不就知道了。”叶幕慢慢踱到了边缘地带。杨瑞也只好拖着这个奇怪的身体“爬”了过去，磨蹭了十来分钟还没挪动几步。

“怎么这么慢？”叶幕催了她一句。这下子可惹恼了她，只见某蜘蛛愤怒地抬起头，“你倒试试用八条腿一起走路看看！”

叶幕差点笑得背过气去。

尽管是憋了一肚子气，但杨瑞还是很快就掌握了蜘蛛爬行的规律，其实还是蛮简单的，只要不像螃蟹学习就好。

“啊……这不是圣马可广场吗？”当看到眼前的景致时，她大吃了一惊，“那我们是在哪里？”

“我们就在钟楼上。”叶幕转了转眼珠，“这里离威尼斯监狱并不远。”

“那还等什么，我们先去找卡萨诺瓦吧。”杨瑞刚要转过身子，忽然看到一只鸽子犹如箭一般向她这个方向飞来。她头皮一麻，在电光火石间意识到了一个很严重的问题：现在的她可是鸟类的食物！

第二十七章

连接生与死的叹息桥

眼看着那只鸽子就要啄到她的眼睛，杨瑞不是不想躲，只是以现在这样的身体，想要灵巧地避过袭击简直是天方夜谭吧。她闭上了眼睛，几乎已经感觉到对方的爪子碰到了自己的身体，接着，整个身体腾空飞了起来。过了一分钟，还在飞……两分钟，继续飞。不对啊，怎么还在半空中飞？难道那只鸽子要把她带到窝里慢慢享用?

她困惑地睁开了眼睛，差点把眼珠弹了出来，带着她在空中做飞行表演的家伙居然是叶幕！看来这个家伙还算有点义气。

虽然暂时脱离险境，但警报还没有解除，那只鸽子不甘心到嘴的“肥肉”被抢走，居然还跟着飞了过来，与鹦鹉展开了一场“肥肉”争夺战！

“小瑞，要是我抓不住你的话，你就喊三声我师父的名字先回去好了。”叶幕一边抵挡着那只鸽子的进攻，一边还不忘嘱咐她。

杨瑞只觉得自己的身子摇摇摆摆，随时都有可能从叶幕的爪子下掉出去。她快速思索了一下，觉得暂时回去也不是坏主意，反正可以再穿过来嘛。

清了清嗓子，她忽然一愣，对了，叶幕的那位师父叫什么名字啊？那么复杂难记的名字，她早就给忘了！就在她想问叶幕的时候，那只鸽子瞅准了一个机会，来了一次偷袭！杨瑞吓了一大跳，也没考虑那么多，几乎是条件反射地喷射出了一团白色的网状物，正好糊在了那只鸽子的眼睛上！叶幕也趁机给了它一记头槌，它吃痛地尖叫着，很快就逃窜而去。

“看不出还挺有两下子。”他还不忘夸她两句，“不过为什么不喊我师父的名字呢？”

杨瑞翻了翻眼睛，难道要坦白是因为她忘记了他师父的名字？这么糗的理由她自己听了都汗颜。

"既然来了，当然要坚持下去。半途而废才不是我的作风，哼！"

最后那个哼字很好地掩饰了她的底气不足。

"是吗？"叶幕亲王显然对这个解释抱有怀疑态度。不过他也没有时间再继续纠缠这个问题，因为他们的目的地已经到了。

"这是哪里？"杨瑞只觉得叶幕似乎带着她钻进了一个类似桥洞的地方。

"这里就是连接着总督府和威尼斯监狱的叹息桥。"叶幕看了看她，"我们之前也来过这里。"

"啊，原来是这里。"她又稍稍朝外爬了一点。桥洞的窗口设计别具匠心，从花纹的缝隙望出去，依然能见到威尼斯的美丽景致。虽然这是1750年的威尼斯，但令她惊讶的是，这里的景致居然和两百多年后并没有太大改变，迷人依旧，不过此时的威尼斯，更像是一位风华正茂的贵妇人。

在中世纪后期，威尼斯共和国的舰队几乎控制了亚德里亚海、东地中海的广大水域和陆上领土，当时它所拥有的财富几乎是法国全国财富的两百倍。无论是君士坦丁堡，还是强悍的匈牙利，或是蒸蒸日上的奥斯曼帝国，都对这个小国忌惮三分。而多种多样的建筑风格更是在这里百花齐放，华丽的巴洛克风，神秘的哥特风，或是典雅大气的拜占庭风格，都可以在威尼斯找到一席之地。

不远处的亚里亚德海，正泛着迷人的微波，在阳光下折射出一片灰蓝色的梦幻。

"真美……"她望着远处的美景，有感而发地低声赞叹道，忽然明白为什么这座桥会被取名为叹息桥了。

犯人们在总督府审判之后被押送到监狱时必定会经过这座桥。当他们透过狭小的缝隙看到外面的景致，想到自己的命运，都会情不自禁地发出一声低叹。正如诗人拜伦所说的那样：从桥上最后看一眼美丽的威尼斯，唯有叹息。无论是多么繁华美丽的世界，在这最后一眼之后，就要永远和他们分别了。那个时候，他们的心里一定充满了绝望和后悔吧。

叹息桥的两边，华贵和苍凉，自由和绝望，就这样近在咫尺。

就好像中国神话里那座阴间的奈何桥，当人们喝了一碗孟婆汤，就要把前尘往事全都抛却，重新坠入无穷无尽的六道轮回之中。

在之后的寻人过程中，两人很快就体验到了变成动物的好处。一只小鹦鹉和一只蜘蛛，想要混入监狱简直就是轻而易举。

威尼斯的监狱里犹如迷宫，牢房又狭窄又潮闷，正常人需要弯下腰才能进入房间。杨瑞还很惊悚地看到很多和自己暂属一类的爬行类生物出现，在被惊吓后才反应过来自己现在也是爬行一族。

鉴于卡萨诺瓦的名气，他们并不费力就找到了他的牢房。

杨瑞终于见到了这位传说中的花花公子。

他的确有着和这个称呼相匹配的俊美容貌。泛着光泽的褐色长发半掩着他那张令人神魂颠倒的俊美面庞，那双蓝色的眼睛就像亚德里亚海的海水一样深邃迷人。

不知为什么，她忽然想起了很早之前看到过的一段话：如果一个帅哥称霸一方，那么他就会被称为——霸主。如果一个丑八怪称霸一方，那么他就会被称为——地头蛇。同理，如果一个丑八怪做出和卡萨诺瓦同样的举动，那他一定会被叫作——死，色，狼。

这果然是个看脸的世界啊。

“乔？”她试着打了招呼，但对方看起来似乎并没有任何反应。

“还没到12点，乔的灵魂还没有穿越到这里。”叶幕走到了监狱的角落里，躲在了一堆稻草后，“就在这里等会儿吧。”

卡萨诺瓦似乎察觉到了这里的动静，抬起头朝他们的方向望了一眼。他的脸上带着几分漫不经心，似乎并不惧怕第二天即将到来的死亡。看着他平静的表情，杨瑞甚至觉得如果不是因为他的未婚妻，或许他会从容赴死。

“卡萨诺瓦，他到底是个怎样的人呢？”杨瑞有些好奇地问道。如果只是一个普通的浪荡公子，他又怎么能如此出名？

“如果他只是一个花花公子，恐怕这个名字也不会流传到现在了。”叶幕用只有她能听见的声音低声说道，“根据历史上的记载，他既能和三教九流混得犹如一家，又能和伏尔泰与孟德斯鸠这样的人物坐而论道，并且丝毫不占下风。听说当他被德国弗里德里希大帝和俄国的女沙皇卡塔琳娜接见时，一样是面不改色，侃侃而谈。”

“这么厉害？”听了叶幕的话，杨瑞心里不禁对这个人刮目相看。

“而且与那些普通意义上的花花公子不同，他对于情爱的理解正像他的为人一样有个性。不论他喜欢的女子容貌如何，不管对方是什么身份，他都以一视同仁的态度全心付出。因为在他看来，快乐没有高雅与粗俗之分，女人没有漂亮与丑陋的区别。”叶幕对于这位花花公子的资料也是相当的熟悉，果然不愧是人皮历史大辞典。

“这种观念说得好听是博爱，说得难听就是花心，还来者不拒，美丑通杀。”杨瑞的话也并不客气，“这么看起来他的未婚妻一定也不是普通人，不然怎么能让他甘愿放弃一片森林？”

叶幕没有立刻回答她的话，而是颇有深意地看了她一眼。

“谁告诉你这是他最后的选择？”

这时，一位狱卒走进了牢房，将手里的食物往他面前一放，粗声粗气道：“卡萨诺瓦，这是你的晚餐。不过我想你现在一定吃不下了吧。”他边说边大笑起来，似乎把这当成了一种无穷的乐趣。

整日在监狱里进出，他已经看惯了那些死刑犯们在临死前崩溃的模样，所以当他发现这位卡萨诺瓦先生不但没有任何不妥，反而还神情自如地拿起了盘子里的鸡腿吃了起来时，他有点不敢相信自己的眼睛。

“喂，你这个家伙，明天就是你的死期了，你居然还吃得下？你，你怎么一点也不害怕？”

卡萨诺瓦瞥了他一眼，“最后的晚餐这么丰盛，难道不应该好好享用这一顿吗？就算痛哭流涕又能怎样？能改变命运吗？不能。所以，为什么不享受一下生命最后的一刻呢？”

狱卒吃惊地看着他，“可是，你明天就要死了……你居然还有心情谈这个？太不可思议了。”

“那是因为即使在生命的最后一刻，我依然还是热爱着生活。”卡萨诺瓦拿起了第二个鸡腿，唇边的笑容飞扬又潇洒，“人的一生，幸福与否，幸运与否，都只能享有一次，谁不热爱生活，谁就不配生活。”

谁不热爱生活，谁就不配生活。杨瑞的心里微微一动，不解地望向了叶幕，低声道：“为什么这样潇洒的他，最后还是做出了那样的事呢？”

“一个这么热爱生活的人，你说他能错过一个可以让他继续生活下去的机会吗？”叶幕对于这一点倒并不惊讶。

“这倒也是。”杨瑞点了点头，不可否认，这个家伙有时说话还是有那么一点点道理的。

狱卒离开之后，卡萨诺瓦放下了手中的鸡腿，脸上极快地掠过了一丝惆怅的神色。

“当”……从不远处的钟楼传来了午夜的钟声，他的身子忽然剧烈抽搐了一下，露出了极其古怪的表情。当他再抬起头的时候，脸上的表情完全不同了。那神情变得淡漠又疏离，恍如看透一切红尘，又好似对世上万物都漠不关心，

“乔！你终于来了！”杨瑞一下子就意识到已经中场换人了，也不管自己现在的样子就急急忙忙爬了出去。

“来得可真准时。”叶幕也只好无奈地从稻草后面走了出来，小小的鸟脑袋上还顶着一根稻草。如果现在有谁将他的样子曝光，绝对会被他灭口。

乔显然没有像凯里斯特一样提前得知消息，所以当看到一只蜘蛛和一只鹦鹉对着他叽里咕噜说话时，他差点被雷晕。直到杨瑞简明扼要地说明了一下情况之后，他才明白了这个诡异事件。然后，直接给出了一个极为冷淡的反应。

“我根本不需要你们帮忙。”

“我也只是为了信物而已。”叶幕很想摆出一个潇洒的姿势，但无奈受外形所限，只得扑腾了一下翅膀了事。

“你的朋友应该快来了吧？”杨瑞小声地问了一句。

乔没有回答，只是朝牢门的方向望了一眼。没过了多久，那个狱卒又来到了牢门口，冲着乔喊了一声：“喂，有人来探望你！”

牢门被打开的时候，从狱卒的身后走出了一个身穿黑色长袍的男人，那连着长袍的黑色帽子几乎将他的面容全部遮了起来。

“一会儿我来带你出去。”狱卒看了一眼那个男人，“你的时间并不多。”

男人点了点头，抬脚跨进了牢门。

“吉莫！”男人一边叫着卡萨诺瓦的昵称，一边摘下了自己的帽子。他有着非常漂亮的容貌，发色是南欧人中少见的纯金色，形状优美的唇上带着柔嫩的珊瑚色。

“阿尔托……”乔那冷淡的眼眸中终于荡起了一丝涟漪，连声音也有点轻微发颤，“阿尔托，终于又……见到你了。”

阿尔托的嘴角扯出了一丝笑容，“这样的语气，这样的表情，会让我误以为我自己是个女人。”

“我都快死了，你还有心情调侃。”

“难道不是吗？对你唯一的男性好朋友我，你好像从来都不会用这么煽情的一套。”

“我现在很怀疑你到来的目的。”乔轻轻笑了起来。在见到阿尔托后，他似乎刻意在模仿着卡萨诺瓦，但让杨瑞惊讶的是，这些模仿似乎是无师自通的，就好像他的灵魂和卡萨诺瓦的灵魂重叠在了一起。

“吉莫，其实我来是有一件重要的事要告诉你。”阿尔托敛起了笑容，“克蕾齐亚她得了重病，她很希望……能见你最后一面。”

重现两百多年前的这一幕，这对乔来说并不困难。在做出了该有的反应后，他又摇了摇头，“只可惜我也没有办法，克蕾齐亚只能拜托你了。”

“不，不，当然有办法！”阿尔托神情激动起来，“吉莫，我已经买通了狱卒，他答应让我们互相交换，我代替你被关在这里，那么你就能去看克蕾齐亚了！”

乔的眼中闪烁过一刹那的流光，然后十分干脆地说了三个字：“我不去。”

听到他的回答，杨瑞先是一怔，随后立刻就恍然大悟，对了！如果乔一直待在这里的话，那么明天上绞刑架的人不就是他自己了吗！这么简单的方法她之前居然都没有想到。

“看来这次好像会很轻松。”她小声朝着叶幕说道。

“那可不一定。”他立刻给她泼了一盆冷水。

“你不去？”阿尔托的脸色一变，“不！你不能不去！克蕾齐亚需要你！她病得这么重，难道你连最后一面都不见她？”

“阿尔托，”乔低低喊了一声他的名字，“克蕾齐亚以后就拜托你了。”

“吉莫！你必须去！克蕾齐亚是多么爱你，明天之后你就再也见不到她了！如果你不去的话，你我就不再是朋友！”阿尔托上前了两步，抓住了他的衣领。

明天之后就再也见不到她了！在这句话传入耳中时，乔的心里有一刹那的波动和犹豫。是啊，明天卡萨诺瓦就会真正死去，如果连最后一面也不见，对重病中的克蕾齐亚是不是太残忍了？

“还犹豫什么，马上换衣服！反正你会回来的不是吗？”阿尔托已经开始脱自己身上的长袍。

“如果我不回来呢？”他冷不防地冒出了一句。

阿尔托的动作迟滞了一下，又摇了摇头，“不，你一定会回来的。”

“你……就这么相信我？”

“如果连最好的朋友都不相信，那么我还该相信谁？”阿尔托凝视着他，“男人之间的友情，不是这么脆弱的。”

乔侧过了头，想要竭力掩饰住脸上的表情，一股温暖又苦涩的感觉仿佛就要从他的胸口满溢出来。此时此刻，他多么感谢能有这么一个机会让他再次回到这里，改变那个让他后悔一辈子的决定。

为什么不敢出去？为什么不敢互换身份？为什么不敢去见爱人最后一面？难道是害怕内心深处那个真实的自己重蹈覆辙？还是害怕自己的命运从此会被改变？将来的将来，来世的来世，全都会改变。

不……他不会再重蹈覆辙，绝不会。就当是考验也好，他要借着这个机会将自己那颗自私的灵魂看得清清楚楚。

“我发誓，我的朋友，我一定会在天亮前赶回监狱。”他一字一句地说着，语气里是前所未有的坚决。

“我接受你的誓言，我的朋友。”阿尔托将长袍递给了他，“快点吧，狱卒很快就来了。”

杨瑞在一旁也急了，连忙用某个肢节敲了叶幕一下，“这下怎么办？”

“如果没有意外情况，这次他一定会做出正确的抉择。”叶幕转动了一下眼珠，“我们是不是也该信任他一次呢？”

乔离开了监狱以后，叶幕打了个哈欠就躺倒在稻草上，没几分钟就去见了周公。杨瑞无奈地摇了摇头，从没见过这么爱睡的吸血鬼。她想了想，也靠着稻草闭上了眼睛，反正叶幕说了嘛，没出意外的话，乔一定会在天亮前回来的。

只是这样趴着睡真不习惯啊，蜘蛛真可怜，连想翻个身睡觉都不可以。

不知睡了多久，当杨瑞睁开眼睛的时候，发现天边已经慢慢泛起了一层灰白色。

天……已经亮了。她心里一紧，第一个反应就是朝阿尔托所在的那个方向望去，当她发现那个人并不是卡萨诺瓦时，脑袋里顿时轰的一声，不会吧，难道同样的历史又再次上演了？

乔……再一次逃走了？

第二十八章

是谁上了绞刑架

杨瑞被惊出一身冷汗之后，立刻用八只脚同时袭向还在做着美梦的叶幕，一下子就把他踹醒了！

“叶幕，乔没有回来！！”她指着阿尔托焦急地低吼道。

叶幕瞥了一眼阿尔托，“那看起来或许真的出了意外。”

“你怎么还能这么冷静？还不想想办法！不然的话阿尔托就要被送上绞刑架了，一切又要重演了！”杨瑞觉得自从和叶幕混在一起后，性子倒好像变得越来越急了。

“离行刑还有一段时间，我们先去克蕾齐亚家。”

“你知道她家在哪里吗？要不我们问问阿尔托？”杨瑞又忍不住望了那个男人一眼，出乎她的意料，阿尔托脸上的神情却是很平静。没有生气慌乱，也没有愤怒恐惧，褐色的双眸倒有一种令人难以捉摸的淡然。

“我知道她的住址，在乔离开前我问过他。”叶幕抖抖翅膀，钻出了牢门，又回头看了她一眼，“还不跟上？”

“可是，我这个样子跟不上啊。”杨瑞犯愁地看了看自己的身体，这种动物的速度很难担负起跟踪的重任吧。

“有那么多腿都跟不上。”叶幕很鄙视地瞥了她一眼。

“那照你这么说，蜈蚣的速度能赶上火箭了！”她郁闷地翻了个白眼，什么逻辑嘛，真是气死人了。

“没办法，只好用之前的方法了。”叶幕甩了甩翅膀，朝她走了过来。

“之前的……啊啊！”她的话还没说完，整个身体又腾空飞了起来，叶幕同学的爪子已经紧紧抓住了她的两条肢节。

唉，她的空中飞蛛表演再次上演了。

“看到那个摆放着玫瑰的绿窗子没？乔说过那就是克蕾齐亚的家。”叶幕边说边减慢了速度，朝着那个方向飞去。

杨瑞在空中被晃得头晕眼花，朝下望了一眼，好像还真有像他所说的那个绿窗子，“那你就快点降落吧，不然我怕我要吐了……”

“吐什么？吐丝吗？”就算是在这种情形下，叶幕还不忘调侃她两句。

“喂，你别太过分了啊……”

就在叶幕开始低飞的时候，让人意想不到的事情发生了！有人忽然从另一个窗子里抛出了一张大网，正好将叶幕他们罩了个严严实实！随即那人又重重一拉，将网连同他们一起拽进了那个窗子里！

杨瑞被摔到了地上，头晕目眩中忍不住有些惊慌地望向了叶幕，这到底是怎么回事？叶幕迅速给她使了一个眼色，示意让她不要发出任何声音，乖乖待在那里就好。

“哦，上帝啊！多么漂亮的鹦鹉啊！”随着一个男人的声音从他们的头顶上方传来，一双大手很快伸进了网里，将叶幕小心翼翼地捉了出来，“啪”的一声将他关进了一个笼子里。

这一下可把杨瑞惊得不轻，老天！血族亲王居然成了笼中鸟？眼看着男人捧着笼子朝里面的房间走去，她只好也赶紧爬了过去。

“法比奥，快看！看这是什么！”他的嘴里叫着一个名字，声音里充满了欣喜。

让杨瑞有些不解的是，这个房间四周的窗帘垂得低低的，里面一片昏暗，只隐隐漏进了几丝微弱的光线。顺着男人所看的方向望去，杨瑞看到床上正躺着一个十来岁的男孩子，他有着一张极为清秀的面容，只是脸上呈现出一种不健康的苍白色调。

“父亲，这是……”男孩在看到他手里的鹦鹉时不由眼前一亮，声调也上扬了两分，“是鹦鹉！天啊，父亲，你是怎么弄到的？”

“我知道你一直很喜欢这种鸟，法比奥，”男人的脸色温柔里又带了几分伤感，“只是这种鸟的价格太过昂贵，所以我不能满足你的愿望。不过上帝终于还是听到了我的祈祷，刚才居然让我看到了这只鹦鹉。”

“真是太漂亮了，父亲，谢谢你！”男孩那原本晦暗的脸色一下子变得生动起来，立刻伸手将笼子拎了过去，双眼放光地打量着鹦鹉那美丽的羽毛。杨瑞心里暗暗着急，可是又不知该如何是好。倒是叶幕这个家伙，被关在了笼子里居然还是一副泰然自若的样子。

那个男人看着儿子的表情，试探着问道："法比奥，今天天气很好，不如我带你出去走走？"

"不，我哪里也不去。我才不要被人看笑话。"男孩立刻拒绝了他的要求。

"法比奥……"男人的脸上隐隐透着一丝失望和伤感，"那我们就把鹦鹉放在这里，先去客厅吃饭好不好？"他走到了床边，做出了一个让杨瑞惊讶的动作，他居然抱起了那个男孩。直到这时，杨瑞才看清原来那个男孩的两条腿有点不妥，换句话说，这个漂亮的男孩居然是个残疾人。

看着他们出了房间，她立即扑到了笼子前，"叶幕，现在怎么办？"

叶幕摇了摇头，"在这里我不能使用魔法，只能再想办法了。隔壁就是克蕾齐亚家，现在你不用管我，马上过去看看乔到底发生了什么事。"

"可是你现在……"

"放心吧，他们又不是要把我吃了，只是作为观赏动物而已，我还有的是时间。"叶幕不慌不忙地说道。

"你的意思是让我一个人去搞定这件事？"杨瑞觉得自己的底气开始有点不足。

"你一定可以的。"虽然看不出鹦鹉的表情，但杨瑞完全可以想象出他那副笑得让人牙痒痒的表情。

"行刑的时间就快到了吧，再拖下去就没有时间了哦。"他又提醒了她一句。

杨瑞抬头看看天色，只能硬着头皮点了点头，在爬出窗子的时候，她又回头看了他一眼，"你在这里等着我。"

杨瑞自己也没料到会有这样轻松地飞檐走壁的时候，尽管是以蜘蛛的身份，也算是过了一把小时候的武侠瘾。顺着窗口，她很快就爬到了克蕾齐亚的房间里。刚进房间，她一眼就看到了躺在床上的乔！

她心里一紧，连忙加快了速度，沿着床脚爬了上去。只见乔静静地躺在那里，看上去似乎还在沉睡中。

“乔！乔！”她连喊了好几声，对方却什么反应也没有。乔到底怎么了？按道理不可能睡得这么沉啊。她又仔细打量了乔几眼，发现他的脸上呈现出一种奇怪的红色。

难道是服了什么药？这是她唯一能想到的可能性。该怎么办？如果让他继续沉睡下去，一定会错过行刑的时间，那么一切都不能再逆转了。可是她现在只是蜘蛛，该怎么让他醒过来呢？

她转了转眼珠，忽然灵机一动，对了，蜘蛛不是会咬人吗！不如狠狠咬他一口，看他到底会不会醒来，就当赌一把也好！想到这里，她动了动脑袋，铆足了劲一口就咬了下去！这一口下去果然是威力十足，只见乔一下子就从床上弹了起来，然后捂住自己的脖子露出了龇牙咧嘴的表情。不过当他留意到窗外天色的时候，那副表情很快就僵住了。

“该死的，我怎么还在这里！”他低低咒骂了一句，摇摇晃晃地从床上爬了下来。

“你可能被下药了吧。”杨瑞也来不及问他具体的事情，只能拣最重要的事告诉他，“乔！快想想办法！很快就要行刑了！”

他的面色在瞬间变得像死人一样苍白，只愣了半秒就开了口，“我马上就过去！”

“你的意思是……你会去说明真相？”她揣测着他的用意。

“是，我会去说明真相，应该被绞死的人是我，不是阿尔托，我不能再让他失望，我不能让历史再次重演。”他快步走了过去，一把推开了房门。

“咳咳……”这时，一个棕发女孩边咳嗽着边从另一个房间里走了出来。她在见到乔出来时不禁大吃一惊，“吉莫……咳咳……你怎么醒了？”

“这好像应该由我问你吧，克蕾齐亚。”他的脸色一暗，“昨天我喝完了你给我的咖啡后就一直昏睡不醒，你到底……”

“不错，我在你的咖啡里下了药。”克蕾齐亚面色平静地打断了他的话，“因为，我不想让你死。”

“你……”乔在亲耳听到这个事实时还是有些不相信自己的耳朵。

“不然你怎么会以为……咳咳……我怎么会这么巧在这个时候生病？”

她用手帕掩着自己的嘴低声道，“我将自己全身浸泡在冷水里，又整夜开着窗，这才好不容易……生了这场病，才能……让你有机会离开监狱。可是……咳咳……你昨晚非要回监狱，浪费了我的一番苦心，所以才……”

“那你就让阿尔托白白牺牲吗！他是我最好的朋友啊！”乔神色复杂地看着她，随即转身朝着门外走去。

“吉莫……”克蕾齐亚动了动嘴唇，似乎想说什么，却还是没有说出来。

杨瑞在一旁也听了个大概，想来上一次是因为乔自己提出逃走的建议，所以克蕾齐亚并没有机会用到下药这一招。但这次……本来还以为事情会很容易解决，没想到半路上又横生枝节。大家似乎都忽视了克蕾齐亚对卡萨诺瓦的爱意。

“吉莫，阿尔托他……”望着乔的背影，克蕾齐亚的眼中泛起了难以形容的酸楚。

杨瑞的心里微微一动，难道这件事还有别的内情？

等她回过神时才蓦地反应过来，乔已经离开了！糟了，难不成还要她爬到刑场？天！不要啊！

在威尼斯晴朗的阳光下，一只蜘蛛正奋力在墙壁上攀登着，她爬啊爬，爬啊爬……变身为蜘蛛小姐的杨瑞感到自己是多么的渺小，如果这样爬到刑场，估计要半夜了。

她小小地叹了一口气，打算歇一下再继续爬。

“咕咕……”不远处忽然传来了一声很惊悚的鸽子叫，她全身一僵，机械地抬头望去，只见一只鸽子正虎视眈眈地看着她。她再仔细一看，心里顿时变得哇凉哇凉的——这不就是昨晚遭遇的那只鸽子吗？

什么叫作冤家路窄？这，就，是！

那只鸽子似乎也认出了她，那真是仇人相见，分外眼红！它扑了扑翅膀，箭一般地飞了过来！

惨了，难道真的逃不掉被当成食物的命运？在鸽子即将啄到她的瞬间，杨瑞决定等完蛋了以后，她的冤灵一定要去找瓦利弗师父报复。

“咕！”就在她以为小命不保的时候，鸽子忽然发出了一声惨叫！

咦，发生什么事了？她困惑地睁开眼睛，简直不敢相信自己所见到的一幕：那只鸽子的头上都是血，显然受了重创，已经奄奄一息，而在它的身后，居然停着一只黑色的猎鹰！猎鹰转动了一下眼珠，冷冷地朝她的方向扫了一眼。

杨瑞忽然又感到一种熟悉的寒冷瞬间侵袭了她所有的感官，不知为什么，她有一种好像在哪里见过它的奇怪感觉。

猎鹰还是冷冷地瞅着她，然后发出了声音："你没事吧。"

令杨瑞感到诧异的是，她居然听懂了它的话！哇，难道经过上次之后，她在这个时空里连不同物种的语言也都能听懂？

不过，对方的声音听起来似乎又有点熟悉，奇怪，好像在哪里听到过。

"这次真的很谢谢你。"杨瑞很想摆出一个表现诚意的动作，但受体形所限，无奈也只能挥了挥前肢。

"你也不用谢我，我正好无聊。"猎鹰看起来很酷很冷淡。

无聊？杨瑞的脑子里快速一转，如果这位猎鹰大哥能顺路送她一程的话，那她不就那么辛苦地爬啊爬了！

"那个……英明神武的猎鹰先生，请问可不可以再帮我一个忙？"她有些不好意思地请求道。

"什么？"它并没有表现出反感。

她犹豫了一下，还是一口气喊了出来："能不能把我送到刑场？我有很重要的事！拜托你了！"

就在她惴惴不安地等待对方回答时，它却很干脆地点了点头。紧接着又很干脆地将她抓起来往自己背上一丢，"就在这里待着吧。"

"啊，那太谢谢你了！"她激动地用八只前肢钩住了它的羽毛。哈，猎鹰果然是鸟类中的翘楚，体积大就是好啊，这样多好，比在叶鹦鹉的爪子下晃来晃去好多了！

太过于开心的她那时并没有意识到，为什么一只猎鹰会在这里出现，又为什么对她的要求没有半点质疑？

但凡带个猎字的，猎人、猎狗，那速度都是一流的，猎鹰的速度就更不用说了。杨瑞的高兴劲儿还没过，刑场就到了。更让她感到安心的是，她和乔居然差不多是同时赶到这里！

猎鹰收起了爪子，停在了附近的一棵树上。杨瑞再次道谢了之后就从它的背上爬了下来，趴在了一个树梢上观察动静。

由于今天被绞死的主角是大名鼎鼎的卡萨诺瓦，所以广场上聚集了许多来观刑的市民，甚至连威尼斯共和国的总督和他的夫人都亲自来监刑。在广场的中央，树立着一个木制的绞刑架，一个被黑袋子罩住了头部的年轻男人正在被推上架子。而在人群里，也有许多不同阶层、不同服饰、不同年纪的女人们在伤心落泪。

看起来花花公子的人气就是高呢！

“行刑的时间到了。”执行绞刑的人面无表情地要将绳索套在他的脖子上。

“等一下！你们不能绞死他！”乔忽然大喊了一声，从人群里冲了出去。因为他还穿着那身黑色连帽子的长袍，所以大家并不知道他的身份。

“来人，把这个捣乱的人抓起来。”总督微微皱了皱眉，他看上去是颇具威严的老者。

“对，你们应该抓我，因为……”他猛地将帽子一掀，“我才是真正的卡萨诺瓦！”

他的话音刚落，整个广场上的人都骚动起来，总督大人也是一脸诧异，立刻就吩咐行刑者拉下那位犯人头上的黑色布袋。原来那个人真的不是卡萨诺瓦！

在黑色布袋被揭开的瞬间，杨瑞清楚地看到了阿尔托的表情，出乎她的意料，那并不是惊喜和欣慰，更多的似乎是惊讶，甚至是失望。

“这到底是怎么回事？”总督大怒，令手下将两人都带到了自己的面前。

乔深深地看了一眼阿尔托，将事情的经过详细说了一遍，并再次恳求总督饶恕阿尔托。在听了他的述说之后，周围的人群渐渐安静下来，总督的脸色也稍微缓和了一些，但还是没有说话。倒是总督夫人有些感动地看着他们，仿佛深有感触。

阿尔托静静地看着他，那长而卷的金发随风轻轻飘动着，褐色的眼眸中涌动着复杂的神色。

“吉莫，你为什么会回来？”

乔微微一愣，“我当然要回来。难道要让你为我而死吗？”

“对，他之所以代替你，就是要为了你去死。”回答他的这个人竟然是拖着病体出现在现场的克蕾齐亚！

“克蕾齐亚！别说了！”阿尔托的脸色微变，想要制止她。

“克蕾齐亚，你的话是什么意思？”乔显然也是一头雾水。

克蕾齐亚上前两步，望了阿尔托一眼，又看了看乔，“在你被判处了绞刑之后，我和阿尔托日夜不眠，苦苦思索着可以救你的方法。但怎么也想不出一个好办法，眼看剩下的时间越来越少，阿尔托终于想到了一个办法。”克蕾齐亚的声音在一片寂静中显得格外悠远，“那就是以我生病的理由让你和他互换身份，然后由我给你喂下嗜睡的药，因为他知道你一定不会同意他这么做。等过了行刑时间后，他就可以代你而死，而你，就可以和我一起生活下去。我承认，当时是我太自私，所以同意了这个办法……”她因为剧烈地咳嗽起来而没有继续说下去。

事实的真相让杨瑞有点发晕，这一切也太戏剧化了吧？意外一个接着一个，不过最叫人震惊的，还是克蕾齐亚刚才所说的话。

阿尔托竟然是愿意为了卡萨诺瓦而死的，为了达到目的，他居然还构想出这样一个看起来万无一失的计划。只是他并不知道，其实他的朋友已经背叛了他。在当初绳索套在脖子上的一瞬间，他一定以为卡萨诺瓦没有回来，完全是因为他的计划吧。这样倒也好，他永远不会知道朋友的背叛。

乔一言不发地盯着他，面部僵硬得做不出任何表情，仿佛五官都已经不再受自己的控制。然后，他忽然失控般的大笑了起来，像个疯子似的不停地笑，那笑比哭更加悲伤，更加痛苦。

“为什么，为什么要做这样的傻事？值得吗？我并不是个值得信任，值得你付出那么多的朋友！”

“值得。因为，你是我最好的朋友。”阿尔托那真挚的笑容，仿佛一把利剑刺中了他心底最柔软的部分，让他感到连自己的灵魂都在颤抖。

一股灼热的液体骤然从心底一直冲到了他的眼底，似乎随时都要涌出来。深深的悔恨和自责，如花岗石般堆积在胸口令他难以呼吸。尽管在成为吸血鬼时，他早已背弃了神，但此时此刻，他却衷心地感谢神赐予他这个可以赎罪的机会。

“总督大人，是时候给我行刑了！”他忽然转过身大声喊了一句。

围观的人群在沉寂之后又开始骚动起来，忽然有个男人喊了一句：“总督大人，请赦免他们吧！”他的话音刚落，立刻就有许多市民附和起来，纷纷要求总督饶恕这对友情深厚的朋友。

总督的脸上露出了犹豫的神色，侧头望了他的夫人一眼。总督夫人微微一笑，优雅地站起身来，“威尼斯的民众们，请安静一下。”她顿了顿继续说道，“在总督再次做出判决之前，我想给大家讲一个故事。”

杨瑞一怔，不知这总督夫人的葫芦里卖的是什么药。

“在公元前4世纪，意大利有一个名叫皮斯阿斯的年轻人被判了死刑。皮斯阿斯在临死之前希望能与远方的母亲见最后一面。于是国王同意了这个请求，但他的条件是皮斯阿斯必须找到一个人来替他坐牢。这本来是个不可能的条件，谁知皮斯阿斯的好朋友达蒙却甘愿冒着被绞死的危险代替他坐了牢。日子一天天过去，可直到行刑那天，皮斯阿斯也没有回来。当达蒙被押赴刑场之时，围观的人都在笑他的愚蠢，为他感到不值，没有一个人认为皮斯阿斯会回来。但是，”总督夫人扫了众人一眼，稍稍卖了个关子，“就在绳索套在达蒙脖子上的紧要关头，大家忽然看到皮斯阿斯在大雨中飞奔而来，还高喊着，我回来了，我回来了……”

“哦，上帝啊，他真不该死！那么后来呢？”底下有人迫不及待地问道。

总督夫人淡淡笑着说：“之后国王为他们的友情而感动，所以赦免了他的死罪。”她看了一眼自己的丈夫，“如今在这里的两个人，他们的友情比皮斯阿斯和达蒙还要坚固，一个为了朋友宁可牺牲自己，一个明知自己可以获救还回来送死。我们的子民所需要的不就是这种高尚纯粹的爱吗？大人，您是不是应该重新考虑一下？”

她的话音刚落，周围更是一片群情激昂，请求总督大人也同样赦免卡萨诺瓦的罪。

总督在沉默了片刻后，终于在沸腾的人声中发出了一个声音，“如果现场没有一个人反对的话，我就赦免他的罪。”

“总督大人！我反对！”一个嘶哑的女声忽然从不远处传了出来。杨瑞一惊之下探头望去，只见说话的那个女人装扮华贵，姿容娇美，面色却是不善。不过幸好周围杂声多，所以并没什么人留意到她的声音。

“伯爵夫人，不如就算了吧。”她身边的侍女也不禁面露恻隐之色。

“算？怎么可以算！我就是要他死！”那女人恶狠狠地说道。

伯爵夫人？听到这个称呼，杨瑞忽然想起了乔曾经说过的话，对了，当初陷害乔入狱的那个人不就是位伯爵夫人吗？糟了，可不能让她坏事！

可是，到底有什么方法能阻止这个女人呢？自己现在不过是只小小的蜘蛛。杨瑞目测了一下自己和那个女人的距离，哈，也不知算不算是运气，那个女人居然正站在她的下方！

既然这样的话，那就试试原来那一招好了！

她挪动了一下身子，一瞥眼看到那只猎鹰居然还在盯着她，只好朝它展开了一个蜘蛛的微笑。

“总督大人！我……”那位伯爵夫人又提高了声音，就在她要继续说下去的时候，杨瑞把心一横，往下一跳，不偏不倚正好跳到了伯爵夫人的肩上，然后迅速地窜到了她的下巴部位，不假思索地冲着对方那张正在翕动的嘴唇就是一口！

“啊啊！”伯爵夫人痛得尖叫了一声，捂住了嘴唇再也说不出话来。杨瑞被她无意识地那么用手一甩，很悲惨地被挥到了树底下，脑袋还重重磕在树干上。

尽管眼冒金星，浑身像散了架，但她还是清楚地听到了总督大人的声音：“既然没人反对，那么我以威尼斯总督的名义宣布——饶恕他们的罪。”

在民众们震耳欲聋的欢呼声中，乔和阿尔托不约而同地望向了对方，两个人的眼中都满盈着炽热滚烫的泪水，这泪水，几乎要灼伤他们的眼球，流过面颊的时候，又灼伤了他们的肌肤，灼得彼此的心脏仿佛都疼痛起来。

到了此时此刻，杨瑞才终于放下心来。不过很快，她又想起了另外一件大事：叶幕那个家伙还被关在笼子里呢！

该怎么回去呢？

“看不出你咬人还挺厉害的。”从她的头顶传来了猎鹰冷冷的声音。

她转动了一下眼珠，抬头望了一眼还停在树梢上的猎鹰，再次露出了一个谄媚的蜘蛛式笑容。

第二十九章
一定要一起回去

在猎鹰的帮助下，杨瑞在最短的时间内回到了原来的地方。猎鹰将她放在了窗台上之后就准备离开。

“猎鹰大哥，真的谢谢你了！”她感激地冲着它点着头，“真不知该怎么谢谢你！”

“要谢的话，以后会有机会。”猎鹰转过了身子，那双深海般的双瞳仿佛死神一般没有边界，“这次我没有时间和你玩了，下次，我们很快又会见面。”

这种口气，这种语调，让杨瑞无端地心里一寒。为什么，这只猎鹰会让她想起那天晚上那个可怕的男人。

她发了一小会儿呆，很快又想到了自己回这里的目的，于是赶紧沿着窗台爬进了那个男孩的房间。还好还好，叶幕同学还很安全地待在那个笼子里。新主人对他不错，在笼子里还放了许多清水和面包。

杨瑞仔细观察了几秒钟，当她发现那个叫作法比奥的男孩正在熟睡时，这才悄悄地爬了过去。

“看来事情已经搞定了。”叶幕懒洋洋地梳理着自己的羽毛，看起来他似乎很习惯笼中鸟的生活。

“有我在，难道有搞定不了的事吗？”杨瑞自己也有点小小的得意，然后将整件事简略复述了一遍，顺便多渲染了一下自己是如何勇敢地扭转乾坤。当她说到为了不让伯爵夫人开口，结果咬了对方的嘴唇时，叶幕终于忍不住笑了起来，当然所谓他的笑，也不过是羽毛乱颤而已。

“你还笑，我的初吻就这么没了！”杨瑞刚才在复述的时候才意识到了这件严重的事，心里不由又是窝火又是憋屈。

叶幕一听，更加乐不可支，脑袋上的小茸毛都笑得竖了起来。

“好了，我们也该回去了。对了，我已经想到办法了。之前你不是说了，只要叫三声你师父的名字就可以回去了吗？”她盯着他说道。

“可是你忘了，这之前我会恢复人形，这个小笼子恐怕……”叶幕并不确定这个方法是否有效。

“那倒也是，要不然你试试？”杨瑞并不以为然，大不了他就顶着这个笼子回去好了。

“也好。”叶幕低下了头，默默念起了师父的名字，一遍，两遍，三遍……令人觉得奇怪的是，居然什么也没发生。

“这是怎么回事？”杨瑞有些急了。

叶幕用爪子踩了踩笼子，露出了原来如此的表情，“这笼子是由纯银打造的，你也知道我们血族对银很敏感，可能就是这个原因吧。”

“啊，那怎么办？”杨瑞一时有点蒙，“是不是一定要先把你从笼子救出来才可以？”

“好像是啊。”叶幕也有些无奈，在沉默了几秒后他似乎又想到了什么，“对了，笼子外有个锁扣，如果能打开就没问题了。”

杨瑞听了他的话上前一看，果然在笼子外面有个锁扣，只要往下一扳就可以了。可是，即使是这样一个简单的动作，对于现在身为蜘蛛的杨瑞来说，也是一件不可能完成的任务。

“不如你先回去好了。”叶幕看了看她，“怎么说我也是一族之王，不会那么轻易玩完的。”

“不行！”她想都没想就一口拒绝，“我们是一起来的，一定要一起回去，我不会扔下你不管的！”

叶幕微微一怔，随即又转了一下眼珠，“别以为你这么说我会感动哦。”

“谁要你感动了，再说你会感动吗？冷血鬼。”她没好气地回了一句，眼睛四下乱瞄的时候忽然瞄到了一样东西。墙上挂着一个大钟，那个时代的有些钟是没有壳的，直接就可以触摸到表面上的分针秒针。

“叶幕，我有办法了！”她兴奋地低喊了一声，也顾不上面子问题，从身体的某个部位喷出了一根蛛丝，缠绕在了锁扣上，然后她又顺着那根蛛丝爬到了钟面上，将另一端缠绕在了分针的指针上。

“原来是蜘蛛织网……”叶幕的眼中波光一闪。

“你可别小看蜘蛛织网，只要我多缠一些蛛丝，将它们变成一根韧性十足的粗蛛丝，那么当分针一点一点移动的时候，那股力量就会带动锁扣，到时就可以借助这个力量打开锁扣了！”杨瑞一边说着，一边还忙着继续吐丝。

叶幕这次倒什么也没说，异色的瞳孔愈加深邃，让人完全看不透里面的东西。

杨瑞忙忙碌碌地爬来爬去，现在她深切体会到了混蜘蛛界的不容易，原来织成一张网真的是劳心劳力的事，和人们盖房子也没差别，而且吐蛛丝也不是件简单的活，比给奶牛挤奶难多了。

也不知忙了多久，那根粗蛛丝才大功告成，也就是在这个时候，分针又往下走了一格，之前这根蛛丝已经绷得很紧了，再加上这么一点动力，只听“咔嗒”一声，锁扣真的往下扳了一下，只可惜还是没有打开。

“动了动了，叶幕你忍着啊，我想再来几下就好了。”杨瑞虽然有些失望，但还是不忘安慰叶幕。

法比奥却在这时醒了过来，他揉了揉眼睛，望着面前的一条白线有些发蒙，随即又看了看笼子里的叶幕，忽然冲着叶幕说了一句让杨瑞差点休克的话，“太好了，你还在这里，上帝的使者！”

上帝的使者？现在又是什么状况？杨瑞诧异地瞪着叶幕同学，希望能看出一点端倪。

叶幕点了点头，“那么法比奥，我现在也该回去了。”

男孩应了一声，伸手将笼子拿了过来，“咔嗒”一声打开了笼门，“请回去吧，上帝的使者，请您原谅我父亲，他是为了我才冒犯了您。”

“我不会怪他的。”叶幕抖了抖羽毛，大摇大摆地从笼子里走了出来，

“叶幕，这到底怎么回事？”杨瑞终于忍不住用动物语言质问他了。

“哦，是这样的，你不在的时候，我就用人类语言和这个男孩对话了，

结果胡扯了几句后他就以为我是上帝的使者，说要放我走。我看他无聊，就说离开前再陪他玩一会儿，结果他就这么睡着了。”

“那你的意思就是你早知道那个男孩会放了你了，那你为什么还要耍我！这么耍我很有趣是不是！”杨瑞真的火了，这个家伙，根本就是存心看好戏嘛！亏得她为了救他出来，劳心劳力，累个半死！

“看你刚才的干劲那么足，我不忍心打击你的积极性啊。”他倒还振振有词。

“叶幕，你去死！”她气得喷出了一团白色的蛛丝。

“好了好了，我们先回去再说好不好？”他的眼中流转着一丝温柔的神色，这样的神色似乎很少出现在他的脸上。

“哼。”这就是杨瑞的回答。

“难道这只蜘蛛也是……”法比奥对这只能和上帝的使者交谈的蜘蛛肃然起敬。

“我不是。”杨瑞打断了他的话。

“啊，对不起。”法比奥有些畏缩地低下了头，“除了父亲，很久没有人和我交谈了。自从我的腿出了事以后，我就一直待在这个房间里，我不敢出去，不敢看外面的世界，我怕别人取笑我。”

“难道你打算在这个黑乎乎的房间里待一辈子？”杨瑞抬起了头，“外面的世界有很多美好的东西，如果你不看看的话，不是太可惜了吗？”

“可是，那些人……取笑我……”

“好了，小瑞，我们也该回去了。”叶幕飞快地喊了三声师父的名字，杨瑞也赶紧依样化葫芦地喊了三声。他们的话音刚落，像上次一样不可思议的事情又再次发生了，这两人在短短时间内又迅速恢复了人形！

法比奥在一旁看得目瞪口呆，过了好几分钟才结结巴巴道：“你……你们真的是上帝的使者！”

叶幕没有回答他，只是走到了窗前拉开了窗帘，冬日的天空，阳光明媚，带着暖意的光线透过了窗子，懒懒地投射在法比奥消瘦的肩膀上。

“啊……”法比奥下意识地抬手挡住了阳光。

“有空的时候，出去感受一下温暖的阳光吧。”他朝法比奥露出了一个笑容，娴熟地盗用了卡萨诺瓦的名句，“人的一生，幸福与否，幸运与否，都只能享有一次，谁不热爱生活，谁就不配生活。”

法比奥还愣愣地看着他，杨瑞的心里却被轻轻触动了一下。叶幕这个家伙，果然是个嘴硬心软的人呢。她弯下腰摸了摸男孩的脑袋，“对，出去感受一下阳光吧。不要因为别人的取笑而错过外面世界的美好事物。生活中的美好，绝不会因为那些恶意的存在而消失。”

“嗯……”法比奥似懂非懂地点了点头。

杨瑞微微一笑，抬起头正好撞上叶幕的视线，他的嘴角略略扬起，淡淡的笑意在渐渐蔓延……

有空的时候，出去感受一下温暖的阳光吧。
外面的世界，也许并不一定尽如人意，
也许有挫折，有悲伤，但同样也有喜悦，有幸福。
怎能因为那些丑恶而错过更多的美好？
天地无限广阔，梦想没有极限。
这生机勃勃的世界，
如何让人不爱。

现代威尼斯，圣马可广场。

在装修考究的花神咖啡馆的包厢里，几位血族亲王正在埋头研究着一片金色的叶子，那叶子上雕刻着一个惟妙惟肖的兽头盾牌，看上去颇有几分狰狞。

“这下可好了，信物也顺利到手，接下来我们去哪里呢？”弗朗西斯满意地将信物交还给了叶幕，又提出了新的疑问。

“接下来就去大马士革吧。”叶幕边说边将信物收了起来。

“你的意思是先去找那里的亲王？”小维抬起了头，“不过听说这一族成员好多都神经兮兮的，他们的亲王也是个极品。”

“嗯，那个阿兹姆可是个怪家伙，不过听说他很疼他的弟弟。”弗朗西斯附和了一句，继续优雅地用小勺子吃着盘子里的提拉米苏。

“他还有弟弟？“叶幕显然对这一八卦并不知情。

“这你都不知道？”弗朗西斯有些得意地看着他，压低了声音，“听说在他成为吸血鬼没多久后，他的人类弟弟就快死了。结果这个家伙心一横就把他的弟弟给咬了。"

"原来是这样。"叶幕目光微微一敛，"这倒也不失为一个救人的方法。"

不远处，贡多拉上的船夫正唱着意大利的民谣《桑塔路西亚》，"黄昏远海天边，薄雾漫漫如烟，何处歌喉悠远，声声逐风转。快回到船上来，桑塔路西亚，桑塔路西亚……"

"小瑞，你怎么又发呆了？在想什么？"弗朗西斯用勺子轻轻敲击了一下她的杯沿。

杨瑞蓦地从那歌声里回过神来，摇了摇头，"没想什么，我只是在想不知现在乔和玛莎怎么样了。"

"乔和玛莎是谁？"小维同学的失忆症再次华丽上演。

众人神情自若地继续喝着咖啡，就像说好了似的同时忽视了这个家伙的存在。在安静了一秒钟之后弗朗西斯开了口，"乔啊，你就别担心了，听说他现在已经是HELLS-ANGELS的分部首领了。"

"什么？可是他不是杀了那么多组织里的人吗？"杨瑞对这个消息太过惊讶。

"这种事情或许对于他们这行来说太常见了吧，谁拥有力量，谁就有决定权。"弗朗西斯笑了笑，"HELLS-ANGELS的总首领倒也够大胆。"

"那么玛莎呢？她的命运已经改变了，这一世她不会成为杀手了吧？"杨瑞还是关心着那个女孩的将来。

"或许吧。"叶幕往咖啡里又放了两块糖，"她那一世没有死成，体内就不会有怨气，这一世她就不会从事和危险有关的事情。不过，她的所有记忆也是全新的，所以永远不会再想起乔。"

"不过有一件事我还是不明白，既然阿尔托是甘心替他去死，为什么每一世临死前脖子上会出现那种勒痕呢？他又为什么还有怨气呢？"杨瑞忽闪着大眼睛，开始了十万个为什么的提问。

"这个我之前不是说了吗，若是无罪的人被冤杀，在他们死后，这种自动产生的怨气是不以他们意志为转移的，也就是，不管他是不是心甘情愿，冤死就会有怨气。"叶幕丢了一个鄙视的眼神给她，"至于为什么有勒痕，很有可能是在行刑的一瞬间，他还在惦记着他的朋友，结果被怨气一搅和，凑巧留下了这样的痕迹。”

杨瑞没有再说什么，想着乔和玛莎，心里涌起了一丝惆怅，喃喃道：“没有玛莎，乔一定会很孤单吧。”

“那可不一定啊。”叶幕的声音听起来就像是一个冷漠的旁观者。“其实，无论是血族，还是人类，或是人与人，血族与血族，他们之间都不会有永远的羁绊。”

“你哪里来那么多灰暗的调调，”杨瑞打开了一个纸包，顺手将里面的东西都抖到了他的咖啡里，“还是多吃点甜的东西，这样会比较乐观。”

叶幕也没仔细看，拿起杯子就喝了一口，结果“噗”的一下全喷出了出来，表情顿时扭曲成一团，“这是甜的东西吗？”

杨瑞探头一看，“扑哧”一声笑了出来，原来她居然把白胡椒当成了白糖！

此时，威尼斯的叹息桥旁。

一个戴着墨镜的年轻男子正在桥边打电话。那是个十分清秀的男人，浅绿的发色典雅又高贵，神情淡漠又疏离，恍如看透一切红尘，又好似对世间万物都漠不关心，仿佛一枝被主人遗忘在了角落里的鸢尾兰。

“放心吧，你告诉M，杀手测试下个月会重新进行，这次绝对不会出任何差错。”他冷冷地说完之后就挂了电话。被总首领重新召回了组织，还坐上了这个原来属于J的位置，这一些变化对于乔来说也有些不可思议。

他抬起头望向了那座叹息桥，夕阳的余晖在桥上游弋而过，投下了半明半暗的阴影。桥下停了几只贡多拉，热恋中的情人正在甜蜜地亲吻，这水城独有的浪漫缠绵令人不由心生感动。

附近教堂内有唱诗班的歌声传来，和淡淡的海风纠缠在了一起。

“不好意思，百合已经卖完了，要不然你挑束玫瑰？这些玫瑰都很漂亮哦。”一个女孩子的声音忽然在不远处响起。

听到这个声音，他如遭电击般的望向了那个方向，只见一个年轻美丽的女孩正在兜售着她的鲜花，她那黑色的长发犹如瀑布倾泻而下，散乱的发

图书在版编目（CIP）数据

寻找前世之旅·叶幕篇·1/ Vivibear著. -- 武汉：长江出版社，2015.5
ISBN 978-7-5492-3342-7

Ⅰ.①寻… Ⅱ.①V… Ⅲ.①长篇小说－中国－当代 Ⅳ.①I247.5

中国版本图书馆CIP数据核字(2015)第119145号

寻找前世之旅·叶幕篇·1 **Vivibear 著**

责任编辑：陈辉 钟一丹

装帧设计：居居 米杰罗

出版发行：长江出版社

地　　址：武汉市解放大道1863号 **邮　　编：**430010

E-mail：cjpub@vip.sina.com

电　　话：（027）82927763（总编室）

（027）82926806（市场营销部）

经　　销：各地新华书店

印　　刷：深圳市鹰达印刷包装有限公司

规　　格：787mm×1092mm 1/16 16印张 250千字

版　　次：2015年5月第1版 2015年8月第1次印刷

ISBN 978-7-5492-3342-7

定　　价：29.80元